Prix du Meilleur Polar des lecteurs de Points

Les éditions POINTS organisent chaque année le Prix du Meilleur Polar des lecteurs de POINTS. Pour connaître les lauréats passés et les candidats à venir, rendez-vous sur

www.meilleurpolar.com

Lawrence Block est né à Buffalo (État de New York) en 1938. Auteur entre autres de *La Balade entre les tombes*, *Le Diable t'attend*, *Tous les hommes morts* et de *Mensonges en tous genres*, il est l'écrivain de romans policiers le plus récompensé aux États-Unis. Il a été fait récemment Grand Maître du roman policier par la Mystery Writers of America. Lawrence Block réside à New York, la ville même qui sert de cadre à ses romans.

Lawrence Block

KELLER EN CAVALE

ROMAN

Traduit de l'anglais (États-Unis)
par Frédéric Grellier

Éditions du Seuil

TEXTE INTÉGRAL

Les droits français ont été négociés par
Baror International, Inc., Armonk, New York, États-Unis

TITRE ORIGINAL
Hit & Run
ÉDITEUR ORIGINAL
Harper Collins Publisher

ISBN original : 978-0-06-084090-7

ISBN 978-2-7578-2284-5
(ISBN 978-2-02-096784-6, 1re publication)

À mon cousin, Peter Nathan

Remerciements

L'auteur exprime sa gratitude à Rita Olmo et Beatriz Aprigliano-Ziegler, de Fairchild House à La Nouvelle-Orléans, pour avoir prêté main-forte par leur gracieuse hospitalité à la rédaction de ce roman.

1

Keller prit sa pince dans sa poche de poitrine et sortit délicatement le timbre de l'enveloppe transparente. Il appartenait à l'interminable série norvégienne du « cor de poste » et coûtait moins d'un dollar, mais curieusement il manquait depuis longtemps à sa collection. Il l'examina de près, le tint à la lumière pour s'assurer que le papier n'était pas abîmé là où une charnière l'avait un temps fixé dans un album, puis le replaça dans son enveloppe et la mit de côté pour l'acheter.

Le marchand, un grand échalas qui avait la moitié du visage figé, en raison d'une paralysie de Bell avait-il expliqué, eut un gloussement demi-faciès.

– S'il y a bien une chose que j'apprécie, c'est un homme qui a toujours sur lui sa propre pince à timbres ! Dès que je vois ça, je sais que j'ai un collectionneur sérieux dans mon magasin.

Keller, qui avait parfois sa pince mais pas toujours, y voyait plus une question de mémoire que de sérieux. Quand il voyageait, il emmenait toujours son catalogue Scott, un gros volume de onze cents pages dans lequel étaient répertoriés et reproduits les timbres du monde entier depuis les origines (le *penny black* émis au Royaume-Uni en 1840), couvrant notamment le premier siècle de la philatélie et, pour le cas de l'Empire britannique, jusqu'aux dernières parutions commémorant George VI en 1952. C'étaient ceux-ci que Keller collectionnait et il se servait du catalogue non seulement pour ses informations mais aussi comme inventaire, entourant consciencieusement en rouge la cote de chaque timbre qu'il ajoutait à sa collection. L'ouvrage l'accompagnait dans tous ses déplacements, étant donné qu'il ne pouvait pas faire d'achats sans. La pince était utile mais pas indispensable ; il pouvait toujours en emprunter une à qui avait des timbres à lui vendre. C'était donc facile d'oublier la sienne et on ne pouvait pas juste la glisser dans sa poche ou son sac de voyage au dernier moment. Pas si vous preniez l'avion, car un charlot de la sécurité pouvait vous la confisquer. Vous imaginez un peu, un terroriste armé d'une pince à timbres ? Il pourrait s'emparer de l'hôtesse et menacer de lui épiler les sourcils.

C'était surprenant qu'il ait apporté sa pince car il avait failli ne pas prendre son catalogue. Il avait déjà travaillé une fois pour ce client, un boulot qui l'avait conduit à Albuquerque, et il n'avait même pas eu le temps de défaire sa valise. Dans un excès de prudence qui ne lui ressemblait pas, il avait réservé trois chambres, était passé s'installer dans chaque motel à tour de rôle, puis sur un coup de tête il avait rempli son contrat à la va-vite et avait repris l'avion pour New York le jour même, sans dormir sur place.

Si cette mission se déroulait aussi rapidement et efficacement, il n'aurait pas l'occasion d'acheter des timbres. Et puis, trouvait-on des marchands à Des Moines ?

Dans le temps, quand il était gamin et dépensait rarement plus d'un ou deux dollars par semaine pour sa collection, il y avait forcément un tas de magasins spécialisés à Des Moines, comme presque partout ailleurs.

La philatélie se portait toujours aussi bien, mais la boutique avec pignon sur rue était une espèce en voie de disparition, et ce n'était pas l'écologie qui la sauverait. Désormais, les transactions s'effectuaient exclusivement sur Internet ou par correspondance, et les rares marchands qui conservaient un magasin le faisaient pour attirer des vendeurs potentiels plutôt que des acheteurs. Des gens qui ne connaissaient rien aux timbres et ne s'y intéressaient pas passaient devant leur enseigne tous les jours et, quand l'oncle Fred décédait et qu'on se retrouvait avec une collection à vendre, on savait à qui l'apporter.

Ce marchand-ci, un certain James McCue, tenait commerce au rez-de-chaussée de son domicile dans Douglas Avenue à Urbandale, banlieue dont le nom semblait un oxymore à Keller[1]. Il n'y voyait rien d'urbain ni de champêtre, mais ça devait être un endroit assez agréable à vivre. La maison de McCue était un édifice en bois datant d'une soixantaine d'années, avec bow-window et véranda à l'étage. Le marchand était installé devant un ordinateur, avec lequel il devait réaliser la majeure partie de son activité, supputait Keller ; une radio diffusait de la musique d'ascenseur à faible volume. C'était une pièce paisible, dont le désordre raisonnable avait quelque chose de réconfortant. Keller parcourut le reste des timbres norvégiens et fit deux autres trouvailles.

– Et la Suède ? suggéra McCue. J'ai de jolies pièces.

– Je suis fort sur la Suède, répondit Keller. Au point où j'en suis, il ne me manque plus que ceux qui dépassent mes moyens.

– Je connais ça. Et les numéros 1 à 5 ?

1. *Urbandale* signifie littéralement « vallée urbaine » (Toutes les notes sont du traducteur).

– Curieusement, je ne les ai pas. Cela dit, je n'ai pas non plus le trois *skilling* jaune.

Ce timbre, référencé 1a, présentait une couleur erronée, jaune au lieu de bleu-vert, et il s'agissait vraisemblablement d'une pièce unique ; un exemplaire avait été cédé quelques années auparavant pour trois millions de dollars. Ou peut-être bien des euros, Keller ne se rappelait plus.

– Je ne l'ai pas, dit McCue, mais j'ai les numéros 1 à 5. À un prix raisonnable.

Keller haussant les sourcils, il ajouta :

– Le retirage officiel. En parfait état, centrage correct, légères traces de charnières. Trois cent soixante-quinze dollars pièce, d'après le catalogue. Vous voulez les voir ?

Sans attendre de réponse, il fouilla dans une boîte à archives et en sortit une fiche cartonnée sur laquelle étaient présentés les cinq timbres sous plastique protecteur.

– Prenez votre temps, examinez-les soigneusement. Jolis, n'est-ce pas ?

– Très jolis.

– Vous pourriez combler quelques trous et ne plus jamais devoir vous excuser de leur absence.

Et si jamais il acquérait les originaux, ce qui paraissait peu probable, la série des reproductions mériterait toujours une place dans sa collection. Il s'enquit de leur prix.

– Eh bien, je demandais sept cent cinquante dollars pour la série complète mais je veux bien les céder à six cents. Ça m'épargne de devoir les poster.

– À cinq cents, dit Keller, je ne réfléchirais pas.

– Réfléchissez. Je ne tiens pas à descendre en dessous de six cents. J'accepte les cartes de crédit, si ça peut vous aider.

Ça aiderait bien, à n'en pas douter, mais Keller n'était pas certain de vouloir s'aventurer sur ce terrain-là. Il avait une carte American Express à son nom, mais il n'avait pas utilisé sa véritable identité au cours de ce voyage et préférait s'y tenir. Il avait aussi une Visa dont il s'était servi pour louer une Nissan Sentra chez Hertz et prendre une chambre au Days Inn, au nom de Holden Blankenship tout comme le permis de conduire délivré dans le Connecticut qu'il avait dans son portefeuille, sur lequel figurait l'initiale J en guise de deuxième prénom, laquelle était probablement utile pour se distinguer de tous les autres Holden Blankenship de la terre.

D'après Dot, qui avait une source pour se procurer des papiers, le permis passerait une vérification et les cartes fonctionneraient au moins quinze jours. Mais tôt ou tard les factures seraient rejetées car personne ne les honorerait, et si cela ne gênait pas du tout Keller vis-à-vis de Hertz, Days Inn ou American Airlines, il ne tenait pas du tout à spolier un marchand de timbres du pognon qui lui revenait. Il avait le sentiment qu'on n'en arriverait pas là, que la perte serait assumée par l'organisme de crédit, mais l'idée lui déplaisait malgré tout. Son passe-temps était le seul domaine de sa vie où il se montrait parfaitement sincère et réglo. S'il achetait les timbres sans devoir les payer, cela reviendrait en gros à les voler et peu importait à qui, James McCue ou Visa. L'idée de mettre des retirages officiels à la première page de ses timbres suédois lui allait parfaitement, mais pas des retirages volés ni même des originaux volés. S'il ne pouvait pas se les procurer honnêtement, il préférait s'en passer.

Dot lui aurait sans doute renvoyé quelque réplique bien sentie, supposait-il, ou tout du moins elle aurait levé les yeux au ciel. Mais la plupart des collectionneurs comprendraient son point de vue.

Mais avait-il suffisamment de liquide ? Préférant ne pas le vérifier devant témoin, il demanda à utiliser les toilettes, ce qui était de toute façon une bonne idée, vu la quantité de café qu'il avait ingurgitée au petit déjeuner. Il compta les billets dans son portefeuille – presque huit cents dollars, ce qui lui en laisserait moins de deux cents après l'achat des timbres.

Et il en avait très envie. C'était le problème avec les timbres, il y en avait toujours d'autres à convoiter. S'il avait collectionné autre chose – les pierres, par exemple, ou de vieux tourne-disques Victrola ou des œuvres d'art –, il aurait tôt ou tard manqué de place. Son deux-pièces avait beau être plutôt spacieux au regard des normes new-yorkaises, quelques tableaux auraient vite fait de remplir les murs disponibles. Avec les timbres, en revanche, ses dix gros albums n'occupaient même pas deux mètres de rayonnage et il pourrait poursuivre sa collection jusqu'à la fin de ses jours, dépenser des millions de dollars sans les compléter.

En attendant, il pouvait se permettre de dépenser six cents dollars pour les retirages suédois, vu le cachet qu'il toucherait pour le boulot qui l'avait amené à Des Moines. Et le prix demandé par McCue était vraiment raisonnable. Il les obtenait au tiers de leur valeur catalogue alors qu'il aurait volontiers déboursé le plein tarif.

Et puis, qu'est-ce que ça pouvait faire qu'il se retrouve à court de liquide ? Il aurait quitté Des Moines d'ici un jour ou deux, trois maximum, et à part acheter son journal et un café de temps en temps, pourquoi aurait-il besoin d'argent ? Cinquante dollars pour prendre un taxi de l'aéroport jusqu'à chez lui ? C'était à peu près tout.

Il sortit six cents dollars de son portefeuille, les glissa dans sa poche de poitrine et retourna jeter un nouveau coup d'œil aux timbres. Aucun doute, il rapporterait chez lui ces petits bijoux.

– Mettons que je vous règle en liquide. J'aurai droit à une ristourne ?

– Les espèces sont de plus en plus rares, dit McCue en souriant. (Une moitié de son visage se releva pendant que l'autre restait figée.) Écoutez, on peut oublier la TVA, pourvu que vous promettiez de ne rien dire au gouverneur !

– Motus et bouche cousue.

– Et je vous offre les timbres de Norvège que vous avez choisis, même si ça ne vous fait pas gagner grand-chose. Il y en a pour combien, dix dollars à tout casser ?

– Plutôt six ou sept.

– Vous pourrez vous payer un hamburger, à condition de ne pas prendre de frites. Six cents dollars et nous sommes quittes.

Keller lui tendit les billets. Le marchand les compta tandis qu'il vérifiait qu'il avait bien tous ses timbres, les glissait dans une poche intérieure et la pince dans une autre et refermait le catalogue… McCue s'exclama brusquement :

– Nom de Dieu ! Ne bougez pas !

Étaient-ce de faux billets ? Keller se figea en se demandant ce qui se passait, alors que McCue se levait, se dirigeait vers la radio et montait le son. La musique s'était interrompue pour un flash d'information lu par un présentateur agité.

– Nom de Dieu ! répéta McCue. Nous voilà bien !

2

Dot devait être assise à côté du téléphone. Elle décrocha au milieu de la première sonnerie et demanda :

– Dites, ce n'est pas vous ?

– Bien sûr que non.

– Je ne pensais pas. Le portrait qu'on a montré sur CNN ne ressemblait pas vraiment à celui qu'ils nous ont envoyé.

Ça le rendait nerveux, communiquer ainsi par téléphone portable. La technologie ne cessant de progresser, on devait tenir pour acquis qu'il existait quelque part une trace de tous les appels et que les autorités pouvaient obtenir le renseignement en un clin d'œil. Quand vous vous serviez d'un portable, on savait localiser précisément l'appel. On concevait des pièges de plus en plus efficaces et les souris se devaient donc d'être de plus en plus ingénieuses. Ces derniers temps, quand il avait un contrat, il achetait deux téléphones à carte dans une boutique de la 23e Rue Ouest, les réglait en liquide et fournissait un faux nom et une fausse adresse. Il en donnait un à Dot et gardait l'autre, et ils ne s'en servaient que pour se joindre mutuellement. Il l'avait appelée quelques jours auparavant, pour l'informer de son arrivée à Des Moines, et une autre fois ce matin-là pour lui indiquer qu'on lui avait demandé de patienter un jour de plus, alors qu'il aurait déjà pu buter le type et être sur le chemin du retour.

Et il l'appelait à présent parce qu'on avait assassiné le gouverneur de l'Ohio. Ce qui aurait été remarquable en toutes circonstances, étant donné que John Tatum Longford, le meilleur arrière depuis Archie Griffin à l'université d'Ohio State, qui était devenu avocat après s'être démoli le genou au cours de son unique saison en professionnel chez les Bengals[1], était un personnage séduisant et charismatique, et le premier Noir à occuper le palais du gouverneur à Columbus. Mais le gouverneur Longford ne se trouvait pas à Columbus quand une balle parfaitement ajustée lui avait démoli bien plus que le genou, ni ailleurs dans l'Ohio. Il comptait parmi les candidats en vogue pour la présidentielle, et l'Iowa était un État important au début de la course, aussi Longford s'était-il trouvé à Ames la veille au soir pour s'adresser aux étudiants et aux professeurs de l'université d'Iowa State. Le gouverneur et son équipe s'étaient ensuite rendus en voiture à Des Moines où il avait passé la nuit à Terrace Hill, invité du gouverneur de l'Iowa. À dix heures et demie le lendemain matin, il était monté sur l'estrade dans l'auditorium d'un lycée et, vers midi, il s'était présenté à un déjeuner du Rotary au cours duquel il devait s'exprimer. Puis le coup de feu et le transport en urgence à l'hôpital où le décès avait été constaté à son arrivée.

– Mon gars est blanc, dit-il à Dot. Petit et gros, comme sur la photo.

– C'était cadré sur la tête, non ? La photo, s'entend, pas le tir. Vous n'avez pas vraiment pu voir s'il était petit. Ni gros, tant qu'on y est.

1. Équipe de football américain de la ville de Cincinnati.

– Il était joufflu.

– Eh bien…

– Et on voyait clairement qu'il était blanc.

– Sans discussion. Le type était blanc comme du charbon de neige.

– Hein ?

– Peu importe. Qu'allez-vous faire ?

– Je ne sais pas. J'ai vu mon type hier matin, j'étais si près que j'aurais presque pu lui cracher dessus.

– Pourquoi feriez-vous ça ?

– C'est juste pour dire que j'aurais pu faire le boulot et que je serais déjà rentré chez moi. J'ai même failli, Dot. Avec le flingue ou à mains nues. J'étais censé attendre, mais je me suis dit, bordel, pourquoi attendre ? Ils l'auraient eu mauvaise, mais j'aurais pu décamper, au lieu de quoi je me retrouve au milieu d'une chasse à l'homme pour un tueur qui n'a pas encore été identifié. À moins que la nouvelle ne soit tombée depuis quelques minutes ?

– J'ai la télé allumée et il n'y a rien eu. Vous feriez peut-être mieux de rentrer.

– J'y songeais. Mais quand on pense à ce que doit être la sécurité dans les aéroports du coin…

– Non, n'essayez même pas. Vous avez une voiture de location, n'est-ce pas ? Vous pourriez vous rendre à… je ne sais pas, Chicago par exemple, et prendre un vol là-bas.

– Peut-être.

– Ou vous pourriez rentrer en voiture, faites comme vous le sentez.

– Vous ne croyez pas qu'on a installé des barrages routiers ?

– Je n'y avais pas pensé.

– Certes, je n'ai rien fait, mais mes papiers sont faux et le simple fait d'attirer l'attention…

– … n'est pas la meilleure idée qui soit.

Il réfléchit un instant.

– Vous savez, dit-il, le salopard qui a fait ça, on va probablement le serrer d'ici quelques heures. À mon avis, il se fera abattre en voulant résister au moment de l'arrestation.

– Ce qui épargnera à quelqu'un d'envoyer un émule de Jack Ruby[1] pour le liquider.

– Vous m'avez demandé si j'avais fait le coup.

– Je me doutais que non.

– Bien sûr, car vous savez que je ne toucherais jamais à ce genre d'affaire. Les boulots médiatisés, peu importe le montant de la paie vu qu'on ne vit pas assez longtemps pour la dépenser. Si les flics ne vous flinguent pas, vos employeurs s'en chargent car ce n'est pas prudent de vous laisser en vie. Vous savez ce que je vais faire ?

– Quoi donc ?

– Je vais patienter.

– Et attendre que ça retombe.

– Ou que ça se tasse, comme qui dirait. Cela ne devrait pas prendre très longtemps. D'ici quelques jours, soit on aura coincé le type, soit on comprendra qu'il a filé, et tout le monde se fichera à nouveau de Des Moines.

– Et vous pourrez alors rentrer.

– Je pourrais même remplir le contrat, tant que j'y suis. Ou non. Maintenant, ça ne me dérangerait pas de rendre l'argent.

1. Propriétaire d'une boîte de nuit qui assassina Lee Harvey Oswald à Dallas le 24 novembre 1963, deux jours après que celui-ci eut été arrêté pour l'assassinat du président Kennedy.

– J'ai le même sentiment, dit Dot, et c'est peut-être la première fois de ma vie. Cela dit, toutes choses étant égales par ailleurs…

– Quel que soit le sens de cette expression…

– Je me le suis souvent demandé. Mais ça fait un beau début de phrase. Toutes choses étant égales par ailleurs, je préférerais garder l'argent. Et il s'agit du dernier contrat.

– C'est ce que nous avions dit pour le boulot d'avant.

– Je sais.

– Mais celui-ci s'est présenté.

– C'était une situation particulière.

– Je sais.

– Si ça vous embêtait vraiment, vous auriez dû dire quelque chose.

– Ça ne m'embêtait pas jusqu'à il y a quelques minutes, quand la radio a interrompu « La fille de Panama » pour un flash.

– Ipanema.

– Hein ?

– « La fille d'Ipanema[1] », Keller.

– C'est ce que j'ai dit.

– Vous avez dit « la fille de Panama ».

– Vous êtes sûre ?

– Peu importe.

– Enfin, pourquoi je dirais ça ?

– Peu importe, bon sang !

– Franchement, je ne me vois pas dire un truc pareil.

– Disons que mon oreille a fourché, si ça vous fait plaisir. Nous sommes tous les deux ébranlés, et comment

1. Allusion à la chanson *The Girl from Ipanema*, version américaine d'un standard de la bossa-nova composé par Antonio Carlos Jobim.

nous en vouloir ? Retournez à votre hôtel et attendez dans votre chambre que les choses se calment.

– Oui.

– Et s'il se passe quoi que ce soit…

– Je vous tiendrai au courant.

Keller referma le téléphone. Il était au volant de la Nissan, garé devant le premier centre commercial qu'il avait croisé en repartant de chez McCue. Il avait l'enveloppe des nouveaux timbres dans une poche, sa pince dans l'autre, et le catalogue Scott était posé sur le siège à côté de lui. Le portable toujours à la main, il venait à peine de le glisser dans sa poche qu'il se ravisa et le ressortit. Il le rouvrit et cherchait la touche « bis » quand l'appareil sonna. Le numéro qui l'appelait n'était pas affiché mais il ne pouvait s'agir que d'une seule personne. Il répondit.

– J'étais sur le point de vous rappeler, dit-il.

– Parce que vous avez eu la même idée que moi.

– Il faut croire. Soit c'est une coïncidence…

– Soit ce n'en est pas une.

– Exact.

– J'ai l'impression que cette pensée nous est venue à l'esprit dès que nous avons entendu le flash d'information.

– Je crois que vous avez raison, dit-il, parce que quand je me suis fait la réflexion à l'instant, j'ai eu l'impression de l'avoir toujours su.

– Au jour le jour, avant que Longford fasse la une, vous le sentiez déjà mal ?

– C'est toujours le cas.

– Vraiment ?

– Récemment, oui. C'est une des raisons qui me donnent envie de me tirer. Vous vous souvenez d'Indianapolis ? Le plan était de me tuer une fois que j'aurais éliminé la cible. On avait placé un mouchard sur ma voiture pour pouvoir me retrouver n'importe où.

– Je m'en souviens.

– Si je n'avais pas surpris une conversation entre deux types…

– Je sais.

– Et pour l'autre contrat d'Al, celui d'Albuquerque, j'étais tellement parano que j'ai pris des chambres dans trois motels sous trois noms différents.

– Et vous n'avez dormi dans aucune, si je me souviens bien.

– Ni ailleurs non plus. J'ai fait le boulot et je suis rentré. La plupart du temps tout se passe bien, Dot, mais je sursaute au moindre coup de feu et je prends tellement de précautions que je finis par m'emmêler les pinceaux. Voilà que je lâche du lest et quelqu'un bute le gouverneur de l'Ohio.

Elle garda le silence un moment. Puis elle dit :

– Soyez prudent, Keller.

– J'y compte bien.

– Terrez-vous le temps qu'il faut, si vous êtes certain d'être en lieu sûr. N'envisagez même pas de faire le boulot d'Al, tant qu'il y a la moindre risque pour que ce soit un coup monté.

– D'accord.

– Et restez en contact, ajouta-t-elle avant de raccrocher.

3

Était-ce un coup monté ?

Voilà qui expliquerait les contretemps. La cible présumée, le Blanc petit et gros qui n'était visiblement pas gouverneur, ni de l'Ohio ni d'ailleurs, n'était pas une proie excessivement compliquée. Une heure et quelque après que l'avion de Keller avait atterri, le type qui était venu le chercher l'avait emmené faire un tour en voiture dans les rues arborées de West Des Moines, quartier proche d'Holiday Park. Le chauffeur, un homme costaud aux traits grossiers et aux oreilles poilues, avait ralenti en passant devant une maison de style ranch agrémentée de haies d'une symétrie scrupuleuse. Un individu en bermuda et tee-shirt flottant arrosait au tuyau une pelouse impeccable.

– N'importe qui d'autre sur terre installerait l'arrosage automatique et ne s'en occuperait plus, avait dit le chauffeur. Mais ce connard reste planté là à le tenir ! Il doit être du genre à tout contrôler.

– Oui.

– Il ressemble vraiment à sa photo, hein ? C'est votre type. OK. Vous savez maintenant où il habite. Ensuite, on va passer devant son bureau.

Au centre-ville de Des Moines, le conducteur lui avait

indiqué un immeuble de neuf étages, Gregory Dowling ayant son bureau au cinquième.

– Mais il faudrait que vous soyez cinglé pour le buter ici, avec tout ce monde autour, et il y a aussi des vigiles dans l'immeuble, plus la circulation qui complique la fuite une fois le boulot terminé. Vous vous rendez chez lui, vous le surprenez en train d'arroser le gazon et vous lui enfoncez le tuyau dans le pif jusqu'à ce que ça lui sorte par le trou du cul.

– Joli.

– C'est juste façon de parler. Vous savez où il habite, vous savez où il travaille, je n'ai plus qu'à vous déposer chez vous.

Chez vous ?

– On vous a réservé une chambre au Laurel Inn. Rien d'extraordinaire, mais ce n'est pas miteux non plus. Vous savez, une piscine sympa, un café correct et en plus il y a un Denny's pile en face. Vous êtes juste à une sortie d'autoroute, ce qui vous permet d'aller et venir sans encombre. Et puis tout est réglé, vous n'avez pas à vous soucier de la facture. Mettez tout sur la note, c'est le patron qui régale.

Vu de l'autoroute, ç'avait l'air très bien. Dans le parking à l'arrière, le type avait remis à Keller une enveloppe cartonnée qui tenait dans la paume, et contenait une clé magnétique. Seul le nom du motel figurait sur la clé ; le numéro de la chambre, « 204 », était inscrit sur l'enveloppe.

– On ne m'a pas indiqué votre nom.

– Ni moi le vôtre, avait répondu Keller.

– Ça vaut mieux comme ça, vous voulez dire ? Soit. Votre réservation est au nom de Leroy Montrose et ne me faites pas de reproche, ce n'est pas moi qui l'ai choisi.

Le type avait une coupe de cheveux soignée et Keller se demandait pourquoi son coiffeur avait négligé de lui tailler les poils. Keller ne s'était jamais considéré comme quelqu'un de particulièrement délicat mais il trouvait ça vraiment désagréable à voir, ces touffes de poils qui lui sortaient des oreilles.

– Leroy Montrose, chambre 204. Pour les frais en sus, vous n'avez qu'à signer de votre nom. Enfin, Leroy Montrose. Si vous mettez votre vrai nom, que vous préférez apparemment tenir secret, vous aurez juste droit à un regard curieux.

Keller n'avait rien dit. Les poils fonctionnaient peut-être comme des antennes, le type captait peut-être des signaux de sa planète d'origine.

– En fait, avait dit le gars, c'est bien que vous soyez là mais vous risquez de devoir attendre un peu avant de pouvoir passer à l'action.

– Ah bon ?

– Il y a un mec qui doit veiller à être ailleurs quand ça se passera, si vous voyez ce que je veux dire. Et on doit tenir compte de deux ou trois variables, comme dirait l'autre. Ce qu'on veut, c'est que vous restiez à proximité de votre chambre pour qu'on puisse vous appeler et vous tenir au courant. Genre c'est bon ou pas encore, vous me suivez ?

– Comme le jour suit la nuit.

– Ouais ? Bien dit. Qu'est-ce que j'oublie ? Ah, oui. Ouvrez la boîte à gants. Vous voyez le sac en papier ? Prenez-le.

C'était lourd et Keller n'avait pas besoin de l'ouvrir pour savoir ce qu'il contenait.

– Il y en a deux, Leroy. C'est bon si je vous appelle Leroy ?

– Ne vous gênez pas.

– Manipulez-les, choisissez celui qui vous convient. Il n'y a pas le feu, prenez votre temps.

Il s'agissait bien entendu d'armes de poing, un pistolet et un revolver. Keller n'avait pas très envie d'y toucher mais il ne voulait pas non plus passer pour une mauviette. Le pistolet offrait une meilleure prise mais un pistolet pouvait s'enrayer, ce qui donnait un avantage certain au revolver.

Et s'il n'en prenait aucun ?

– Je ne suis pas sûr que je vais me servir d'un flingue.

– Ça vous plaît, hein, l'idée de lui fourrer le tuyau dans la gorge ? Enfin, mieux vaut avoir le choix. Ils sont chargés tous les deux. Je dois avoir quelque part un chargeur de rechange pour le Glock automatique. Pour le revolver, je pourrai vous faire parvenir une boîte de cartouches par la suite.

– Je pourrais prendre les deux.

– Le cueillir avec une arme dans chaque main ? Je ne crois pas. Si on me demandait, je dirais que vous avez une tête à vous servir d'un Glock.

C'était une raison suffisante pour que Keller choisisse le revolver. Il avait inspecté le barillet, avait constaté qu'il contenait quatre cartouches et un logement vide, puis il l'avait refermé.

L'espace d'un instant, il avait éprouvé l'envie pressante et inattendue de le pointer sur le type aux oreilles poilues et d'appuyer sur la détente. Le zigouiller et prendre le premier avion pour New York.

Au lieu de quoi il lui avait rendu le Glock et avait empoché le revolver.

– Je me passerai des cartouches supplémentaires.

– Vous ne tirez jamais à côté ? (Large sourire.) Les pros sont des pros, j'imagine ! Ah, avant que j'oublie : donnez-moi votre numéro de portable.

Mais oui, bien sûr. Keller lui avait répondu qu'il n'en avait pas et le type avait tâté ses poches jusqu'à ce qu'il en trouve un, qu'il lui avait tendu.

– Pour qu'on puisse vous joindre. Gardez-le sur vous quand vous irez au Denny's vous offrir un Patty Melt. J'adore ce sandwich mais demandez-le au pain de seigle. Ça fait toute la différence.

– Merci pour le tuyau.

– De rien. Bon. La voiture. Vous ne devriez pas avoir de problème. Le réservoir est plein et la prochaine vidange n'est pas prévue avant trois mille kilomètres.

– C'est rassurant.

Il y avait eu d'autres renseignements sur la voiture – comment régler les sièges, le voyant lumineux qui avait tendance à s'allumer sans raison – mais Keller n'y avait pas prêté attention. Le type avait retiré la clé du contact et l'avait remise à Keller qui lui avait demandé comment il comptait rentrer chez lui.

– Chez moi, je dois me farcir mon épouse. Je préfère autant aller ailleurs, si vous n'y voyez pas d'inconvénient.

– Je voulais dire…

– Merde, j'ai pigé. Vous voyez la Monte Carlo toute déglinguée là-bas ? C'est ma caisse qui n'attend plus que moi. Vous pouvez passer à la réception si vous voulez mais c'est pas utile. La chambre 204 est au premier et vous n'avez qu'à prendre l'escalier extérieur, juste là.

Valise à la main et flingue en poche, Keller avait gravi les marches et trouvé sa chambre. Il avait inséré la clé dans la serrure et s'était retourné pour jeter un coup d'œil à la Monte Carlo qui n'avait pas bougé. Il avait ouvert la porte et était entré.

C'était une chambre assez agréable, avec téléviseur de belle taille et grand lit. Les estampes encadrées pouvaient facilement être ignorées. La climatisation était un peu trop forte mais il n'y avait pas touché. Il s'était assis cinq minutes dans un fauteuil et quand il s'était levé et avait écarté le rideau pour regarder par la fenêtre, la Monte Carlo avait disparu.

Une demi-heure plus tard, il était installé dans un box au Denny's, sa valise posée sur le siège en face de lui. Il avait commandé un Patty Melt accompagné de frites cuites à point et il devait reconnaître que c'était pas mal. Leur café n'allait pas acculer Starbucks à la faillite mais il était assez bon pour accepter la deuxième tasse que lui avait proposée la serveuse.

Pas compliqué, hein ? Un type vous conseille un restau, vous suivez son conseil et ce n'est pas du tout mauvais. Alors, qu'est-ce qui vous retient de suivre le programme ?

Non, le programme s'arrêtait au Patty Melt. *On te facilite les choses*, s'était-il dit, *et toi, il faut que tu les compliques*. On te réserve une chambre correcte dans un motel propre et bien situé, et tu ne veux même pas utiliser les toilettes pour ne pas y laisser ton ADN. La seule chose qu'il avait bien voulu laisser, c'était le portable qu'on lui avait remis – éteint, essuyé pour en effacer ses empreintes et caché sous le matelas au centre du grand lit. Il avait envisagé d'y laisser aussi le revolver, mais il avait décidé de le garder et l'avait mis dans sa valise.

Il était retourné à la voiture qu'on lui avait fournie, mais seulement afin d'essuyer toutes les parties qu'il avait pu toucher. Il l'avait verrouillée avec la télécommande et avait été tenté de balancer la clé dans la première benne venue. Pourrait-on retrouver sa trace à partir d'une clé de voiture ? Il ne savait pas trop, et il avait l'impression qu'avec la technologie contemporaine n'importe qui était capable d'accomplir n'importe quoi, et que si ce n'était pas possible aujourd'hui ça le serait demain. Malgré tout, il ne voyait aucune raison de se débarrasser tout de suite de la clé de voiture, ni de celle de la chambre.

Il avait traversé la rue jusqu'au Denny's, avait terminé son Patty Melt et ses frites, ses deux cafés, après quoi il avait utilisé le téléphone près des toilettes « hommes » pour commander un taxi.

– Pour l'aéroport, avait-il précisé.

On lui avait demandé son nom. Il avait été tenté de répondre qu'il serait le seul client à attendre un taxi devant le Denny's mais il s'était contenté de dire qu'il s'appelait Eddie.

– Votre taxi sera là dans dix minutes, Eddie, l'avait informé la femme au bout du fil.

En fait, il était arrivé au bout de huit minutes. L'employée au comptoir Hertz s'était fait un plaisir de louer une Nissan Sentra à Holden Blankenship. Il avait profité des téléphones mis gracieusement à la disposition des voyageurs du côté de la zone de récupération des bagages, avait réservé une chambre dans un Days Inn et, le temps de s'y rendre en voiture, celle-ci était prête. Il avait défait sa valise, pris une douche, allumé la télé, zappé d'une chaîne câblée à l'autre et éteint le poste.

Il s'était allongé sur le lit. Mais il s'était relevé aussitôt, persuadé d'avoir laissé le mauvais portable dans la chambre 204 du Laurel Inn.

Il avait sorti son téléphone – si c'était bien le sien. Ça semblait être le bon mais à la vérité il ne l'avait pas trop regardé depuis qu'il l'avait acheté, ni celui que lui avait donné Poil-aux-Oreilles, et…

Il l'avait ouvert, avait appuyé sur « bis », et Dot avait répondu après deux sonneries. Entendre sa voix l'avait détendu. Ils avaient bavardé quelques minutes et il l'avait mise au parfum.

– Je dois patienter et je pense que je viens de compliquer les choses plus que nécessaire. On doit me prévenir quand ce sera bon pour faire le boulot et je viens de me mettre dans une situation où il leur est impossible de me contacter.

– Si un téléphone sonne sous un matelas, la sonnerie s'entend-elle ?

– Pas s'il est éteint. Il faudra que j'appelle la réception pour vérifier si j'ai des messages.

– Ou peut-être vous adressera-t-on des signaux par vos plombages.

– Si j'étais encore plus parano, je m'en inquiéterais certainement. Je serais obligé de me fabriquer une casquette protectrice en alu.

– Moquez-vous si vous voulez, mais ça marche.

Les journées avaient passé lentement. Il appelait régulièrement le Laurel Inn et le troisième jour la réceptionniste lui avait lu un numéro qu'il devait rappeler. Il l'avait composé et une voix inconnue lui avait demandé son nom.

– Leroy Montrose, avait-il répondu. Je suis censé appeler ce numéro.

– Un instant.

Au bout d'un moment, le type aux oreilles poilues avait pris l'appareil.

– Vous n'êtes pas facile à joindre, Leroy. Vous ne répondez pas au téléphone ni aux messages qu'on vous laisse.

– Vous m'avez donné un téléphone à plat, lui avait dit Keller. Et pas de chargeur. Je me suis dit que vous appelleriez la chambre.

– Bon sang, j'aurais mis ma main à couper…

– Et si j'appelais à ce numéro deux fois par jour ? avait suggéré Keller. Ça ferait l'affaire, non ?

Le type avait voulu lui apporter un autre portable ou un chargeur, voire les deux, mais Keller était parvenu à l'en dissuader. Il appellerait à ce numéro le matin, l'après-midi et le soir avant de se coucher. Et il avait ajouté d'un ton légèrement tranchant qu'il espérait que ça ne tarderait plus car Des Moines avait beau être une ville sympa, il avait des trucs à faire chez lui.

– Probablement demain, avait dit le type. Appelez-moi à la première heure.

Mais la première chose qu'il avait faite le lendemain matin, après un rapide petit déjeuner au coin de la rue, avait été de se rendre à nouveau chez Gregory Dowling à West Des Moines. Il était déjà repassé une fois devant la maison de style ranch, pour s'assurer qu'il se souvenait de son emplacement. Cette fois, la proie était à nouveau dehors, non pas occupée à arroser le gazon mais agenouillée devant des plates-bandes, une truelle à la main. Keller s'était donné la peine de laisser sa chambre au Days Inn dans un état impeccable pour ne pas être obligé d'y retourner. Il avait fait sa valise et avait nettoyé tous les endroits qu'il était susceptible d'avoir touché, s'abstenant simplement de déposer la clé à la réception. Si son contact lui donnait le feu vert, il pourrait liquider la cible et filer directement à l'aéroport. Sinon, sa chambre serait toujours là pour lui.

Sans l'avoir prémédité, il avait freiné et s'était arrêté devant la maison de Dowling, s'était penché et avait baissé le carreau côté passager. Il n'osait pas klaxonner, cela lui paraissait inconvenant, mais il n'avait pas eu besoin. L'individu avait entendu la voiture et s'était approché en courant à petites foulées pour lui proposer son aide. Keller lui avait dit qu'il était nouveau dans le quartier et s'était perdu en cherchant le Rite Aid[1], et pendant que l'autre lui fournissait des indications détaillées, Keller avait glissé la main dans la poche où était le revolver. Rien de plus simple. Dowling, heureux dans son inconscience, agrippait la vitre d'une main et décrivait d'amples gestes de l'autre. Sortir l'arme prestement, la pointer, lui coller deux balles dans la poitrine. Le moteur était en marche, il n'aurait qu'à embrayer et il aurait atteint le carrefour avant que le cadavre heurte le sol.

Ou bien oublier le flingue et attraper le pauvre bougre par la chemise et les cheveux. Le tirer brusquement par la vitre ouverte, lui briser le cou, puis le repousser et lâcher prise.

Al ne serait peut-être pas ravi. Mais le boulot serait accompli, et qu'y pourrait-il, lui ordonner de revenir pour le refaire ?

– Bon, avait dit Gregory Dowling en se redressant et en s'écartant. Si c'est tout…

– Merci pour votre aide.

Keller s'était rendu au drugstore – quitte à chercher une cabine téléphonique… – et il avait appelé le numéro. S'il avait commencé par là, s'était-il fait la réflexion, le contrat serait déjà rempli. OK, dont acte, il passerait le coup de fil et s'il obtenait le feu vert il retournerait là-bas, dirait au type qu'il avait dû mal comprendre, et on jouerait à nouveau la comédie, sauf que cette fois il

1. Enseigne d'une grande chaîne de drugstores.

se servirait du revolver ou de ses mains et réglerait l'affaire une bonne fois pour toutes.

Il avait appelé.

– Non, aujourd'hui ce n'est pas bon, lui avait-on répondu. Rappelez-nous de bonne heure demain matin.

Ce qu'il avait fait, pour entendre une fois de plus le même message.

– Demain, avait dit le type. Demain à coup sûr. D'ailleurs, demain matin ce n'est même pas nécessaire de nous joindre, OK ? Parce que tout est réglé. Demain quand vous voulez, le matin ou l'après-midi, vous faites ce que vous avez à faire.

– C'est bon pour demain, avait-il informé Dot.

– Pas trop tôt.

– Je ne vous le fais pas dire. Je serai content de rentrer.

– Pour retrouver votre lit.

– Le lit n'est pas si mal. Pour dire la vérité, il est plus confortable que le mien. Ça fait longtemps que j'aurais dû changer de matelas.

– Les choses qu'on ne soupçonne pas sur les gens !

– Ce qui me manque, c'est ma télé.

– 120 centimètres, haute définition, écran plat, plasma. J'ai oublié quelque chose ?

– Non. Et le fabricant non plus. C'est le poste quasi parfait.

– Vous m'avez tant parlé de votre maudit téléviseur, je vais finir par m'acheter le même. Je compatis avec vous, Keller, obligé de vous contenter d'une télé de motel.

– Le plus agaçant, c'est de ne pas avoir le TiVo[1].

1. Système d'enregistrement des programmes télévisés sur disque dur qui permet leur lecture en différé.

– Là, je dois dire que je suis d'accord avec vous. Le TiVo a changé ma vie. Vous voilà coincé à Des Moines, mon pauvre chéri, obligé de vous farcir les publicités que vous avez l'habitude de passer en accéléré.

– Et je ne peux pas mettre en pause quand je vais aux toilettes, ni revenir en arrière quand j'ai raté un bout de dialogue, ni…

– Mon Dieu, dépêchez-vous de rentrer. Sinon je serai obligée de demander à Al qu'il vous accorde une prime de pénibilité.

Il avait raccroché, s'était dirigé vers la télé mais s'était ravisé. Il avait repéré la veille la liste des marchands de timbres dans les pages jaunes, s'y était reporté à nouveau et avait appelé James McCue pour s'assurer que c'était ouvert. Pas besoin de faire sa valise cette fois, car il était sûr de repasser au motel, aussi n'avait-il pris que son catalogue Scott et sa pince avant de sortir.

Dire qu'à peine deux heures avaient passé… Voilà que le gouverneur de l'Ohio était mort et il lui fallait faire quelque chose mais il ne savait pas vraiment quoi. S'il avait pris ses affaires et nettoyé sa chambre, il n'aurait pas besoin d'y repasser. Mais il y serait probablement retourné quand même, car où irait-il sinon ?

4

Arrivé au Days Inn, il fit lentement le tour du parking, en cherchant des signes d'activité policière ou quelqu'un qui manifesterait un intérêt particulier pour l'endroit. Mais tout paraissait comme avant, aussi se gara-t-il à sa place habituelle et monta-t-il à sa chambre.

Il alluma la télé. Toutes les chaînes parlaient de l'assassinat du gouverneur Longford, à moins de regarder QVC ou Food Channel[1]. Keller choisit CNN et écouta deux experts évaluer la probabilité d'émeutes à Cleveland. La météo, soulignait une femme, était une variable significative. Chaleur et moiteur constituaient un temps à émeute, affirmait-elle, tandis que pluie et coup de froid poussaient les gens à rester chez eux.

C'était assez intéressant mais Keller, coincé à Des Moines, n'arrivait pas à se passionner pour le temps qu'il faisait à Cleveland. Il s'arma de patience pendant qu'on débattait du sujet à n'en plus finir mais se pressa de couper le son pendant une publicité pour Nexium[2].

Au moins la télécommande avait cette fonction. On ne pouvait ni avancer rapidement ni mettre en pause ni

1. Respectivement, chaîne de téléachat et chaîne culinaire.
2. Médicament pour les troubles digestifs.

reculer, mais on pouvait couper le sifflet à cette fichue machine et il ne s'en priva pas.

Devait-il faire sa valise ?

Il n'allait pas tenter de quitter Des Moines, pas pour l'instant. Que tout ça soit une simple coïncidence ou quelque chose de beaucoup plus sinistre, il serait plus en sécurité planqué là plutôt qu'à circuler au grand jour. Il n'avait rien fait, même pas ce pourquoi il était venu ici, mais peu importerait pour quiconque l'arrêterait avec un faux permis et un revolver non déclaré, à quelques kilomètres de l'endroit où Longford avait été abattu.

Deux coups tirés avec une arme de poing – d'après ce que quelqu'un disait avant le bulletin météorologique de Cleveland, mais il y prêtait attention seulement maintenant. Un agresseur inconnu brandissant une arme, qui avait tiré deux fois à bout portant et s'était enfui – comment, bon sang ? – dans la foule.

Un Glock, songea-t-il. Un Glock automatique, le pistolet qu'on lui avait proposé et qu'il avait refusé. Un pistolet qu'il avait manipulé.

Il se souvenait de la bonne prise de la crosse, de l'avoir retourné plusieurs fois dans ses mains, hésitant, avant de le rendre au type aux oreilles poilues. Il était prêt à parier que c'était l'arme dont on s'était servi et que ses empreintes y figuraient toujours. C'était pour ça qu'on lui en avait proposé deux, et le flingue important n'était pas celui qu'il avait choisi, c'était celui qu'il avait touché et rendu.

Eh bien, c'était la cerise sur le gâteau. Il suffisait qu'on l'interpelle – pour n'importe quoi, en fait – et il était fichu. On établirait que les empreintes sur le Glock étaient les siennes et que pourrait-il dire ?

J'ai touché le pistolet, mais j'ai choisi le revolver parce que les automatiques ont tendance à s'enrayer, même si celui-ci a visiblement bien fonctionné. Et je ne comptais pas tuer un gouverneur mais un connard qui arrachait les mauvaises herbes de sa pelouse, et puis je n'ai tiré sur personne alors qu'est-ce que ça peut faire ?

Oui, c'est ça.

Si ses empreintes avaient figuré dans un fichier, s'il avait déjà été arrêté ou s'il avait occupé un poste dans la fonction publique, s'il s'était jamais retrouvé dans l'une des innombrables situations qui font que l'on vous encre le bout des doigts pour relever vos empreintes, il n'aurait eu aucune chance. Mais la vie lui avait souri jusque-là, aussi les empreintes sur le Glock ne donneraient-elles rien pour l'instant. Jusqu'à ce qu'on mette la main sur lui et qu'on lui plaque les doigts sur un tampon encreur, et ce serait alors à peu près fini.

Ou bien allait-il un peu vite en besogne ? Il ne savait pas si c'était le Glock, ni si on avait retrouvé l'arme. Pour autant qu'il sache, le tueur l'avait emportée, auquel cas peu importait quelles empreintes y figuraient. Rien ne disait que ça ne s'était pas passé ainsi.

Sauf qu'il le savait, au fond de lui, de même qu'il savait depuis le début que c'était un coup monté. C'était peut-être pour ça qu'il s'était montré si nerveux à Albuquerque, quelques mois auparavant. Il y avait depuis le début quelque chose qui clochait avec « Appelez-moi-Al ». Verser une avance pour des services non spécifiés, appeler Dot un beau jour pour l'avertir qu'il avait envoyé de l'argent, rappeler pour s'assurer que la somme était bien arrivée et dire à Dot qu'il reprendrait contact.

Puis, se manifester à nouveau quelques mois plus tard pour envoyer Keller au Nouveau-Mexique.

C'était, devait-il admettre, une manière plutôt fine de recruter un tueur à gages. Personne, ni Dot ni celui qui faisait le boulot, ne savait qui était « Appelez-moi-Al », ni où il vivait, ni quoi que ce soit sur lui. Si les choses tournaient mal et que Keller se retrouvait en prison, il ne pourrait pas négocier en balançant son employeur. Il pourrait leur donner Dot, mais ça ne remonterait pas plus haut car elle n'aurait personne à leur livrer. Personne ne pouvait atteindre Al.

Mettons que vous projetiez d'assassiner une personnalité. Il vous faudrait un jobard, un pigeon, pour fournir à l'équivalent de la commission Warren[1] une explication plausible de ce qui était arrivé.

Keller n'avait jamais été très porté sur la théorie du complot et il n'était pas du tout persuadé que les explications officielles soient fausses ; il lui semblait tout à fait plausible que Lee Harvey Oswald, agissant seul, ait assassiné John F. Kennedy, et que James Earl Ray en ait fait autant pour Martin Luther King. Il ne parierait pas son loyer que ça s'était déroulé ainsi, mais il ne parierait pas non plus sur le contraire. Tous deux ne semblaient pas des assassins convaincants mais étaient-ils plus invraisemblables que Sirhan Sirhan, un meurtrier tellement stupide qu'on lui avait donné deux fois le même nom. Et ça ne faisait aucun doute qu'il avait tué Bobby Kennedy, vu qu'on l'avait pris sur le fait.

Mais ce qui se passait réellement importait peu. Quand on orchestrait ce genre de coup, il était pratique d'avoir

1. Commission chargée d'enquêter sur les circonstances de l'assassinat du président John F. Kennedy, présidée par Earl Warren, président de la Cour suprême.

un pigeon. Et quel meilleur pigeon qu'un type qui avait pour métier ce genre d'activité ? Si on cherchait quelqu'un à qui faire porter le chapeau pour un meurtre, pourquoi ne pas prendre un meurtrier ? On l'engage pour tuer un type insignifiant, on fait en sorte qu'il soit au bon endroit au bon moment, puis on lui met le véritable assassinat sur le dos, celui qui compte. Mais sans que ce soit lui qui le commette, pour qu'il ne puisse balancer personne. Et donc, quand les flics le coffreraient, il ne pourrait rien dire car il ne savait rien, et pour sa défense il en serait réduit à bafouiller qu'il était venu à Des Moines pour tuer quelqu'un d'autre. Un pauvre bougre sans passé criminel, à qui personne ne voulait du mal, un type dont la seule faute était de jardiner avec zèle.

Génial. Les flics adoreraient. Bon sang, si on l'arrêtait, il ne chercherait pas à leur faire gober cette histoire. Ni aucune autre qui lui venait maintenant à l'esprit.

Il était assis devant la télé, les yeux fixés sur l'écran, mais il était trop absorbé par le fil de ses pensées pour que son esprit prête attention à ce que voyait son regard. Rien ne s'y imprima jusqu'à ce qu'une image s'immisce de force dans sa conscience.

C'était le visage d'un homme, mais la raison pour laquelle on le montrait n'était pas claire étant donné que le son était toujours coupé. Keller ne le reconnaissait pas et pourtant le type lui semblait vaguement familier.

La quarantaine passée, il avait une belle chevelure foncée et l'air un peu fuyant. Ce n'était pas un visage qui inspirait la confiance, et…

Il tendit brusquement la main et chercha à tâtons la télécommande. Le temps qu'il remette le son, il était trop tard, l'image avait disparu, ainsi que le commentaire. Il y eut une publicité qui insupportait Keller, celle avec le papillon de nuit qui entre dans la chambre pour garantir à la femme endormie huit heures d'un sommeil réparateur. Toutes les femmes qu'il avait connues bondiraient et se mettraient à hurler si un papillon venait se poser sur leur visage, puis elles attraperaient un balai et le chasseraient à travers la maison.

Il chercha le bouton pour reculer mais c'était un téléviseur sans TiVo, à regarder en temps réel. Il avait raté ce qui l'intéressait, mais il y avait d'autres choix que CNN, non ? Il zappa d'une chaîne à l'autre, les programmes défilant par fraction de seconde, un match de lacrosse, un tournoi de Texas Hold-'Em, la rediffusion de *The Match Game*[1] ou encore une info-publicité sur la greffe de cheveux et, sans qu'il ait le temps de dire « ouf », la boucle fut bouclée et il fut de retour sur CNN, à contempler son propre visage.

Fuyant ? Était-ce ainsi qu'il s'était perçu ? Non, il avait juste l'air hésitant, comme s'il cherchait à comprendre ce qu'il fichait là, son portrait diffusé sur une chaîne nationale où tout le monde pouvait le voir.

Le son était mis et quelqu'un disait quelque chose, mais Keller n'entendait pas ; c'était bien assez de regarder son visage malchanceux et la légende dessous.

LE VISAGE D'UN ASSASSIN, pouvait-on lire.

1. Le lacrosse est un sport collectif pratiqué avec une balle et des crosses, le Texas Hold-'Em est une forme de poker et *The Match Game* est un jeu télévisé.

5

Il commença par appeler Dot. Depuis tant d'années qu'ils travaillaient ensemble, c'était devenu quasiment un réflexe. Il prit le téléphone, appuya sur « bis » et laissa sonner. La boîte vocale s'enclencha au bout de quatre sonneries et il resta bouche bée un long moment puis décida que ça ne servait à rien de laisser un message. Il referma le portable et resta assis là, à regarder la télé.

Dix minutes plus tard, il alla dans la salle de bains et prit une douche.

Il avait d'abord résisté à la tentation, y voyant une perte de temps, mais qu'avait-il d'autre à faire pour meubler son temps ? En perdre davantage à regarder la télé, zappant jusqu'à ce qu'il tombe sur une chaîne qui proclamerait son innocence ? Sauter dans sa voiture et tenter de s'enfuir ? Se rendre chez Dowling et l'étrangler avec son tuyau d'arrosage ? Il s'était douché ce matin-là, il n'avait pas besoin de se laver, mais quand aurait-il à nouveau l'occasion de prendre une douche ? Il allait peut-être vivre dans les souterrains du métro et dormir dans ses vêtements, monter à la sauvette sur des trains de marchandises. Autant rester propre aussi longtemps que possible.

Mais courait-il un risque à se doucher ? Des cheveux et des poils pourraient passer par la bonde et rester coincés dans le siphon d'évacuation, où la police scientifique pourrait les récupérer et déterminer son ADN. Cela dit, il s'était douché plusieurs fois pendant son séjour et le siphon devait déjà regorger de son ADN.

Il envisagea un moment de démonter lui-même la tuyauterie pour faire disparaître les indices, mais il lui apparut soudain que l'ADN était le cadet de ses soucis. On avait déjà ses empreintes digitales, alors qu'est-ce que ça pouvait lui faire qu'on obtienne aussi son ADN ? Si on le retrouvait, si on mettait la main sur lui, il était fichu. L'ADN n'entrerait pas dans l'équation.

Il sortit de la douche et se rasa devant le lavabo. Il s'était déjà rasé quelques heures auparavant, il ne sentait aucune aspérité même à contre-poil, mais quand aurait-il à nouveau l'occasion de se raser ? Et puis, pourquoi ne pas laisser un peu plus d'ADN dans le siphon, tant qu'on y était ?

Il s'habilla et prépara sa valise. Même s'il ne comptait pas bouger tout de suite, pas avant d'avoir décidé ce qu'il allait faire et quand, ce n'était pas une mauvaise chose d'être prêt à filer en un clin d'œil.

Sa valise était noire, comme toutes les valises, avec roulettes et poignée. Très petite, elle passait comme bagage à main et tenait dans un casier en cabine, mais il avait pris l'habitude de l'enregistrer, vu que des objets aussi dangereux qu'une pince à timbre ou un gel capillaire potentiellement explosif suffisaient pour affoler le personnel de sécurité des aéroports. Et si jamais on tombait sur son couteau suisse, on alerterait la garde nationale.

S'il avait su qu'il l'enregistrerait systématiquement, il aurait pris un autre coloris. Il lui semblait que les trois quarts des bagages défilant sur les tapis roulants étaient semblables au sien et il en était venu à convoiter les rares valises de couleur vive que l'on voyait de temps en temps. Pour repérer plus facilement la sienne, il avait acheté un bidule orange fluo qu'il avait attaché à la poignée et c'était bien pratique. Dot lui avait sorti que ce truc serait doublement utile : ça permettrait peut-être d'éviter qu'un chasseur ne prenne sa valise pour un cerf.

Dot. Il prit le téléphone, hésita, puis appuya sur « bis ». Après quatre sonneries, il tomba à nouveau sur la boîte vocale et une voix de synthèse l'invita à laisser un message. Une fois encore, il jugea préférable de ne pas en laisser et il était sur le point de couper la communication quand il aperçut une icône à l'écran indiquant qu'il avait lui-même reçu un message. Il lui fallut un moment pour se rappeler comment le consulter.

« Vous avez un message, l'informa la voix électronique. Premier message… »

Le premier et le seul, songea-t-il. Un silence s'ensuivit, pendant une dizaine de secondes, si long qu'il finit par se demander s'il y avait un message, puis une voix créée par ordinateur, dépourvue de la moindre inflexion et tout droit surgie d'un film de science-fiction, prononça une série de mots détachés les uns des autres. « Balancez-le-téléphone-je-répète-balancez-ce-fichu-téléphone. »

Il fixa le portable comme il aurait fixé un chien parlant. C'était Dot, ce ne pouvait être qu'elle. Elle seule avait son numéro et qui d'autre aurait répété le message en ajoutant « fichu » la deuxième fois ? Mais comment avait-elle fait pour se transformer en robot ?

Cela lui revint. Un truc épatant qu'elle avait découvert avec une application de son ordinateur. On sélectionnait du texte, on appuyait quelque part et la machine lisait les mots d'une voix bien à elle. Juste. Comme. Ça. Un. Mot. De. Robot. Après. L'autre.

Les empreintes vocales, songea-t-il. Voilà ce contre quoi elle se prémunissait. On pouvait déjouer l'identification par empreinte vocale en chuchotant, du moins à une époque, mais allez savoir quels progrès avaient fait les pièges à souris…

Il rappela sa boîte vocale, réécouta le message et cette fois quand la voix féminine lui proposa le choix entre réécouter, conserver ou effacer le message, il choisit « effacer ». « Message effacé », l'informa-t-on, et l'icône disparut de l'écran.

Balancez le téléphone. Balancez ce fichu téléphone.

Comment ? Le jeter juste comme ça ?

Si quelqu'un le trouvait et si les techniciens du FBI l'analysaient, comment savoir ce qu'ils en apprendraient ? On saurait quel numéro il avait appelé et quand. On ne pourrait pas récupérer leurs conversations, en tout cas il ne voyait pas comment, mais pourquoi jouer avec le feu ?

Une balle réglerait son compte au portable, mais ça risquait d'attirer l'attention et il gâcherait un quart de son arsenal. Il aurait dû accepter la boîte de cartouches supplémentaires que lui proposait Poil-aux-Oreilles, mais à l'époque il n'avait qu'une seule personne à tuer. Il ne pouvait pas s'imaginer qu'il aurait à fuir pour sauver sa peau.

Il déchargea le revolver, soupesa les balles dans sa paume et les posa délicatement sur le lit. Le mécanisme d'un revolver est assez rudimentaire, on ne risque pas de tirer accidentellement juste en frappant la crosse, mais il s'était déjà passé pas mal de choses curieuses ce jour-là et Keller préférait ne pas prendre de risque. Il emporta l'arme déchargée et le portable périlleux dans la salle de bains, enroula le téléphone dans une serviette, le posa par terre et le réduisit en morceaux à coups de crosse.

Il déplia la serviette et contempla les fragments de ce qui était quelques instants auparavant un appareil très sophistiqué et bien utile. Il ne représentait plus une menace, personne ne pourrait s'en servir pour remonter jusqu'à lui, quel que soit l'endroit où il se trouverait, ni jusqu'à Dot dans sa maison de White Plains.

C'était aussi sa bouée de sauvetage qu'il perdait, le lien avec la seule personne sur terre qui puisse l'aider, ou qui serait encline à le faire. Eh bien, maintenant elle ne pouvait plus le sauver. Plus personne ne pouvait rien pour lui.

Il devait se débrouiller seul.

6

Il se tenait prêt quand on frappa. La pizza et le Coca-Cola revenaient à douze dollars et quelque, et il avait un billet de dix et un de cinq à la main.

– Laissez-moi ça devant la porte, dit-il au livreur. Nous… nous ne sommes pas tout à fait présentables en ce moment. Tenez, quinze dollars. Gardez la monnaie.

Il glissa les billets sous la porte et les regarda disparaître. Par le judas, il vit le type se redresser, hésiter un long moment puis s'éloigner. Keller attendit deux minutes, ouvrit la porte et récupéra son repas.

Il n'avait pas faim mais se força à manger comme il s'était douché et rasé, et pour la même raison : qui sait quand l'occasion se présenterait à nouveau ? Son visage s'affichait sur tous les écrans de télé d'Amérique et dès que les journaux sortiraient, il y serait aussi. La ressemblance n'était pas très frappante et il avait la chance d'être doté d'une tête assez quelconque, sans traits distinctifs auxquels se rattacher, mais dès lors que plusieurs centaines de millions de personnes auraient vu la photo, ça tombait sous le sens que l'une d'entre elles le reconnaîtrait.

Ce ne serait donc pas une bonne idée, mettons, d'aller au Denny's s'offrir un Patty Melt.

Non, il faudrait s'en tenir à de la nourriture qu'il

pouvait se faire livrer, et ça ne fonctionnerait que tant qu'il aurait une adresse à fournir. La seule personne qui avait vu son visage au Days Inn était la réceptionniste de service le jour de son arrivée, et cela s'était passé très vite et sans histoire, il ne pensait pas lui avoir laissé un grand souvenir. Les réceptionnistes voyaient passer des centaines de gens chaque jour, sans leur prêter vraiment attention. Lui-même n'en avait vu qu'une seule au cours de ce voyage et il avait complètement oublié à quoi elle ressemblait, alors pourquoi ne l'aurait-elle pas oublié tout autant ?

D'un autre côté, imaginons qu'il la voie partout en photo. Combien de temps s'écoulerait avant qu'elle ne lui semble étrangement familière ? Avant qu'il ne la reconnaisse ?

Il grignota un peu de pizza et but la moitié du Coca. Les quatre cartouches étaient toujours sur le lit où il les avait posées. Il les prit et les remit dans l'arme, laissant vide le logement sous le percuteur. Il plaça le revolver dans une poche puis sous la ceinture de son pantalon et finit par le mettre dans la valise. Et s'il en avait besoin rapidement ? Comment ferait-il ? Ouvrirait-il la valise pour défourailler son revolver ? Il le reprit et le glissa à nouveau sous la ceinture de son pantalon.

Il n'avait pas envie de regarder la télévision mais qu'avait-il d'autre à faire ? Sinon, comment saurait-il quand ce serait le moment de se tailler ?

On n'arrêtait pas de diffuser son portrait et il se mit à l'étudier, ne s'intéressant plus à ce que dévoilait son expression ni au degré de ressemblance, mais cherchant à deviner où et quand on l'avait photographié. Pas au cours de la semaine écoulée, pas à Des Moines, car sur la photo il portait un coupe-vent en popeline kaki qu'il n'avait même pas emporté pour ce voyage, ayant opté pour un blazer bleu marine. Il reconnaissait le coupe-vent, il l'avait acheté deux ans auparavant sur catalogue chez Land's End, mais, sans avoir rien à lui reprocher, il l'avait très peu porté.

Albuquerque, songea-t-il. Il l'avait à Albuquerque.

Et aussi le polo orange foncé ? Il semblait le porter sur la photo, bien que la couleur soit difficile à distinguer. Était-il habillé comme ça quand il avait fait l'autre boulot pour Al, quand il avait expédié outre-tombe un certain Walter Heggman ?

Peut-être, peut-être pas. Ce n'était pas le genre de trucs dont il se souvenait. Mais il était à peu près sûr d'avoir emporté le coupe-vent à Albuquerque et il le portait certainement quand il avait sonné chez Heggman et lui avait poinçonné son ticket, vu qu'il n'avait pas pris le temps de défaire sa valise. Il avait pris trois chambres sous trois noms différents mais n'avait laissé ses affaires dans aucune, n'ayant même pas défait sa valise avant de rentrer à New York.

Ils avaient donc déjà commencé à lui tendre un traquenard à l'époque. En prenant sa photo. Ils auraient probablement fait davantage s'il leur en avait laissé le temps, mais il était arrivé et reparti en un éclair, aussi n'avaient-ils que cette photo.

Et ils s'étaient débrouillés pour la communiquer aux autorités. Quelle fable avaient-ils concoctée ? *« J'ai vu cet individu s'enfuir, il s'est arrêté et s'est retourné et j'ai pu le prendre en photo. »* C'était tiré par les cheveux, mais une photo est une photo, et c'était toujours ça à fournir aux médias pour en placarder tous les esprits, ce qui déboucherait peut-être…

Les salopards connaissaient-ils son nom ? Ce n'était pas Dot qui le leur aurait indiqué et il ne voyait pas par quel autre moyen ils l'auraient découvert. S'il avait pris son temps à Albuquerque, cela aurait peut-être été une autre histoire, ils auraient pu fouiller sa chambre, voire le filer jusqu'à New York. Il s'était rendu à Albuquerque *via* Dallas, mais au retour il avait fait un long détour par Los Angeles, et il voyait mal comment quelqu'un aurait pu le suivre.

S'ils ne savaient ni son nom ni où il habitait…

Mais la télé capta à nouveau son attention et il apprit que les autorités – pas Al et ses acolytes aux oreilles poilues – en savaient un peu plus que quelques minutes auparavant.

Outre la photo, ils disposaient maintenant d'un nom.

« Leroy Montrose », annonça le présentateur. Son portrait s'afficha à l'écran, puis une vue extérieure du Laurel Inn suivie d'images à l'intérieur de la chambre 204 où une équipe de la police scientifique semblait travailler dur à la tâche, passant au peigne fin la moquette pour y relever la moindre trace du mystérieux M. Montrose.

Pendant qu'ils s'affairaient, la voix off informa Keller qu'un employé du Laurel Inn avait reconnu sur la photo un client arrivé quelques jours auparavant… *Joliment joué*, songea Keller, vu qu'il n'avait pas pris de chambre et n'était même pas passé par la réception. Il était monté à sa chambre directement du parking, par un escalier extérieur, et il était reparti par le même chemin. Il n'était pas passé par la case départ, il n'avait pas touché deux cents dollars, et aucun employé du motel ne l'avait vu, ni même aucun client. Mais n'importe qui pouvait donner un coup de fil. N'importe qui pouvait se faire passer pour un employé avec une bonne mémoire. Le seul motif de consolation, semblait-il à

Keller, était que cela ne les mènerait nulle part. On ne retrouverait pas ses empreintes dans la chambre 204, ni son ADN ni rien d'autre, excepté le portable qu'il avait caché sous le matelas, ce qui n'était même pas sûr. Et quand bien même ? Il ne s'en était pas servi et il en avait effacé ses empreintes, aussi que pourrait-on en tirer ?

De l'autre côté de la rue…, songea-t-il. En face se trouvait le Denny's où il avait pris place à une table bien éclairée, pour manger le maudit sandwich et les frites. Il aurait pu régler avec sa carte de crédit, ce qui leur aurait un peu facilité la tâche, mais il avait payé en liquide et ensuite, qu'avait-il fait… ?

Il avait utilisé la cabine téléphonique du restaurant pour commander un taxi. Il l'avait attendu à l'intérieur. Et il avait demandé au chauffeur de le conduire à l'aéroport.

À l'heure qu'il était, on devait quadriller les commerces à proximité du Days Inn. D'ici quelques minutes, si ce n'était déjà fait, on montrerait sa photo aux serveuses du Denny's, l'une d'elles le reconnaîtrait et quelqu'un se souviendrait qu'il avait commandé un taxi. On vérifierait auprès de toutes les compagnies de taxi – c'était le gouvernement, nom de Dieu, la police locale et celle de l'État, le FBI, ils avaient la main-d'œuvre suffisante pour tout vérifier – et on retrouverait le chauffeur, on saurait qu'il était allé à l'aéroport et on interrogerait les loueurs de voitures, et même si cela avait déjà été fait, on recommencerait, et on découvrirait quel permis et quelle carte de crédit il avait présenté, après quoi on s'intéresserait moins à Leroy Montrose et on commencerait à rechercher très sérieusement Holden Blankenship. Ce nom s'afficherait à la télé, et il serait répété à la radio, et soumis aux réceptionnistes dans tous les hôtels de la région de Des Moines.

Combien de temps avant qu'on remonte jusqu'au Days Inn ? Combien de temps avant qu'on enfonce sa porte ?

Quand cela arriverait, mieux vaudrait être ailleurs.

Mais où ça ?

7

Deux rangées plus loin, un type d'une trentaine d'années gara son 4 × 4, verrouilla les portières avec la télécommande, fourra les mains dans les poches doublées de son coupe-vent et traversa l'asphalte vers l'une des entrées du centre commercial. Il n'avait pas l'air fuyant, aux yeux de Keller, et n'avait sans doute aucune raison de l'être. Il était plus jeune que lui et plus enrobé à la taille, et les cheveux qui dépassaient de sa casquette de base-ball étaient plus longs et plus clairs que les siens. Leur seul point de ressemblance, pour autant que Keller puisse en juger, était le coupe-vent.

Il observa le type jusqu'à ce qu'il disparaisse à l'intérieur. Puis il regarda quelqu'un d'autre, une femme qui poussait un Caddie, et ensuite un gamin dont le boulot était de récupérer les chariots abandonnés sur le parking.

Keller se demanda combien c'était payé. Probablement le salaire minimum. C'était le genre de boulot qui n'offrait ni beaucoup d'argent, ni prestige, ni perspectives d'avancement. Malgré tout, cela avait des points positifs. Vous ne risquiez pas trop de vous retrouver avec votre photo diffusée à la télé et les flics du monde entier à vos trousses.

C'était peut-être là l'erreur qu'il avait commise tant d'années auparavant. Il aurait peut-être mieux fait de choisir comme métier de ranger des Caddie plutôt que de voyager aux quatre coins du pays pour tuer des gens.

Ça tombait bien qu'il n'ait pas trop roulé. Le réservoir de la Sentra était un peu plus qu'à moitié plein. Il ne connaissait pas sa contenance, ni la consommation de la voiture, mais sur la base de quarante litres et de sept ou huit litres au cent, il pourrait parcourir trois cents et quelques kilomètres avant de devoir faire le plein.

Il avait quitté sa chambre au Days Inn au moment où le ciel virait au crépuscule et aurait même préféré qu'il fasse encore plus sombre pour le court trajet jusqu'à sa voiture. Il n'y avait personne dehors, mais il se sentait épouvantablement repérable et il était assez certain qu'il avait l'air aussi fuyant que sur la photo, étant donné qu'il avait maintenant beaucoup plus de raisons de l'être. Il s'était efforcé de n'en rien laisser paraître, ni dans son allure ni dans son maintien, et soit cela avait marché, soit il n'y avait personne pour l'observer. Toujours est-il qu'il avait atteint sa voiture, était monté dedans et avait filé.

Il n'était pas allé très loin. Il s'était rendu directement au centre commercial et avait choisi une place à l'écart du flot de la circulation mais pas trop isolée non plus. Sa valise était dans le coffre, et son revolver glissé dans la ceinture de son pantalon, appuyé dans le creux des reins. Il lui restait trois parts de pizza dans leur boîte, posée sur le siège à côté de lui avec le verre qui avait contenu le Coca ; il l'avait rincé et y avait mis les débris du téléphone. Il aurait pu les abandonner dans la chambre, mais il avait préféré la laisser vierge comme à son arrivée. Et puis, pourquoi leur fournir quelque élément que ce soit ?

S'il avait pu s'aventurer dans le centre commercial, il aurait pu régler pas mal de choses. Une perruque ou une fausse barbe feraient ridicule (quoique, à peine plus ridicule que la barbe qu'il s'était laissé pousser à une époque), mais il pourrait modifier un peu son apparence sans pour autant attirer l'attention. Des lunettes aideraient. Il n'avait pas besoin d'en porter, même pas pour lire, mais il sentait que ça viendrait d'ici quelques années.

S'il vivait jusque-là…

Non, songea-t-il en repoussant cette pensée. Il ne portait pas de lunettes, même pas pour lire, mais il en avait une paire chez lui qui lui servait quand il consacrait plusieurs heures à sa collection de timbres. Les verres étaient de simples loupes non correctrices, pour mieux distinguer les petits caractères. Il n'avait aucune raison de les porter ailleurs qu'à son bureau, mais quand ça lui arrivait, elles ne lui donnaient pas le tournis et il avait pu voir quelle tête ça lui faisait. La forme de son visage s'en trouvait modifiée, et par la même occasion l'impression qu'il donnait. Une paire de lunettes était censée vous conférer un air studieux, et c'était sans doute le cas, et en outre cela vous rendait moins menaçant.

Ça lui aurait rendu service de les avoir sous la main, songea-t-il, car c'était bien le moment d'avoir l'air moins menaçant. Il aurait pu s'en procurer dans n'importe quel drugstore, c'était un article standard et très commun, mais il ne pouvait pas aller s'en acheter sans montrer son visage, ce dont il préférait s'abstenir pour l'instant.

Dans le même drugstore où il n'osait pas acheter des lunettes de vue (ni même des lunettes de soleil, lesquelles étaient encore meilleures pour modifier son apparence, avec l'inconvénient de faire déguisement, surtout après le coucher de soleil), on vendrait des produits colorants et des tondeuses. Une petite coupe le changerait par rapport à sa photo, ainsi qu'une couleur. C'étaient deux opérations délicates et il ne tenait vraiment pas à se retrouver avec une coupe d'amateur qui attirerait l'attention, ni avec des mèches dont les racines proclameraient leur couleur naturelle. Il était préférable d'attendre de savoir s'en servir, mais entre-temps une quelconque casquette ferait l'affaire.

Pas très compliqué. Il était presque plus difficile de trouver un magasin qui ne vendait pas de casquettes que l'inverse. Il y en avait partout, de toutes les couleurs et avec toutes sortes de logos – équipes de sport, marques de tracteur et de bière, tout ce à quoi les abrutis pouvaient fièrement afficher leur allégeance. Le type au coupe-vent en portait une et Keller se demanda dans quelle mesure il devait son air non fuyant à son couvre-chef. Une casquette vous conférait un air normal, comme Monsieur-tout-le-monde.

Il jeta un coup d'œil par la vitre et il y avait justement un type qui en portait une, et encore un autre…

C'était peut-être la solution. Patienter, attendre qu'un pauvre bougre coiffé d'une casquette regagne sa voiture, lourd et comateux après un repas riche en glucides chez Applebee's[1]. Un coup sur la tête (mais pas trop fort, pour ne pas mettre du sang partout sur la casquette), vous la lui fauchez et le tour est joué.

1. Chaîne de restaurants de type grill.

Bon sang, en serait-il réduit à ça ? Il s'occupait en général de types dont la tête était mise à prix pour un montant à cinq ou six chiffres. Celui-ci n'aurait que la tête mise à nu, pour une casquette à trois chiffres, dont deux après la virgule.

Eh bien, s'il ne trouvait rien de mieux, il pourrait s'en tenir au principe une-pierre-deux-coups et choisir un type qui portait des lunettes. De soleil de préférence, sinon ce seraient des verres correcteurs et il aurait le tournis dès qu'il les mettrait.

Frapper le type, lui piquer sa casquette, lui retirer ses lunettes de soleil… et lui faire les poches car quand on avait les moyens de s'offrir une casquette et des lunettes de soleil, on devait bien avoir quinze ou vingt dollars sur soi, et Keller manquait d'argent comme de tout le reste.

Mais il ne se mit pas en quête d'un individu affublé d'une casquette et de lunettes de soleil. Il resta dans sa voiture et écouta la radio.

Il avait mis WHO, une station de Des Moines qui émettait en ondes moyennes et se vantait de proposer « un mélange équilibré d'actualités et de débats avec les auditeurs ». D'après les lois sur l'étiquetage, on était censé indiquer les ingrédients dans l'ordre, en fonction de leur importance relative dans la composition du produit. Si WHO avait joué le jeu, ils auraient dû dire : « Un mélange équilibré de publicités, d'actualités et de bla-bla. » Et encore, n'importe qui serait en droit de contester l'emploi du terme « équilibré ».

Keller en était venu à penser que le problème avec la radio, c'était qu'on ne pouvait pas couper le son. On pouvait l'éteindre au début de la publicité mais quand la rallumer ? Impossible de le savoir. On pouvait tout au plus baisser le son et le remonter à la fin de la publicité, mais c'était se donner plus de mal que ça n'en valait la peine, surtout qu'une publicité était généralement suivie par une autre. Cela étant, ce qui se disait entre les réclames était assez intéressant. Les flashs d'information étaient consacrés presque exclusivement à l'assassinat de John Tatum Longford, et à la chasse à l'homme qui s'ensuivait pour retrouver Leroy Montrose, alias Holden Blankenship.

Les appels des auditeurs l'étaient aussi, ce qui n'était pas surprenant. C'était le sujet de prédilection pour la plupart des gens qui appelaient et les rares qui souhaitaient aborder un autre thème étaient rembarrés par l'animateur, lequel était nettement plus passionné par les ramifications du meurtre. Les auditeurs exprimaient une variété de points de vue sur le sujet ; personne ne déclarait de but en blanc que c'était une bonne chose qu'il soit définitivement écarté de la course à la présidence mais certains étaient clairement de cet avis tandis que d'autres voyaient en lui une victime tragique dans la lignée de Martin Luther King et des deux Kennedy. Et, comme pour ces assassinats, les adeptes de la théorie du complot fourbissaient déjà leurs armes. Montrose/Blankenship, étaient-ils prompts à décréter, était autant victime que le gouverneur de l'Ohio, un innocent dont la présence opportune sur les lieux du crime était censée écarter les soupçons des véritables assassins. Les quelques tenants de cette thèse étaient d'accord là-dessus mais les scénarios divergeaient ensuite, chacun ayant une cabale différente qu'il accusait d'avoir fomenté le complot. Une femme soutenait que cette histoire était liée au scandale des jeunes filles à qui l'on avait inoculé de force « un soi-disant vaccin contre le cancer », alors qu'une autre y voyait un coup des adversaires de l'avortement. Un homme à la voix éraillée de fumeur était persuadé que l'utilisation d'une arme à feu était destinée à discréditer la NRA[1], et quand il raccrocha enfin Keller constata avec inquiétude qu'il avait opiné du chef.

C'était presque réconfortant qu'il y ait des gens pour penser qu'il n'avait rien fait, bien qu'il ne soit pas ravi de leur tendance à le qualifier de « pauvre dupe » ou de « malheureux crétin ». Toutefois, constat inquiétant, la totalité des gens qui étaient dans son camp, si l'on peut dire, donnaient l'impression d'être complètement cinglés.

Les actualités elles-mêmes n'étaient pas beaucoup plus rassurantes. Les enquêteurs n'avaient pas mis longtemps à remonter la piste que Keller avait ébauchée dans sa tête, du Laurel Inn au Denny's, du taxi à l'aéroport et au comptoir Hertz, et à ce stade il espérait qu'ils arriveraient vite au Days Inn et y passeraient beaucoup de temps.

Parce que, à présent qu'on savait quelle voiture il conduisait et quel numéro figurait sur ses plaques d'immatriculation, cela ne faisait guère de différence qu'il roule ou qu'il soit garé quelque part. Dans un cas comme dans l'autre, on finirait tôt ou tard par le retrouver, vraisemblablement assez vite.

Il ne pouvait pas se contenter d'abandonner la Sentra. Il lui fallait une voiture et il ne pouvait pas en louer une autre pour remplacer celle-ci. Il pourrait sans doute en voler une… Dans le temps il avait appris comment fracturer une serrure et démarrer sans clé, et ces talents de jeunesse étaient comme le vélo ou la natation. Une fois acquis, ça ne s'oubliait jamais.

1. La National Rifle Association est la très puissante association américaine qui milite en faveur de la libre détention des armes à feu.

Plus précisément, il n'aurait aucun mal pour voler une Chevrolet de 1980, par exemple. Son couteau suisse suffisait pour se débrouiller avec un véhicule de ce millésime. Mais les voitures avaient changé depuis qu'il avait appris à les voler, elles étaient équipées d'ordinateurs et de mécanismes de sécurité qui bloquaient le volant s'ils détectaient quoi que ce soit d'illicite. Qu'allait-il faire, chercher une vieille bagnole ?

Le genre de voiture qu'il était sûr de pouvoir voler tomberait probablement en panne au bout de quelques centaines de kilomètres. Même si elle tenait le coup, il ne passerait pas inaperçu. C'était un des gros avantages de celle qu'il avait pour l'instant – elle était passe-partout et très courante, du moins à Des Moines. En roulant, il avait eu l'impression qu'une voiture sur dix était du même modèle que la sienne, et beaucoup aussi du même coloris, une sorte de mélange indescriptible entre le beige et le gris acier. Il ignorait comment le constructeur appelait ça mais il soupçonnait un terme abstrait du genre « Brise marine » ou « Persévérance », un truc qui sonnait bien sans trop préciser les choses. Quel qu'en soit le nom, les gens de Nissan l'avaient utilisé sur la moitié des voitures qu'ils avaient fabriquées cette année-là et ils avaient apparemment trouvé beaucoup de preneurs dans l'Iowa.

Justement…

N'était-ce pas une voiture exactement comme la sienne, dans la rangée suivante ? C'était difficile à dire dans l'obscurité, mais c'était à coup sûr une Sentra et le coloris semblait être le même. Était-ce une chance à saisir ? Il en avait bien l'impression. Il pourrait abandonner sa voiture et partir avec celle-là, s'il arrivait à fracturer la serrure et à la faire démarrer. Mieux encore, il n'avait qu'à…

Il n'avait qu'à laisser tomber car pendant qu'il observait la voiture les phares s'allumèrent et s'éteignirent. Il crut un instant qu'elle lui faisait un clin d'œil, qu'elle essayait d'attirer son attention, mais la seconde d'après il comprit qu'elle adressait simplement un signal à sa propriétaire qui venait de déverrouiller les portières avec la télécommande. Il la vit mettre ses courses dans le coffre, ouvrir la portière et s'installer au volant.

S'il l'avait précédée, s'il lui avait piqué sa voiture, ça ne l'aurait avancé à rien. Elle aurait repéré l'erreur dès qu'elle serait revenue à sa voiture et la police aurait eu son nouveau numéro d'immatriculation en un rien de temps. Et même peut-être davantage, si la voiture était équipée d'un GPS.

Merde… Et la sienne ?

Ça paraissait logique que la compagnie de location équipe ses véhicules au cas où on en perdrait la trace. Keller ignorait si c'était le cas mais il savait que certains transporteurs au long cours le faisaient avec leurs camions pour les rares fois où un routier shooté aux amphétamines abandonnait soudain son itinéraire de Little Rock à Tulsa pour aller chercher le bonheur à San Francisco.

Il fallait vraiment qu'il fasse quelque chose. Vite. Et il avait tout intérêt à faire mieux que de troquer un péril pour un autre.

Il éteignit la radio – ça n'aidait pas à se concentrer – et mangea une bouchée de pizza, regrettant de ne plus avoir de Coca pour aider à la faire descendre.

Et puis cela lui vint. Il s'obligea à rester immobile, à mâcher la pizza et déglutir, à prendre le temps d'y réfléchir jusqu'à ce qu'il soit certain que ça se tenait. Et, quand il jugea que rien ne clochait dans son idée, il tourna la clé de contact et embraya.

8

Jamais deux sans trois.

Le meilleur endroit pour trouver une voiture que personne ne viendrait reprendre de sitôt, avait-il décidé, était le parking longue durée à l'aéroport international de Des Moines. Et c'était aussi le meilleur endroit pour abandonner une voiture ; quand on la retrouverait, on en déduirait qu'il leur avait filé entre les doigts et avait réussi à prendre un avion.

C'était le bon moment pour circuler dans le parking. Comme il y avait encore des vols à l'arrivée et au départ, ce n'était pas complètement désert, auquel cas il aurait pu attirer l'attention. Mais ce n'était pas non plus l'heure de pointe pour le trafic aérien, ce qui réduisait le risque de choisir un véhicule que son propriétaire viendrait bientôt récupérer.

Il lui fallait la même voiture que la sienne. Il n'avait pas besoin de la faire démarrer, vu qu'il n'irait nulle part avec, mais il comptait s'introduire à l'intérieur. Son couteau suisse ferait probablement l'affaire ; sinon, il pourrait casser une vitre. Mais il existait peut-être une meilleure façon.

Il tenta le coup trois fois en vain, s'arrêtant derrière une Nissan Sentra garée, pointant sa propre télécommande et appuyant sur le bouton d'ouverture du coffre.

Il ne pensait pas une seconde que toutes les Nissan Sentra réagissaient à la même télécommande mais le nombre de fréquences étant limité, la chance devrait bien lui sourire tôt ou tard.

Seulement, il était pris par le temps. Les Nissan Sentra s'épuisaient, et les minutes.

Encore une, se dit-il en espérant que la quatrième serait la bonne. S'arrêter devant la Sentra, mettre la sienne au point mort, retirer la clé du contact, la réinsérer, redémarrer pour baisser son carreau, retirer à nouveau la clé – quand même, il aurait pu y penser avant, ou bien laisser la vitre baissée après la tentative précédente –, pointer la télécommande vers le coffre de l'autre voiture, appuyer sur le bouton et le maintenir enfoncé, parce que ça ne marchait pas instantanément, il fallait bien pointer le machin vers le coffre et appuyer sur le bouton quelques secondes, et quelle différence ça pouvait faire, vu que de toute façon ça ne marcherait pas…

Sauf que cette fois, cela fonctionna.

Il devait faire vite. Il commença par ouvrir le coffre de la sienne (avec le bouton du tableau de bord, pour ne pas s'escrimer avec la télécommande). Le coffre de la nouvelle Sentra était à moitié rempli et, sans y prêter attention, il transféra tout ce fatras, à l'exception de la roue de secours, dans son propre coffre. Sa valise noire aurait de la compagnie.

Il se servit d'un chiffon pour essuyer rapidement le coffre maintenant vide, rabattit les deux hayons et déverrouilla les portières avec la télécommande. Comme elle fonctionnait pour le coffre, il ne fut pas surpris que ça marche mais c'était tout de même un soulagement car il ne comptait plus que quoi que ce soit aille comme il faut.

Il vida la boîte à gants, l'essuya rapidement et y plaça la pochette Hertz et le manuel de sa voiture. Dans le vide-poches de la portière, il y avait des cartes routières de l'Iowa et, plus étonnant, de l'Oregon. Il les prit et ramassa par terre deux billets de loterie perdants ainsi qu'un ticket de supermarché sur la banquette arrière. Une fois la Sentra vidée, il essuya les endroits où avaient dû s'accumuler les empreintes, non pour effacer les siennes – il avait pris soin de n'en laisser aucune –, mais pour éliminer les traces les plus évidentes du propriétaire.

On lui avait remis un ticket à l'entrée du parking longue durée, qu'il avait glissé dans sa poche de poitrine. Mais le propriétaire de la Sentra, pour éviter d'égarer le sien, l'avait accroché à la pince du pare-soleil. Keller, qui n'avait même pas pensé à ce détail, fit rapidement l'échange.

Mais en avait-il les moyens ? Avec son propre ticket, il réglerait le minimum, soit deux dollars. Par contre, si l'autre type avait laissé sa voiture depuis une ou deux semaines, le montant risquait d'entamer le peu de liquide qui lui restait.

Il vérifia la date et l'heure imprimées sur le bout de papier. Elle était garée là depuis moins de vingt-quatre heures, ce qui lui ferait un surcoût de cinq dollars maximum, et il estima que c'était justifié. Il laissa son ticket sous le pare-soleil et empocha l'autre.

Puis il ajouta quelques touches personnelles. L'emballage cartonné de la pizza trouva une place sur le siège passager de la nouvelle Sentra, sans les deux parts restantes, qu'il conserva sur le siège passager de la sienne, étant donné qu'il ne savait toujours pas d'où viendrait son prochain repas. Les fragments du portable allèrent dans le coffre vide et il tira une sombre satisfaction en imaginant toutes les forces du FBI mobilisées pour reconstituer le bidule. Le gobelet usagé qui avait contenu du Coca puis les morceaux de l'appareil furent balancés par terre à l'arrière, par souci de vraisemblance.

Quoi d'autre ?

En fait, il n'avait pas encore abordé la partie la plus importante. Mais il n'était pas nécessaire que les deux voitures soient à côté l'une de l'autre pour l'étape suivante et mieux valait ne pas laisser la sienne dans le passage. Il démarra, trouva une place où se garer, retira les plaques d'immatriculation avec son couteau suisse, se tapit dans l'ombre quand une voiture passa, puis les emporta à la nouvelle Sentra. Il fit la substitution, regagna sa voiture avec les nouvelles plaques, les fixa et partit en se demandant ce qu'il avait pu oublier.

Rien ne lui vint à l'esprit.

Cela marcherait-il ?

Eh bien, il lui semblait qu'il y avait une chance. Du moins pendant un certain temps. Dès l'instant qu'il quitterait le parking longue durée, il ne serait plus au volant d'une voiture recherchée par les forces de l'ordre. Enfin, ce véhicule les intéressait toujours, c'était le même qu'il conduisait depuis le début, mais elles n'en sauraient rien, vu que les plaques minéralogiques avaient changé.

Il aurait pu les intervertir avec celles de n'importe quelle voiture. Rien ne l'obligeait à choisir le même constructeur et le même modèle, ni même une voiture garée à l'aéroport. Mais cela ne l'aurait protégé qu'un temps, jusqu'à ce que l'autre propriétaire s'aperçoive de la substitution ou soit contrôlé par quelqu'un qui aurait repéré la plaque. Dès que cela arriverait, la police disposerait d'un autre numéro à traquer et il serait à nouveau en ligne de mire.

Mais si son coup marchait, il aurait droit à un répit. Parce qu'il ne leur fournissait pas seulement la vieille plaque mais aussi la voiture qui allait avec. On retrouverait les documents de location dans la boîte à gants. Ainsi que le portable en morceaux, et on relèverait des empreintes sur le carton de pizza, et qu'en déduirait-on ? Qu'il avait changé de voiture ? Qu'il avait changé les plaques et gardé la même voiture ?

Non, on supposerait très certainement qu'il était venu à l'aéroport parce qu'il s'agissait d'un aéroport, dans l'intention de prendre un avion. Et l'on aurait du mal à établir avec certitude qu'il ne s'était pas débrouillé pour franchir la sécurité et parvenir à ses fins.

Bien sûr, le véritable propriétaire de la Sentra finirait tôt ou tard par revenir. Mais il ne retrouverait pas sa voiture car on l'aurait depuis longtemps enlevée et très certainement désossée jusqu'au châssis, le réassemblage s'avérant aussi simple que pour le portable.

Que ferait-il ? Après l'avoir cherchée partout dans le parking, en poussant vraisemblablement quelques jurons, que ferait le type ?

Certainement une déclaration de vol. Et la police ajouterait la Sentra au fichier national des voitures volées, parmi des milliers d'autres. Ce qui signifiait que les policiers la rechercheraient à travers le pays, sans pour autant chercher très assidûment.

Si Keller était impliqué dans un accident, s'il se faisait arrêter pour excès de vitesse, on vérifierait le numéro d'immatriculation et on constaterait qu'il s'agissait d'un véhicule volé. Mais s'il se contentait de rouler tranquillement en se mêlant de ses oignons, personne ne lui prêterait attention.

Toutefois, il valait mieux les mettre assez vite sur la piste de la Sentra. Le vrai propriétaire ne rentrerait probablement pas avant un ou deux jours mais ce n'était pas la seule raison pour accélérer le mouvement. Dès qu'on aurait identifié la voiture et remonté la piste jusqu'au terminal de l'aéroport, on suspendrait les recherches, et toutes les Nissan Sentra, y compris celle qu'il conduisait, cesseraient d'attirer fâcheusement l'attention.

Bon, devait-il la signaler ?

L'affichage du numéro, inévitable dès que vous composiez le 911, indiquerait de quelle cabine téléphonique il appelait. Il aurait disparu depuis belle lurette avant que quiconque arrive pour l'interroger mais n'y avait-il pas mieux ?

Le numéro gratuit de la station s'était imprimé dans sa mémoire à un moment ou à un autre, à force de l'entendre répéter des centaines de fois. Il choisit une cabine téléphonique au bout d'un centre commercial dont tous les magasins étaient fermés pour la soirée.

Quand le type à la voix radiophonique annonça : « WHO, première radio du centre de l'Iowa pour l'actualité et les débats. Vous êtes à l'antenne… », Keller inspira et demanda :

– Hé, y a-t-il une récompense pour la bagnole que tout le monde recherche ? Parce que je viens justement de la voir du côté de l'aéroport.

– Vous auriez dû rester sur la fréquence 740, dit le type. La voiture a été retrouvée et nous l'avons annoncé à l'antenne il y a bien cinq minutes. Vous avez loupé le coche, l'ami !

– Alors, je touche le fric ou non ?

Un petit rire glapissant retentit dans son oreille, suivi de la tonalité.

– Ça doit être non, dit-il à voix haute.

Il remonta dans sa voiture et prit la route.

9

Il rêvait depuis un moment, la variante d'un rêve qu'il faisait épisodiquement depuis toujours, celui où il se retrouvait nu en public. Ce n'était pas un rêve difficile à interpréter et c'était l'un des premiers sujets auxquels son thérapeute et lui s'étaient attelés au cours d'une infructueuse tentative d'introspection, bien des années auparavant. Mais il faisait encore le rêve de temps en temps et à la longue le sentiment de déjà-vu en atténuait beaucoup l'effet. *Ah, c'est encore toi*, songeait-il avant de se plonger à nouveau dans la réalité apparente du rêve.

Cette fois, le rêve s'interrompit soudain et il se réveilla tout aussi soudainement, n'ayant pas de véritable souvenir du rêve ni aucune autre preuve qu'il avait dormi. Il était assis au volant et garda les yeux fermés pendant qu'il émergeait. Il avait l'épouvantable pressentiment que des hommes encerclaient la voiture, l'arme au poing, des hommes qui attendaient simplement qu'il ouvre les yeux. Mais ils continueraient d'attendre tant qu'il ferait semblant de dormir, aussi n'avait-il que ça à faire, rester assis là les yeux fermés, la respiration courte et régulière.

Il ouvrit les yeux. Il n'y avait personne à proximité de la voiture. Un pick-up était garé en biais à cinq ou six places de la sienne, moteur allumé, et il y avait un gros camping-car à l'autre bout du parking, qu'il pensait avoir aperçu quand il avait pris la sortie pour s'arrêter. Mis à part ces deux-là, l'endroit était désert.

Il était sur une aire de repos de l'US 30 à l'ouest de Cedar Rapids. Il avait quitté Des Moines par la I-80 puis il avait décidé d'éviter les autoroutes, au moins tant qu'il était dans l'Iowa. La carte lui avait indiqué ce qui semblait être une bonne route, vers Marshalltown au nord-est, qu'il avait prise jusqu'à la Route 30 où il avait bifurqué en direction de Cedar Rapids. De là, il aurait le choix entre plusieurs itinéraires – vers Dubuque au nord-est, où il pourrait franchir le Mississippi et passer dans le Wisconsin, ou bien continuer sur la Route 30 vers l'est jusqu'à Clinton et l'Illinois, ou encore une autre route située entre ces deux-là. Il ne pensait pas que ça changerait grand-chose qu'il choisisse tel ou tel trajet, mais il tenait surtout à quitter l'Iowa au plus vite en gagnant le Wisconsin ou l'Illinois. Et il y parviendrait probablement sans devoir faire le plein.

L'élément dont il n'avait pas tenu compte était la fatigue. Il n'était pas si tard et il ne s'était pas levé de très bonne heure, mais le stress subi l'avait visiblement affecté ; il s'était mis à bâiller et avait senti sa concentration flancher bien avant d'atteindre Cedar Rapids. Il s'était ébroué et avait envisagé de s'arrêter pour prendre un café, mais le but était justement de ne pas s'arrêter avant d'y être obligé et d'éviter autant que possible de s'exposer à des regards humains. Et puis, il savait que le café n'était pas conseillé. Son corps avait besoin de tout sauf d'un excitant. Il réclamait de pouvoir débrancher un moment.

L'aire de repos tombait à pic. Un panneau indiquait qu'elle fermait entre deux et cinq heures du matin, tout contrevenant encourait des poursuites. Il avait entendu quelque part que ce genre de réglementation était destiné à décourager les prostituées de bosser dans le secteur, d'ouvrir boutique et d'attirer les routiers par radio. Keller, qui avait peine à concevoir que les deux parties impliquées, putes et camionneurs, puissent en être réduites à ça, ne voyait pas non plus en quoi cela regardait qui que ce soit. Mais il avait supposé qu'on ne ferait pas d'ennuis à l'automobiliste lambda qui fermait l'œil pour quelques heures, et la présence d'un camping-car à l'autre bout de l'aire ainsi que deux voitures vers le milieu indiquaient qu'il n'était apparemment pas le seul. Il s'était donc garé à l'écart des autres, il avait coupé le moteur et verrouillé les portières, puis il avait fermé les yeux en se disant qu'après vingt minutes ou une demi-heure il se sentirait comme neuf.

Il n'avait pas vérifié à quelle heure il avait entamé sa nuit mais il ne devait pas être plus tard qu'une ou deux heures, et il était à présent cinq heures, donc il avait dormi trois ou quatre heures. Il ne pouvait pas se permettre de ne rien faire pendant si longtemps mais, d'un autre côté, il avait visiblement besoin de se reposer. Il pouvait maintenant reprendre la route. Mieux encore, il pouvait envisager les choses à tête reposée, *puis* reprendre la route.

Il consulta la carte et décida qu'il ferait mieux de s'en tenir à la Route 30. C'était l'itinéraire le plus direct. Dubuque l'attirait parce qu'il en avait entendu parler, ce qui n'était pas le cas de Clinton. À présent, à la lueur et à la fraîcheur du jour, tout du moins ce qui serait la lueur et la fraîcheur d'ici une heure quand le soleil serait levé, il voyait que le plus important était de franchir la frontière de l'État, et non de traverser un patelin dont il avait entendu parler. (D'ailleurs, il n'avait rien entendu de très attrayant sur Dubuque. Le seul truc qui lui revenait était le slogan publicitaire du magazine *The New Yorker* quand il était gamin. « Pas pour la vieille dame de Dubuque », se vantaient-ils, ce qui avait pour effet de conférer au magazine des airs de merveilleuse sophistication, tout en faisant certainement enrager un certain nombre de vieilles dames et d'habitants de Dubuque.)

« Comme tu y vas ! » songea-t-il, une remarque comme seule Dot aurait pu lui sortir. Qu'il aurait aimé entendre sa voix, prononçant ces mots ou n'importe quoi d'autre ! Elle était la seule personne avec qui il avait de vraies conversations. Il ne passait pas ses journées murées dans le silence, il échangeait quelques mots avec le portier, il bavardait avec la serveuse au café de Lexington Avenue, il parlait de la météo avec le marchand de journaux, il discutait du parcours des Mets et des Yankees, des Nets et des Knicks, ou des Giants et des Jets[1], selon la saison, avec les types qu'il croisait à la salle de gym, dans un bar ou en attendant l'ascenseur.

Mais Dot était la seule personne qu'il connaissait vraiment, et il n'avait jamais laissé personne d'autre le connaître. Il était rare que deux jours passent sans qu'ils se parlent. À présent, elle était la seule personne qu'il ne pouvait appeler.

Enfin, elle faisait partie des centaines de millions de personnes qu'il ne pouvait appeler, vu qu'il ne pouvait appeler personne. Mais elle était la seule qu'il avait envie d'appeler et ça le tracassait de ne pas pouvoir le faire.

1. Il s'agit respectivement des équipes professionnelles de baseball, de basket et de football américain de la ville de New York.

C'est alors qu'il entendit la voix de Dot dans sa tête. Rien de mystérieux, nulle visitation troublante, ce n'était que son cerveau qui se prenait pour Dot et lui disait ce qu'il pensait qu'elle aurait dit. « Vous avez bien failli vous faire un tour de reins en transbahutant tout le fatras d'un coffre à l'autre, lui dit la voix. Vous ne croyez pas que vous pourriez au moins jeter un coup d'œil à ce que vous avez récupéré ? »

Que l'idée soit venue de lui ou de Dot, elle n'était pas mauvaise et c'était le moment idéal pour la mettre en pratique, personne n'étant dans les parages pour s'intéresser à lui et à ce qu'il fabriquait. Il souleva le hayon et sortit un carton qu'il avait transféré tel quel, sans l'examiner. Il en fit l'inventaire. Si jamais il arrivait jusqu'à l'océan, cela s'avérerait peut-être utile car il s'agissait d'affaires de plage – seaux et pelles en plastique, maillots de bain et serviettes, et même un Frisbee. Ce dernier article n'était pas réservé exclusivement à la plage, on pouvait lancer un Frisbee quasiment n'importe où, à condition d'avoir quelqu'un à qui le lancer. Pour sa part, il pourrait seulement pratiquer le jeté de Frisbee.

Et tant qu'on y était, pourquoi ne pas jeter tout le carton ? Il y avait une poubelle à quelques mètres de la voiture et quelle raison aurait-il de garder tout ce bazar ? Il souleva le carton, se dirigea vers la poubelle mais se ravisa, revint à la voiture et disposa quelques affaires à l'arrière sur la banquette et par terre. Un seau bleu et jaune là, une pelle rouge ici. C'était le parfait camouflage, se disait-il, car quiconque jetterait un coup d'œil à l'intérieur verrait que c'était la voiture d'un père de famille, et non celle d'un assassin en fuite.

À moins qu'on ne le prenne pour un pédophile…

Retour au coffre. Il y avait une boîte à outils métallique, le genre que la plupart des hommes devaient avoir dans leur voiture, équipée de toutes sortes d'outils et de gadgets, qu'il n'aurait su tous identifier. Certains étaient pour la pêche, il en était à peu près sûr ; il reconnut des plombs et des flotteurs en plastique, et aussi deux leurres avec hameçon, l'un en forme de vairon, l'autre ressemblant à s'y méprendre aux petites cuillers qu'utilisent les cocaïnomanes. Il imagina un instant quelque poisson éméché, les naseaux dilatés avec gourmandise, sniffant un bon coup et se retrouvant avec un hameçon dans la branchie. Ce qui, métaphoriquement, était censé arriver aux drogués, quoi qu'il n'ait pas d'expérience directe en la matière. Si Keller était accroc à quelque chose, c'était aux timbres, et cela n'avait jamais troué le septum à qui que ce soit.

Mais ça pouvait vous percer le porte-monnaie. Son dernier achat (excepté la pizza, dont la dernière part lui tiendrait lieu de petit déjeuner dès qu'il aurait terminé l'inventaire du coffre) était les cinq timbres suédois réglés six cents dollars, réduisant subitement sa cagnotte à cent quatre-vingt-sept dollars et quelques pièces dans sa poche. Depuis, la pizza lui avait coûté quinze dollars et le ticket de parking sept, et il lui faudrait payer l'essence pour traverser la moitié du pays. Mettons deux mille cinq cents kilomètres, sans doute plus avec tous les détours, disons huit litres au cent, à soixante-cinq cents le litre, soit au total…

Il fit des calculs dans sa tête, obtint plusieurs résultats différents, et finit par sortir un stylo et un bout de papier pour poser l'opération. Il obtint un montant de cent quatre-vingt-sept dollars et cinquante *cents*, ce qui lui semblait élevé, d'autant que cela dépassait de vingt-deux dollars la somme dont il disposait.

Il aurait aussi besoin d'argent pour manger. Il avait trouvé une manière de se nourrir sans que personne ne puisse le voir de trop près mais il aurait quand même à débourser du liquide.

Et tôt ou tard – le plus tôt serait le mieux –, il faudrait qu'il achète une casquette de base-ball, un produit pour changer la couleur de ses cheveux et quelque chose pour se les couper. (Il y avait un sécateur dans la boîte à outils, qui aurait pu faire l'affaire s'il avait été un rosier, mais il doutait que le résultat soit satisfaisant sur un humain.) Les magasins où l'on vendait les trucs dont il avait besoin acceptaient le plus souvent les cartes de crédit mais, s'il en utilisait une, il se retrouverait dans une posture encore plus fâcheuse.

S'il avait conservé les six cents dollars, il aurait pu voir venir. Il aurait d'autres problèmes, qui s'avéreraient peut-être insolubles, mais le manque d'argent n'en ferait pas partie.

À la place, il n'avait que cinq petits carrés de papier. À une époque, ils auraient pu lui servir pour poster une lettre, à supposer qu'il fût en Suède et qu'il eût envie d'écrire à quelqu'un. Il ne pouvait même pas s'en servir pour ça.

Il se faisait l'effet d'être Jacques, le petit génie qui échange la vache familiale contre des haricots magiques. Pour autant qu'il s'en souvienne, Jacques s'en sortait bien à la fin.

Mais il s'agissait là d'un conte de fées, crut-il bon de se rappeler.

10

Deux heures plus tard, il franchissait le Mississippi à Clinton. Après avoir parcouru quelques kilomètres en Illinois, voyant que le niveau de la jauge s'approchait dangereusement du zéro, il s'arrêta à une pompe tous services dans une station d'essence. C'était apparemment l'heure de pointe, ou ce qui en tenait lieu localement, ce dont Keller se félicita.

Le pompiste avait une tête de lycéen et semblait ne pas encore s'être fait à l'idée de passer le reste de sa vie dans la banlieue de Morrison, Illinois. Avec ses écouteurs, il avait l'air d'un interne muni d'un stéthoscope mais Keller repéra l'iPod dans la poche de son bleu et ce qu'il écoutait était manifestement plus intéressant que le client.

Keller avait baissé le pare-soleil et l'avait positionné devant la partie supérieure de la vitre, ce qui dissimulait un peu son visage au jeune type. Il demanda pour quarante dollars d'ordinaire ; il aurait volontiers fait le plein mais ne voulait pas attendre la monnaie. Le gars lança les opérations puis revint lui proposer de vérifier l'huile. Keller répondit que ce n'était pas la peine.

– J'avais le même, dit le jeune. Le seau avec les chiots jaunes. Pour la plage, vous savez ?

– Mon gosse l'adore, dit Keller.

– Je me demande où est passé le mien.

Le pompiste s'écarta et voilà qu'il se mit à nettoyer le pare-brise, très consciencieusement. Keller lui aurait bien dit de ne pas s'embêter, mais le type se serait alors demandé ce qu'il fichait à la pompe tous services s'il n'en souhaitait aucun. Il le laissa faire et étudia la carte, dissimulant son visage derrière.

Le gars lava aussi la vitre arrière ; quand il eut terminé, il revint côté conducteur et Keller lui tendit deux billets de vingt. Il fut tenté d'en ajouter un troisième pour sa casquette, avec l'inscription « Oshkosh B'Gosh » en lettres cursives assorties au logo de la salopette.

Oui, c'est ça. Il pourrait aussi lui proposer de l'échanger contre le seau de plage. Une bonne façon de passer inaperçu.

Il aurait volontiers profité de l'occasion pour faire quelques achats à la boutique de la station. Ou passer aux toilettes. Mais il avait déjà fait le plein, enfin presque, et il lui faudrait s'en contenter pour l'instant.

Il poursuivit vers l'est sur la Route 30, ne dépassant jamais les cent vingt à l'heure sur les portions en rase campagne, ralentissant pour respecter la limite dans la traversée des villes. Juste après avoir croisé la I-39, il aperçut un drive-in Burger King où il acheta assez de hamburgers, de frites et de Coca pour nourrir une famille. Il ne regarda pas le vendeur, fut à peu près certain que personne n'avait pu l'observer et repartit en un rien de temps.

La ville suivante s'appelait Shabbona, mais avant d'y arriver il aperçut un panneau pour le parc national de Shabbona où il put manger à une table de pique-nique et utiliser les toilettes, le tout sans croiser âme qui vive.

Il y avait aussi une cabine téléphonique et il fut tenté de passer un coup de fil.

À en croire la radio, le changement de plaques avait fonctionné ; de l'avis général, Holden Blankenship s'était débrouillé pour prendre un vol à l'aéroport international de Des Moines. Naturellement, sa présence avait été signalée ici ou là. Une femme qui avait pris l'avion pour Kansas City était certaine d'avoir aperçu Holden Blankenship dans la salle d'attente voisine, en partance pour Los Angeles sur un vol Continental. Elle avait été à deux doigts d'alerter quelqu'un, avait-elle confié aux journalistes, mais l'embarquement avait commencé et elle tenait à rentrer chez elle.

D'autres citoyens coopératifs avaient déclaré avoir entraperçu l'insaisissable assassin dans des bourgades de l'Iowa comme dans des grandes villes des côtes est et ouest. Un individu de Klamath Falls, dans l'Oregon, jurait avoir aperçu Blankenship « ou son frère jumeau » devant la gare routière Greyhound, en tenue de cow-boy, un six-coups à chaque hanche et faisant tournoyer un lasso. Keller ne s'était jamais déguisé en cow-boy et n'avait jamais manié le lasso, et il n'avait pas le souvenir d'avoir jamais mis les pieds à Klamath Falls. Mais il était passé à Roseburg, dans l'Oregon, et il s'en souvenait bien. Roseburg n'était pas si loin de Klamath Falls, lui semblait-il, et il y avait justement une carte de l'Oregon dans le vide-poches de la portière… Il se penchait pour l'attraper quand il songea qu'il se moquait de savoir où c'était. Il n'avait pas à s'y rendre, ce n'était même pas dans sa direction, alors il s'en tapait !

Mettons qu'il se serve du téléphone. Il ne pouvait pas appeler Dot sur son portable, dont il supposait qu'il avait subi en gros le même sort que le sien. Mais il pourrait la joindre sur le fixe.

À quoi bon ? Elle ne serait pas là. Al ne connaissait pas forcément le nom de Keller ni son adresse, mais il connaissait le numéro de Dot. Il l'avait appelée à deux reprises. Et il avait son adresse, lui ayant envoyé plusieurs plis par Federal Express, en particulier des espèces.

Et puis, Dot saurait qu'Al était au courant, et elle agirait en conséquence.

Balancez-le-téléphone-je-répète-balancez-ce-fichu-téléphone.

Elle ne lui aurait pas laissé ce message si elle n'avait pas compris la situation, auquel cas elle savait ce qui lui restait à faire, à savoir quitter le navire.

Donc, s'il l'appelait, personne ne répondrait. À moins que les flics ne soient sur place ou les types d'Al. Si les flics étaient là et s'il appelait, ils seraient peut-être en mesure de localiser l'appel. Sans doute pas les sbires d'Al, mais il n'avait pas plus envie de leur parler qu'aux flics, alors à quoi bon appeler ?

De toute façon, il n'avait pas assez de monnaie sur lui. Comment ferait-il ? Un appel en PCV ou débité sur sa propre facture ?

Sans quitter la Route 30, il contourna Chicago par le sud. C'était assez plaisant. La circulation n'était pas trop chargée et la plupart des gros camions s'en tenaient aux autoroutes principales. Les villes étaient tout juste assez fréquentes pour rompre la monotonie de la conduite. Et il traversait pas mal d'endroits où ç'aurait été sympa de s'arrêter, s'il avait pu s'arrêter quelque part. Mais il savait qu'il ne pouvait pas prendre ce risque et fila donc tout droit malgré les antiquaires, les petits restaurants et toutes sortes d'attractions au bord de la route. Un jour, songea-t-il, il faudrait qu'il refasse ce trajet, quand il ne serait pas pressé, quand il n'aurait pas l'impérieuse nécessité d'éviter tout contact humain, quand il pourrait reprendre sa vie d'avant, l'époque où John Tatum Longford avait encore un pouls.

Mais les choses redeviendraient-elles jamais comme avant ?

Il refoulait cette idée depuis des heures, la tenait à l'écart, sur le bas-côté de l'autoroute des pensées. Mais elle était maintenant là et il ne pouvait pas la faire disparaître en cillant ni s'empêcher de la considérer froidement.

Un dernier boulot. Pourquoi n'avait-il pas dit à Dot de le refuser ?

Il était rentré de ce qui était censé être son dernier voyage d'affaires.

Avant de s'y rendre, il avait passé un moment dans la cuisine de Dot, celle-ci laissant courir ses doigts sur les touches du clavier de son ordinateur. Elle s'était figée, avait contemplé l'écran et l'avait informé que la valeur nette de ses actifs, à la clôture de la Bourse la veille, s'élevait à un peu plus de deux millions et demi de dollars.

– Vous aviez calculé qu'il vous fallait un million pour prendre votre retraite, lui avait-elle rappelé, et je n'ai rien dit mais, quand j'ai fait mes calculs, il m'a semblé que vous auriez besoin du double pour être à l'aise. Eh bien, vous les avez et même plus.

Deux ans auparavant, il avait obtenu des renseignements confidentiels au cours d'un boulot à Indianapolis et Dot en avait profité pour ouvrir un compte-titres. De fil en aiguille, elle avait continué de placer leur argent et s'était découvert un vrai talent pour la chose.

– C'est époustouflant, avait-il dit.

– Eh bien, j'ai eu de la chance mais apparemment j'ai aussi un don. La majeure partie de ce que vous avez gagné depuis lors, et moi aussi, est allée directement en Bourse, et tout cet argent n'a cessé de faire des petits. Ce n'est pas étonnant que les Chinois se soient mis au capitalisme, Keller. Ils sont loin d'être idiots.

– Deux millions et demi de dollars.

– Vous pourriez combler tous les trous de votre collection de timbres.

– Il existe des timbres qui coûtent plus cher que deux millions et demi de dollars. Juste pour mettre les choses en perspective.

– À quoi bon ?

– Ça fait malgré tout beaucoup d'argent. Si je dépense cent mille dollars par an, ça devrait tenir vingt-cinq ans. Je ne suis même pas sûr de vivre si longtemps que ça.

– Un garçon sain et bien portant comme vous ? Bien sûr que vous vivrez jusque-là mais vous n'avez pas à craindre de ne plus rien avoir dans vingt-cinq ans, ni même cinquante.

Elle lui avait exposé ce qu'elle comptait faire, dès qu'elle aurait son accord. Il n'y avait prêté qu'une attention distraite mais, en gros, elle se proposait d'investir la majeure partie de son capital en obligations municipales, avec un rendement de cinq pour cent exonéré d'impôts, et le reste en actions pour se prémunir de l'inflation. Elle pourrait faire en sorte qu'il touche un chèque mensuel de dix mille dollars sans jamais entamer son capital.

– Il y a des gens qui seraient prêts à commettre un meurtre pour ce genre de rente, Keller. Cela dit, c'est déjà votre cas, hein ? Occupez-vous de ce dernier contrat et ensuite vous pourrez vous croiser les bras et jouer avec vos timbres.

Il lui avait fait remarquer, et ce n'était pas la première fois, qu'on ne jouait pas avec des timbres mais qu'on les classait, soulignant qu'il ne pouvait pas le faire les bras croisés, qu'il s'agisse d'une distraction ou d'une occupation sérieuse. Et il avait ajouté :

– Un dernier contrat.

– Vous dites ça sur un ton ! On entend presque l'orgue, poum-poum-poum !

– Ça se passe toujours comme ça, non ? Tout se déroule bien jusqu'au dernier contrat.

– Le problème avec une télé grand écran, c'est qu'on regarde trop de niaiseries juste parce que l'image est belle. Il n'arrivera rien de fâcheux.

Chose remarquable, il ne s'était effectivement rien passé et il était rentré, soulagé et détendu, pour apprendre que « Appelez-moi-Al », qui avait versé une avance substantielle quelques mois auparavant, avait un boulot à lui confier.

– Mais je suis retraité, avait-il objecté.

Dot n'avait rien trouvé à redire. Elle lui avait depuis longtemps crédité sa part de l'avance d'Al mais elle pourrait la déduire et se débrouiller pour la restituer, ainsi que la sienne. Sauf qu'elle voyait mal comment s'y prendre, vu qu'elle ne savait pas du tout à qui retourner l'argent. Elle pouvait seulement attendre qu'Al reprenne contact, exigeant de savoir pourquoi ça leur prenait si longtemps, ce à quoi elle répondrait que son gars était mort ou en prison, car personne n'accepterait de croire qu'on puisse prendre sa retraite dans ce métier, et il lui dirait où renvoyer l'argent.

Ne pouvait-elle trouver quelqu'un d'autre ? Comme ça, il n'y aurait pas besoin de rembourser.

– Eh bien, j'y ai pensé, Keller, mais ça fait des lustres que je ne travaille plus qu'avec vous. Quand vous avez décidé de bosser à fond pour gonfler votre capital-retraite, je me suis mise à vous confier tout ce qui se présentait. Une fois, j'ai fait lanterner un client pour que vous puissiez enchaîner avec son boulot dès que vous rentreriez d'un autre.

– Je me souviens.

– Pas très professionnel mais c'est passé. J'ai laissé tomber tout le reste parce que j'avais décidé de raccrocher moi aussi le jour où vous prendriez votre retraite.

Il l'ignorait.

– Et il a bien spécifié qu'il voulait que ce soit vous, si ça peut avoir de l'importance. Al : « Confiez ça au gus qui a fait un si bon boulot à Albuquerque. » C'est agréable d'être apprécié, non ?

– Il a dit « gus » ?

– Gus ou type, je ne sais plus. C'était dans le mot qui accompagnait la photo et les détails pour le contact. Cette fois il n'a pas appelé. Il y a tellement longtemps que je ne l'ai pas eu au téléphone que j'ai oublié à quoi ressemble sa voix. J'ai gardé le mot quelque part, si ça vous intéresse.

Il avait fait non de la tête.

– J'imagine que le plus simple serait de faire le boulot, avait-il dit.

– Je ne veux pas vous forcer la main mais je dois dire que je suis d'accord avec vous.

Le plus simple… Quoi de plus simple, hein ?

11

Il avait acheté au Burger King de quoi se nourrir une journée entière, mais il avait déjà soif et la nourriture salée n'arrangeait rien. Les milk-shakes, presque trop épais pour la paille, n'étaient pas franchement désaltérants. En arrivant à Joliet – une ville dont il savait seulement qu'elle abritait un pénitencier, ce qui lui semblait un motif de notoriété encore pire que celui de Dubuque – il aperçut un centre commercial et s'arrêta. Il y avait des distributeurs devant la laverie, avec toutes sortes de machins sucrés et salés dont il ne voulait pas, mais celui des boissons proposait des petites bouteilles d'eau. Il y inséra dix dollars et obtint quatre bouteilles dont l'étiquette lui certifiait qu'il s'agissait d'une « eau de source minérale ». C'était vendu le même prix que les boissons gazeuses et il leur suffisait de la mettre en bouteille. Pas de coût supplémentaire pour ajouter du sucre, des édulcorants de synthèse, des saveurs, des colorants caramel, ni quoi que ce soit d'ailleurs. D'un autre côté, c'était pur et naturel, et l'on ne pouvait pas en dire autant des autres boissons, aussi ne pouvait-on pas trop se plaindre du prix.

Quand Keller était gosse, il ne connaissait qu'une seule bouteille d'eau, celle posée sur la planche à repasser de sa mère ; le bouchon était percé de trous et elle aspergeait d'eau les vêtements qu'elle repassait, pour une raison qui lui avait toujours échappé. Keller, comme tous les gens qu'il connaissait, buvait de l'eau du robinet et ça ne lui coûtait rien.

À partir d'une certaine époque, on avait trouvé de l'eau minérale dans les magasins, mais les seuls qui en buvaient étaient du genre à manger des sushis. À présent, bien entendu, tout le monde bouffait des sushis et tout le monde buvait de l'eau minérale. Les motards hors la loi, des gars dont le corps était recouvert pour moitié de cicatrices et pour moitié de tatouages, de méchantes brutes qui décapsulaient les bouteilles de bière avec leurs quelques chicots restants, prenaient de l'eau minérale pour accompagner leurs makis californiens.

Keller retourna à sa voiture et vida une bouteille en quelques longues gorgées. De l'autre côté de la laverie, près du restaurant chinois, il y avait une cabine téléphonique. Sans pouvoir en jurer, Keller avait l'impression qu'on en voyait moins que dans le temps et il supposait qu'elles finiraient par disparaître. De nos jours, tout le monde avait un portable. D'ici peu, il faudrait en avoir un ou apprendre à envoyer des signaux de fumée.

À Dieu va ! Il descendit, se dirigea vers la cabine et composa le numéro de Dot. Le distributeur lui avait rendu sa monnaie en *quarters*, aussi avait-il les trois dollars soixante-quinze que la voix de robot exigea pour les trois premières minutes. Il inséra les pièces, entendit le *cou-iiiic* que faisait l'appareil quand l'appel n'aboutissait pas, suivi d'un message l'informant que le numéro demandé n'était pas attribué. L'appareil lui rendit ses *quarters*.

Il fit une nouvelle tentative, au cas peu probable où il se serait trompé, eut droit au même message et récupéra encore une fois ses pièces.

Eh bien, songea-t-il, *elle a manifestement décampé*, ce qui valait mieux. Mais aurait-elle pris le temps de faire couper le téléphone ? Y aurait-elle intérêt ? N'était-il pas préférable, et aussi plus pratique, de maintenir la ligne pour que quiconque la traquerait perde du temps à la chercher chez elle ?

Trop de questions, auxquelles il ne pouvait répondre.

Il s'arrêta pour prendre de l'essence deux heures après avoir franchi la frontière de l'Indiana. C'était une petite station, deux pompes self-service devant une boutique Circle-K[1]. On insérait sa carte de crédit, on faisait soi-même le plein, on lavait son pare-brise et l'on repartait sans voir personne ni être vu.

Mais pas si l'on voulait payer en espèces. Dans ce cas, il fallait d'abord passer à l'intérieur.

Il avait ralenti devant une station similaire un peu moins de cent kilomètres avant, mais il était reparti aussitôt, ne voulant pas courir le risque de montrer son visage à la caisse. À présent, le réservoir était presque vide et de toute façon, même s'il trouvait une pompe tous services, rien ne disait que le type qui lui ferait le plein ne l'observerait pas attentivement par la même occasion. Il avait eu du bol avec le jeune gars de Morrison mais il ne détenait pas pour autant la formule magique.

Cette fois, il ne prendrait pas pour quarante dollars d'essence. Il avait eu le temps d'y réfléchir et en était venu à la conclusion que les gens qui prenaient autant

1. Chaîne de supérettes, parfois associées à des stations-service.

d'essence d'un seul coup réglaient par carte de crédit. Ceux qui payaient en liquide ne déboursaient jamais plus de dix ou vingt dollars à la fois. Si vous en sortiez quarante, on se souviendrait peut-être de vous, et Keller ne souhaitait pas du tout marquer les esprits.

« POUR LES ESPÈCES RÉGLER D'ABORD À L'INTÉRIEUR PUIS SE SERVIR », annonçait l'écriteau manuscrit, ce qui était on ne peut plus clair, nonobstant l'absence de ponctuation. Keller, qui avait retiré son blazer bleu marine, le renfila. Il jugeait que ça lui conférait un air légèrement plus respectable et moins susceptible d'attirer un regard insistant ; plus essentiel encore, cela dissimulait le revolver glissé dans le creux de ses reins. Il le voulait sur lui parce qu'il pourrait avoir besoin de s'en servir.

Il sortit de son portefeuille un billet de vingt dollars et le tenait à la main en entrant dans la boutique. Ce genre de magasins était souvent la cible des cambrioleurs, il savait que certains étaient équipés de caméras de sécurité et se demanda si c'était le cas ici. Au cœur de l'Indiana rural ?

Et puis, que diable… Il avait bien assez de sujets d'inquiétude.

Il s'avança dans la boutique où une jeune fille seule feuilletait un magazine sur les soaps en écoutant une radio de musique country. Keller posa le billet sur le comptoir et lança d'une volée monocorde :

– Salut, pour vingt dollars à la pompe numéro 2.

Et il regagna la porte avant qu'elle puisse détacher les yeux de son magazine. Elle lui souhaita une bonne journée, ce qu'il prit comme un bon présage.

Bien sûr, elle venait peut-être de sursauter, songea-t-il en remplissant son réservoir. Elle pourrait lui trouver un air familier, comprendre pourquoi, et Keller l'imagina qui décrochait son téléphone, bouche bée, le regard gagné par le devoir civique, et composait le 911.

Comme vous y allez, Keller…

Soixante dollars d'essence jusque-là, quinze pour les hamburgers, les frites et les milk-shakes, dix pour l'eau minérale. Il ne lui restait plus que la moitié de son pécule, soit quatre-vingts dollars et un peu de monnaie. Il avait encore quelques hamburgers froids, tout juste mangeables, et des frites qui ne l'étaient plus. Et aussi un milk-shake entier qui avait fondu mais ne pouvait être qualifié de liquide. Il pourrait, supposait-il, tenir avec ça jusqu'à New York. S'il avait vraiment faim, il mangerait les restes et, s'il n'avait pas faim à ce point, cela voulait dire qu'il pouvait s'en passer.

Mais les besoins de la Sentra étaient moins flexibles. Il lui fallait de l'essence dans le réservoir et même si l'OPEP inondait le marché du pétrole, il arriverait au bout de ses fonds avant d'arriver au bout de l'autoroute.

Il devait bien y avoir une solution, mais il n'était pas fichu de la trouver. Il avait atteint le stade où ses problèmes n'avaient plus de solutions. Les cieux auraient beau s'entrouvrir, l'inonder de casquettes, de tondeuses et de produits colorants, il aurait beau jouir soudain du pouvoir de transformer ses traits en ceux d'une personne entièrement différente, il serait toujours fauché et en rade, quelque part à l'est de l'Ohio ou à l'ouest de la Pennsylvanie, avec l'équivalent philatélique de haricots magiques.

Pouvait-il revendre les timbres ? À six cents dollars, il les avait eus à un bon prix, sans que ce soit une affaire sensationnelle. Pouvait-il proposer une encore meilleure aubaine à quelqu'un et récupérer la moitié de sa mise ? Et puis quoi, frapper aux portes ? Feuilleter l'annuaire téléphonique des petits patelins à la recherche de marchands de timbres ? Il secoua la tête, sidéré d'avoir eu une idée si peu réalisable. Autant se coller les timbres sur le front et s'envoyer par la poste à New York !

D'autres plans d'action lui vinrent à l'esprit, non moins décevants. Le train ? Les chemins de fer avaient plus ou moins abandonné le transport de passagers, bien qu'il existe encore des liaisons entre Chicago et New York et aussi sur la côte est. Mais il ne savait pas trop où se rendre pour prendre le train et, quand bien même, ça lui coûterait plus cher que la somme dont il disposait. Il avait pris le Metroliner pour aller à Washington quelque temps auparavant, et c'était une façon agréable de voyager, de centre-ville à centre-ville, sans s'embêter avec la sécurité dans les aéroports, mais ce n'était pas donné, loin de là. La ligne s'appelait maintenant l'Acela Express, que personne n'arrivait à prononcer et que presque personne n'avait les moyens de s'offrir. S'il n'avait pas d'argent pour l'essence, il n'en avait pas non plus pour le train.

Le car ? Il était incapable de se rappeler quand il avait pris le car pour la dernière fois. Il avait voyagé avec Greyhound un été quand il était lycéen, et il gardait le souvenir d'un trajet cahoteux et inconfortable dans un véhicule bondé de gens qui fumaient et buvaient du whiskey au goulot, la bouteille dissimulée dans un sac en papier. Le car devait être bon marché, sans quoi personne ne le prendrait volontairement.

Mais c'était nettement trop public pour un homme qui avait son visage sur les écrans de télévision aux quatre coins du pays. Il serait enfermé pendant des heures avec quarante ou cinquante voyageurs, et combien d'entre eux le dévisageraient ? Et même si aucun ne faisait le lien immédiatement, il n'aurait nulle part où se cacher, et eux auraient tout le temps de réfléchir, et quelle était la probabilité pour que personne ne fasse le rapprochement ?

Ni le car ni le train. Quelqu'un à la radio, s'interrogeant sur son apparente disparition à l'aéroport de Des Moines, avait émis l'idée que Montrose/Blankenship avait pu franchir le tarmac vers l'endroit où les avions privés atterrissaient et décollaient. Il y avait peut-être dissimulé un avion, avec un complice pour le piloter, à moins qu'il ne sache se débrouiller tout seul. Ou bien, avait ensuite suggéré le type, l'assassin aux abois avait détourné un avion, prenant le pilote en otage et l'obligeant à se rendre en un lieu inconnu.

Keller avait apprécié l'hypothèse, parce qu'elle était du dernier ridicule et lui avait donné l'occasion de rigoler à un moment où il en avait besoin. Cela étant, il se demandait à présent si l'idée était si mauvaise. On trouvait de petits aérodromes un peu partout, où de modestes coucous atterrissaient et décollaient en permanence. Mettons qu'il en repère un, une seule piste quelque part en pleine cambrousse. Mettons qu'il patiente et attende qu'un pilote, un de ces as habitués à voler n'importe où, s'apprête à décoller, appareil vérifié et réservoir plein, avant que Keller, l'assassin aux abois en personne, lui braque son flingue au visage et n'exige d'être déposé à l'angle de la 49e Rue Est et de la Première Avenue.

Non, peut-être pas.

C'était un motel Travelodge, aux abords d'une ville dont il n'avait même pas noté le nom. Il s'était engagé sur le parking à l'arrière, comme un client regagnant sa chambre, avait choisi une place à l'écart et avait coupé le moteur et éteint les phares.

Assis au volant, il mangea un hamburger froid, but de l'eau et observa un couple descendre d'une Honda et se diriger vers une chambre assez proche. Ils n'avaient pas de bagages, nota Keller, et la déduction qu'il en tira fut confortée quand le type tendit la main pour la poser sur l'arrière-train de la femme. Elle la retira d'un geste sec mais quand l'homme l'y remit, elle ne l'enleva pas et la main resta en place jusqu'à ce qu'il en ait besoin pour ouvrir la porte. Puis ils disparurent dans la chambre.

Keller les enviait, pas tellement pour ce qu'ils s'apprêtaient à faire, mais surtout pour la chambre dont ils disposaient à cet effet. Il n'avait aucune idée du prix de la chambre dans ce Travelodge mais ça devait bien coûter au moins cinquante dollars, non ? Tout cet argent, et ils n'allaient même pas y dormir. Ils étaient mariés, il en était presque certain, mais pas ensemble, et ils allaient faire leurs galipettes sur des draps de location, pendant une heure, deux maximum, tandis que Keller était voué à dormir une nuit de plus dans sa voiture.

Y avait-il là une occasion à saisir ? Mettons qu'il attende qu'ils aient terminé. Fermeraient-ils à clé en partant ? Il avait comme l'impression que ce ne serait pas leur préoccupation première, aussi peut-être laisseraient-ils la porte entrouverte, auquel cas il pourrait entrer dans la chambre dès qu'ils seraient hors de vue.

Et même s'ils fermaient à clé, aurait-il beaucoup de mal à s'y introduire ? Il avait son couteau suisse et, si la serrure lui résistait, il pourrait tenter d'enfoncer la porte d'un coup de pied. Ce n'était qu'un motel au bord d'une route, pas Fort Knox[1].

1. Fort militaire situé dans le Kentucky, réputé pour sa sécurité en raison des réserves d'or qu'y a longtemps entreposées le Trésor américain.

En ce qui concernait la réception, la chambre était louée pour la nuit. Même si l'on se doutait qu'elle n'était plus occupée, on ne pouvait pas la louer à nouveau avant que la femme de ménage y soit passée. À en juger d'après le nombre de voitures sur le parking, le motel n'était qu'à moitié plein, ce qui laissait largement assez de chambres disponibles. Keller pourrait entrer et sortir sans que personne ne s'aperçoive de rien.

Il pourrait s'offrir quelques heures de sommeil dans un vrai lit. Sans parler de prendre une douche !

Attendre n'était pas si simple. Il ne pouvait pas débrancher son cerveau et celui-ci ne cessait de lui répéter qu'il perdait son temps, qu'il ferait mieux de reprendre la route et d'abattre les kilomètres.

Et puis, comment pouvait-il savoir qu'ils n'en avaient pas pour longtemps ? C'était peut-être des touristes, trop fatigués après une journée de voiture pour sortir les bagages. Elle avait un sac à main, qui contenait peut-être tout ce qu'il fallait pour tenir jusqu'au lendemain matin quand ils se donneraient la peine de sortir les affaires du coffre. Cela semblait curieux à Keller mais les gens avaient souvent des comportements curieux.

Il s'approcha de leur Honda et ne vit rien sur la banquette arrière, mais les valises étaient peut-être dans le coffre, comme la sienne. Leur voiture était immatriculée dans l'Indiana, mais étaient-ils du coin pour autant ? L'Indiana était assez grand. Il ne savait pas quelle taille exactement, ni dans quelle partie de l'État il se trouvait, étant donné qu'il n'avait que deux cartes, une de l'Iowa où il ne comptait pas retourner, et une de l'Oregon où il n'avait aucune intention de se rendre, nonobstant l'attrait considérable de Roseburg et Klamath Falls. Mais il savait que l'Indiana était d'une belle taille. Ce n'était certes pas le Texas, mais pas le Delaware non plus.

Il retourna à sa voiture. Ils étaient probablement du coin, devait-il admettre, mais ils resteraient peut-être quand même jusqu'au matin. Supposons que le type habite encore chez ses parents, ou qu'elle ait une colocataire. Il leur fallait un endroit pour se retrouver dans l'intimité, où ils pouvaient passer la nuit sans s'attirer d'ennuis. Et Keller, lui, attendait dans sa voiture, ses yeux ne demandant qu'à se fermer, fixés sur une porte qui elle ne s'ouvrirait peut-être pas avant l'aube.

Quand elle s'ouvrit enfin, il consulta sa montre et fut surpris de constater qu'ils étaient là depuis une heure à peine. L'homme sortit en premier et s'attarda sur le seuil, tenant la porte pour la femme, la gratifiant au passage d'une nouvelle tape sur les fesses. Ils étaient habillés comme à leur arrivée et rien dans leur mise ne suggérait qu'ils aient passé l'heure écoulée à faire des choses plus coquines que de regarder David Letterman[1], un natif de l'Indiana, mais Keller subodorait autre chose.

Allez, les incita-t-il en silence. *Laissez la porte ouverte.*

Il crut un instant qu'ils allaient lui faire ce plaisir mais non, il fallut que le connard attrape la poignée et ferme la porte. Ils se dirigèrent vers leur voiture et le type brandit alors quelque chose, une espèce de carte blanche, qu'il tendit à la femme. Elle recula et leva les mains, comme pour parer le coup, et lui voulut glisser le truc dans son sac mais elle s'en empara et le lança sur lui. Il se baissa et le machin lui passa par-dessus

1. Célèbre humoriste et animateur de talk-show.

l'épaule, tous deux rigolèrent et marchèrent jusqu'à la Honda, la main du type à nouveau posée sur les fesses, et Keller regarda où avait atterri le truc blanc car il savait maintenant ce que c'était.

La clé de la chambre, bien sûr. *Tiens, chérie, un petit souvenir de la soirée. Laisse-moi mettre ça dans ton sac.* Keller la ramassa, l'essuya, l'inséra dans la serrure et ouvrit la porte. Il retourna chercher sa valise et la rapporta en la faisant rouler, comme n'importe quel touriste.

12

Il s'était préparé autant que possible à l'éventualité de dormir dans les draps du couple polisson, mais cela lui fut épargné. La chambre était équipée de deux lits doubles et ils ne s'étaient servis que d'un seul – mais ils s'en étaient copieusement servis, à l'évidence. Keller remit le couvre-lit en place et rabattit les draps de l'autre. Il se doucha avec bonheur puis se glissa sous les draps et ferma les yeux. Il avait accroché le panneau « Ne pas déranger », mais avait-il pensé à fermer à clé pour qu'on ne puisse pas ouvrir la porte de l'extérieur ? Il essaya de se souvenir et se dit qu'il ferait mieux de se lever pour aller vérifier, mais il n'eut pas le temps de dire « ouf » qu'il dormait déjà.

Il se réveilla avant que la femme de ménage entame sa ronde. Il se doucha encore une fois, se rasa et enfila des habits propres. Il lui restait un slip de rechange dans sa valise, et une paire de chaussettes propres, mais après, il devrait remettre les sales, car il n'avait les moyens ni de faire une lessive ni d'en racheter.

Un portefeuille-titres d'une valeur de deux millions et demi de dollars et il n'avait pas de quoi s'offrir des sous-vêtements.

Personne ne relèverait les empreintes dans la chambre, mais il passa malgré tout un coup de chiffon, par habitude. Dans la Sentra, il mangea le dernier hamburger, but de l'eau et fit comme s'il avait pris un petit déjeuner copieux. Il balança les frites froides et le milk-shake au ciment.

Il alluma le contact et vérifia la jauge. Il faudrait bientôt reprendre de l'essence, et il pouvait se permettre de dépenser vingt dollars.

À première vue, il n'était pas sûr que la station-service soit ouverte, ni même encore en activité. Le dispositif était assez standard, une minuscule boutique, deux pompes devant, cabine téléphonique et pompe à air sur le côté. Le seul véhicule présent était une remorqueuse garée à l'arrière.

Y avait-il quelqu'un ? Keller s'arrêta à la pompe sur laquelle un panneau manuscrit priait les clients, qu'ils règlent par carte de crédit ou en espèces, de payer à l'intérieur avant de se servir. Keller le sentait mal et il fut tenté de continuer jusqu'à la station suivante, mais il avait déjà laissé passer deux occasions et il en serait bientôt réduit aux prières et aux vapeurs d'essence.

Il se tapota les cheveux et enfila son blazer, en s'assurant que le revolver était bien dissimulé dans son dos. Dommage que les joyeux fornicateurs ne lui aient rien laissé d'utile, en plus des draps vraiment très souillés. Une casquette de baseball, mettons, ou un flacon de colorant pour les cheveux, voire quelques centaines de dollars en liquide et une série de cartes de crédit valides.

Keller tenait un billet de vingt dollars à la main quand il franchit le seuil. Au comptoir était installé un type trapu au front large, qui avait eu le nez cassé au moins une fois. Des cheveux gris acier, coupés assez court pour un camp d'entraînement militaire, dépassaient d'une casquette sur laquelle un Homer Simpson brodé levait une chope de bière.

L'homme lisait un magazine et Keller était prêt à parier qu'il ne traitait pas des soaps. D'ailleurs, il semblait moins passionné que la jeune fille par sa lecture, puisqu'il en détacha le regard avant même que Keller puisse ouvrir la bouche ou poser l'argent sur le comptoir.

– On peut vous aider ?

– Vingt dollars d'ordinaire, dit Keller en lui tendant le billet.

– Attendez une seconde, lança le type alors qu'il se retournait.

Keller pivota et le vit qui inspectait le billet de près. Bon sang, y avait-il un problème ?

– De curieux billets de vingt ont circulé ces derniers temps. Celui-ci m'a l'air bon.

Keller lui aurait volontiers sorti qu'il venait de l'imprimer lui-même, mais il n'était pas sûr que le type comprenne la plaisanterie.

– Il sort tout droit d'un distributeur, se contenta-t-il de dire.

– Vous m'en direz tant.

Vieux grigou méfiant.

– Eh bien, dit Keller, si tout est bon…

Il se dirigea vers la porte mais la voix le fit s'arrêter net.

– Non, reviens tout de suite, l'ami. Et retourne-toi bien lentement, t'entends ?

Keller s'exécuta et ne fut pas surpris en voyant l'arme dans la main du type. C'était un automatique mais pour Keller l'effet était celui d'un canon d'artillerie.

– J'ai pas la mémoire des noms, dit le type, mais apparemment t'en n'as pas qu'un seul et va savoir si l'un d'eux est le vrai. Garde les mains là où je peux les voir, compris ?

– Vous faites erreur.

– Ta photo est partout, l'ami. Les noms, c'est pas mon fort mais je suis assez doué pour les visages. J'te parie qu'on offre une jolie récompense pour ta capture.

– Mon Dieu, vous pensez que je suis le salopard qui a tué le type dans l'Iowa.

– T'as flingué le Négro qui se la jouait. Enfin, s'il fallait que tu butes quelqu'un, j'ai rien contre ton choix. Mais ça veut pas dire que Dieu t'a donné le droit de le faire.

– Je sais que je lui ressemble, dit Keller, et vous n'êtes pas le premier à le remarquer, mais ce n'est pas moi et je peux le prouver.

– Garde ton histoire pour la police, d'accord ?

La main qui ne tenait pas l'arme s'empara du combiné.

– Je vous jure que ce n'est pas moi.

– Qu'est-ce que je viens de te dire ? Si t'as une explication, les mecs en uniforme seront ravis de t'écouter.

– Je suis recherché par la justice, dit Keller, mais pour autre chose.

– Comment ça ?

– Une histoire de pension alimentaire. Pour faire court, la salope me trompait et le gamin n'est pas le mien, même que les tests ADN l'ont prouvé, mais les tribunaux disent qu'il est quand même à ma charge.

– Tu devais avoir un sacré avocat.

– Écoutez, laissez-moi vous le prouver… je vais juste sortir quelque chose de ma poche, OK ?

Et sans attendre la permission, il sortit son revolver et lui mit deux balles dans la poitrine avant que le type ait le temps de tirer un seul coup.

13

L'impact avait projeté l'homme en arrière, sa chaise s'était renversée en même temps que lui et, en tombant, il avait perdu sa casquette Homer Simpson. Keller passa derrière le comptoir pour jeter un coup d'œil au type, mais ce n'était qu'une formalité. Les deux balles s'étaient logées dans la poitrine côté gauche, l'une au moins avait touché le cœur, et voilà tout.

Keller avait les oreilles qui bourdonnaient suite à la détonation et il avait un peu mal à la main à cause du recul du revolver. Il se redressa et regarda par la fenêtre. Une voiture était stationnée devant une des pompes, il en fut déconcerté une ou deux secondes, le temps de comprendre que c'était la sienne, garée là où il l'avait laissée.

Le mort tenait toujours son arme, l'index sur la détente, et Keller avait entendu des histoires de types qui tiraient longtemps après avoir été tué, leur doigt se crispant quand survenait la rigidité cadavérique. Il n'était pas sûr que ce soit jamais arrivé, peut-être n'était-ce qu'un élément de l'intrigue d'une bande dessinée lue dans son enfance, mais de toute façon il voulait cette arme. C'était un SIG Sauer muni d'un chargeur complet de quinze balles, alors que son propre revolver n'en comptait plus que deux et venait de servir pour un homicide. Le SIG n'était pas si énorme qu'il lui avait semblé

– rien de tel que d'avoir une arme braquée sur soi pour qu'elle paraisse nettement plus impressionnante –, mais il était quand même légèrement plus grand et plus lourd que le revolver. Il le plaça à l'endroit où il avait porté l'autre et ça tenait très bien, donc l'affaire était entendue.

Il effaça ses empreintes sur le revolver, le mit dans la main du défunt, disposa les doigts encore tièdes autour de la crosse et inséra l'index dans le pontet. Sérieusement, personne n'allait gober que le vieux type s'était tiré deux balles dans le cœur mais c'était un endroit comme un autre où laisser le revolver, et cela donnerait tout du moins à quelqu'un l'occasion de réfléchir.

Il chercha la caisse enregistreuse mais n'en vit pas. Une vieille boîte à cigares Garcia y Vega était posée sur le comptoir, dans laquelle le type conservait l'argent liquide et les reçus de carte de crédit. Surtout des billets de un et de cinq, plus quelques-uns de dix. *Pas surprenant qu'il ait longuement examiné le billet de vingt*, songea Keller. C'était vraisemblablement le premier du mois.

Il n'avait pas particulièrement envie de toucher au cadavre, mais il n'était pas non plus du genre chochotte, aussi retira-t-il de la poche avant droite du jean imitation treillis un portefeuille en cuir orné d'un motif repoussé, tellement usé et élimé que Keller avait peine à le distinguer. Une sorte d'armoiries, vaguement familière, mais qu'il ne remettait pas.

À l'intérieur, il reconnut les mêmes armoiries sur une carte certifiant que son titulaire, Miller R. Remsen, était un digne membre de la National Rifle Association. *Les armes à feu ne tuent pas les gens*, songea Keller. *Foutre son nez cassé dans les affaires des autres, voilà ce qui tue les gens*.

Sur le permis de conduire de Remsen, délivré dans l'Indiana, figurait également son deuxième prénom, Lewis. Et aussi sa date de naissance ; Keller calcula qu'il avait soixante-treize ans et en aurait eu soixante-quatorze au mois d'octobre s'il n'avait pas décidé de jouer les bons citoyens. Il y avait des cartes de sécurité sociale et d'assurance-maladie, et deux très vieilles photos d'enfants, souriant bravement pour le photographe scolaire. Ils avaient probablement eu des enfants à leur tour, mais, si tel était le cas, Remsen n'avait pas leur photo.

Le portefeuille contenait des espèces, dont deux billets de cinquante et pas mal de vingt, un peu plus de trois cents dollars au total. Il y avait aussi deux cartes de crédit au nom de Miller L. Remsen. La Visa de Citybank avait expiré, mais la MasterCard émise par CapitalOne était valable encore un an et demi.

Il empocha l'argent et la carte de crédit valide, essuya et rangea tout ce qu'il avait touché, puis remit le portefeuille dans la poche du mort. Il ouvrit à nouveau la boîte à cigares, hésita puis s'empara des petites coupures.

Quelque chose attira son attention, dans le coin de son regard ; il se tourna et l'aperçut – au plafond, à l'angle de deux murs. Une caméra de surveillance, et qui se serait attendu à en trouver une dans un établissement minable comme celui de Remsen ? Mais de nos jours, il y en avait partout et, quand les flics retrouveraient le cadavre, ils jetteraient un coup d'œil à la caméra, ce que Keller ne pouvait laisser faire.

Il monta sur une chaise et redescendit quelques minutes plus tard en hochant la tête. La caméra était bien fixée là, mais elle ne contenait ni film, ni cassette, ni batterie, et aucun fil ne la reliait à une source d'alimentation. C'était comme ces autocollants annonçant la présence d'un système d'alarme. Un épouvantail, voilà tout, et

Keller en effaça ses empreintes et la laissa en place pour remplir son office.

Le minuscule coin boutique ne proposait pas grand-chose, essentiellement des pièces détachées et des accessoires pour automobiles. Il y avait des bidons d'huile, des balais d'essuie-glace, des produits pour le moteur. Il prit deux tendeurs de deux mètres, se disant qu'ils pourraient lui être utiles, sans savoir à quoi.

Remsen vendait aussi toutes sortes de friandises – sachets de chips, bâtonnets de viande fumée, crackers fourrés au beurre de cacahuète… qui pourraient aussi lui rendre service, pensa-t-il avant de se raviser. Tout semblait dater de la présidence Carter. Il les laissa à leur place.

Une porte était celle des toilettes, dans l'état épouvantable auquel il s'attendait. Il la referma vivement et en ouvrit une autre qui donnait sur une pièce de trois mètres sur quatre, visiblement le logement de Remsen. Il y avait une pile de magazines, qui traitaient tous d'armes à feu, de chasse ou de pêche, trois romans d'Ayn Rand[1] et, détail le plus déconcertant, une poupée gonflable allongée sur le lit, la tête posée sur l'un des deux oreillers. Le type l'avait affublée d'un masque en caoutchouc. Le visage avait l'air vaguement familier et Keller finit par comprendre qu'il était censé ressembler à Ann Coulter[2]. Il songea qu'il n'avait certainement rien vu d'aussi triste de toute sa vie.

Quelque chose d'autre le gênait et il lui fallut une minute pour comprendre de quoi il s'agissait. Pas le fait

1. Essayiste et romancière américaine (1905-1982) qui prônait une philosophie imprégnée de rationalisme et d'individualisme.

2. Commentatrice politique proche du Parti républicain et connue pour ses idées conservatrices.

d'avoir tué Remsen – il en avait tué bien d'autres, aucun pour une raison si pressante. Ce type avait eu ce qu'il méritait, et on ne pouvait pas en dire autant pour beaucoup des hommes et des femmes dont les noms auraient figuré dans les Mémoires que Keller ne rêverait jamais d'écrire. Par le passé, il avait souvent eu recours à une technique de gymnastique mentale pour atténuer le souvenir d'un meurtre, mais il n'aurait pas besoin de le faire pour Remsen car il ne se sentait pas du tout embêté.

Ce qui le gênait, c'était quelque chose qu'il n'avait jamais commis auparavant. Voler un mort.

Keller s'était toujours demandé ce qu'il y avait de si terrible à voler les morts, comparé, mettons, à voler les vivants. Une fois que vous étiez mort, que vous importait ce que devenait votre montre ou la bague que vous portiez au doigt ? Les suaires n'ont pas de poches[1], comme dit la chanson, et de l'avis général on ne pouvait rien emporter avec soi, alors pourquoi ne pas voler les morts ?

Cela n'avait rien à voir avec la nécrophilie, qui était, elle, carrément dégoûtante. Il s'agissait simplement de faire bon usage de ce qui n'en avait plus aucun pour son propriétaire.

C'était quand même du vol, bien sûr, puisque les morts pouvaient avoir des héritiers, que l'on spoliait donc. Cela dit, certains voleurs dont on disait qu'ils auraient même volé un four brûlant s'interdisaient de faire les poches à un cadavre. Keller ne comprenait pas et, maintenant qu'il y réfléchissait, il se dit que c'était un tabou imposé par la société ; si ce n'était pas mal de voler les morts, voyons, tout le monde le ferait.

1. Allusion à la chanson *The Munition Maker* de country Joe McDonald, chanteur rock et leader du groupe Country Joe and the Fish.

Ça lui faisait donc quelque chose mais une fois qu'il eut clarifié ses pensées, sa gêne disparut. Et il n'avait rien pris de personnel, ni montre ni bague. Juste du liquide et une carte de crédit dont il avait désespérément besoin.

Dehors, il alla à sa voiture et remplit le réservoir, sans se limiter à vingt dollars. La Sentra but longuement et se cala sur ses roues, comme un homme costaud se laissant aller contre son dossier après un lourd repas.

L'affichette de Remsen était toujours accrochée à la pompe, priant les clients de régler avant de se servir, qu'ils payent en espèces ou bien par carte de crédit. Il la remplaça par une autre qu'il avait rédigée au comptoir, très certainement avec le marqueur dont Remsen s'était servi. FERMÉ POUR URGENCE FAMILIALE, avait-il inscrit en lettres capitales. SERVEZ-VOUS ET RÉGLEZ PLUS TARD. Keller doutait fort que quiconque connaissant Remsen le croirait capable d'une telle confiance envers ses congénères, mais qui irait se plaindre d'un plein gratuit ? Tout le monde se servirait, supputait-il, et certains régleraient peut-être même par la suite.

À l'intérieur, il retourna l'affichette en vitrine, OUVERT devenant FERMÉ. Il éteignit les lumières, disposa les choses derrière le comptoir pour que le cadavre ne soit pas visible de l'extérieur, retourna à la porte ouverte, enfonça le bouton qui la verrouillerait et franchit le seuil. Et il se figea là, un pied dehors et l'autre dedans, parce qu'il avait presque l'impression d'entendre la voix de Miller Remsen, l'arrêtant net.

Pas si vite, l'ami. Où crois-tu filer comme ça ?

Il n'avait pas envie de retourner derrière le comptoir mais il savait qu'il le fallait. N'avait-il pas déjà prouvé qu'il n'était pas une chochotte ? Pourquoi reculer maintenant ?

Il prit son courage à deux mains, puis se pencha pour ramasser la casquette Homer Simpson. Il n'avait même pas besoin de la retirer à Remsen, elle était tombée toute seule, aussi lui suffit-il de s'en saisir, ce qui n'était pas si dur, et de la mettre sur sa tête, ce qui n'était pas si facile.

Dans la voiture, il se regarda dans le rétroviseur. La casquette avait du bon. La lanière ajustable était un peu lâche – il avait remarqué que Remsen avait une grosse tête – aussi la resserra-t-il d'un cran, et c'était mieux. Il enfonça davantage la visière, pour dissimuler son front un peu plus, et c'était encore mieux.

Il avait le pistolet d'un mort dissimulé dans le creux des reins et il avait dans son portefeuille le fric et la carte de crédit d'un mort, et il avait rempli son réservoir avec l'essence d'un mort. Et voilà qu'il avait sur la tête la casquette d'un mort.

Au final, c'était un curieux rebondissement. Mais tout compte fait, il lui semblait maintenant possible de regagner New York.

Le comptoir drive-in du Wendy's était encore plus inoffensif que celui du Burger King. Il commanda deux hamburgers et une salade verte, et les mangea dans la voiture quelques kilomètres plus loin. Il traversa le reste de l'Indiana, puis l'Ohio, parcourut quelques kilomètres en Virginie-Occidentale et franchit une nouvelle frontière d'État pour se retrouver en Pennsylvanie avant de devoir reprendre de l'essence. Il choisit une aire très fréquentée par les routiers, s'arrêta à une pompe self-service et régla avec la carte de crédit de Remsen.

À un moment, il s'aperçut qu'un autre automobiliste l'observait avec intérêt, et il se demanda ce qu'il allait faire ; il y avait des gens partout, il ne pouvait pas flinguer le type et s'enfuir. Il le regarda à son tour et le gars, qui avait au maximum vingt-cinq ans, afficha un large sourire et pointa le pouce en l'air.

Pourquoi, nom de Dieu ?

– Hé mec, Homer ça le fait !

Keller comprit qu'il ne regardait pas son visage mais sa casquette, et qu'il exprimait son soutien à Homer Simpson, ou son approbation au goût d'Homer Simpson pour la bière, ou Dieu sait quoi encore.

Jusqu'à cet instant, Keller avait été partagé au sujet de la casquette. Elle contribuait indéniablement à le rendre moins reconnaissable, ce qui était bien, mais en même temps elle attirait l'attention à elle seule, ce qui ne l'était pas. Une casquette John Deere, ou Bud Light, ou à l'effigie des Cowboys de Dallas[1] – l'une ou l'autre lui aurait conféré un degré d'invisibilité qu'Homer, brodé en jaune fluo sur fond bleu, était loin de lui assurer. Il avait même envisagé de couper les fils et de retirer la broderie, éliminant du tableau Homer et sa mousse.

À présent, il se félicitait de s'en être abstenu. Homer attirait l'attention, comme il l'avait craint, mais dans le cas précis, il avait détourné cette attention du visage de Keller. Plus les gens remarquaient Homer, moins ils prêtaient attention à Keller. Il n'était qu'un mec avec une casquette d'Homer, et il envoyait le message subliminal qu'il était innocent et inoffensif, car qu'y avait-il à craindre d'un rustaud qui arborait Homer à quelques centimètres de ses sourcils ?

1. John Deere est une marque de machines agricoles, Bud Light est une bière allégée et les Cowboys sont une équipe professionnelle de football américain.

14

En contournant la ville de Pittsburgh, il se débrouilla pour perdre la Route 30, et des panneaux lui indiquèrent qu'il approchait de l'autoroute de Pennsylvanie. Il pourrait la prendre jusqu'à New York, mais il avait vaguement le souvenir d'avoir entendu dire que les excès de vitesse y étaient sévèrement punis. Cette information datait peut-être d'une vingtaine d'années, à supposer que cela ait jamais été vrai, et il n'avait pas dépassé la limite une seule fois depuis qu'il avait quitté Des Moines, mais un autre panneau l'informa qu'il se dirigeait vers la I-80 et il poursuivit dans cette direction.

Avant sa rencontre avec Remsen, il aurait eu une raison plus impérative d'opter pour la I-80. C'était gratuit alors qu'il y avait un péage pour l'autoroute de Pennsylvanie. Lorsqu'il devait économiser ses sous pour l'essence dans l'espoir d'arriver jusqu'à chez lui, il était logique de faire un détour pour éviter un péage. Mais il avait maintenant de l'argent dans les poches, le péage n'avait plus comme seul inconvénient que de devoir montrer brièvement son visage à une personne de plus.

Il dut rouler plus longtemps que prévu pour rejoindre la I-80 et fut content d'atteindre enfin une aire où s'arrêter. Il avait besoin d'aller aux toilettes, en profita pour se regarder dans la glace et fut incapable de détacher les yeux d'Homer Simpson. Fallait-il qu'il soit si pétant ? Keller pourrait peut-être le frotter avec de la terre, le ternir un peu.

Il le laissa tel quel, consulta la carte routière affichée à l'extérieur, regagna sa voiture et resta assis un moment à se demander s'il pouvait atteindre New York d'une seule traite. Il lui restait probablement assez d'essence, mais il serait stupide de risquer la panne sèche, mettons sur le pont George-Washington, quand Miller Remsen ne demandait pas mieux que de lui offrir le plein.

Il devait décider s'il voulait dormir une nuit de plus sur la route. Quelques heures dans un vrai lit l'avaient rendu difficile, l'idée de dormir dans sa voiture n'était plus attrayante. Pour combien de temps en avait-il ? Sept ou huit heures ? Un peu plus, avec les arrêts pour se nourrir et prendre de l'essence ?

Il estima qu'il serait en ville en gros vers trois ou quatre heures du matin s'il faisait le trajet d'une seule traite. Ce qui n'était pas une mauvaise heure pour arriver à son appartement. Il y aurait moins de monde dans les rues et les quelques personnes qui traîneraient dehors à cette heure-là seraient trop ivres pour le remarquer ou se souvenir de lui.

Une piste de réflexion tenta de s'immiscer dans ses pensées, mais son esprit l'écarta délibérément…

S'il ne s'arrêtait pas, songea-t-il, il arriverait fatigué et épuisé, et était-il souhaitable de rentrer au bercail dans cet état ? Il aurait envie de se mettre au lit, le seuil à peine franchi, mais il ne pourrait pas car il aurait des tonnes de choses à faire. Sans même parler du courrier, qui s'accumulait chaque fois qu'il partait en voyage.

Un tas d'autres trucs requerraient son attention immédiate. Comme toujours.

Encore cette bribe de pensée, et une fois de plus il n'en prit pas pleinement conscience, la refoulant quasi sans effort.

Il alluma la radio pour la première fois depuis qu'il avait quitté la station-service de Remsen mais il traversait une région vallonnée où la réception était mauvaise. La seule station qu'il captait diffusait de la musique, et ça crachotait tellement qu'il n'arrivait même pas à distinguer quel genre de musique c'était. Il éteignit. Il semblait peu probable qu'on ait retrouvé le cadavre de Remsen. Le panneau qu'il avait laissé expliquait l'absence du bonhomme, et il faudrait une raison sérieuse avant qu'on enfonce la porte et qu'on fouille la boutique. Le type vivait seul et, s'il avait le moindre ami, Keller n'en avait pas vu la trace.

Il jeta un coup d'œil au bâtiment en brique des toilettes. Devant l'entrée, il avait remarqué un distributeur de *USA Today*, mais il n'avait pas pensé à en prendre un. Ce ne serait pas une mauvaise idée, se fit-il la réflexion, de savoir ce qui se passait dans le monde, d'autant que la radio ne lui serait pas d'un grand secours pendant quelques heures. Il ouvrit la portière et descendit, mais juste à ce moment-là un gros 4 × 4 arriva et se gara pile devant la petite construction en brique, et les portières s'ouvrirent pour laisser descendre deux adultes et quatre jeunes enfants, tous pressés d'aller aux toilettes.

Beaucoup trop de monde d'un seul coup. Il remonta dans sa voiture. Le journal pouvait attendre.

Il reprit la route et repensa à l'homme qu'il avait tué dans l'Indiana. Il existait peut-être un autre vieux chnoque mal embouché avec qui Remsen allait à la chasse ou à la pêche, ou qui venait jouer au rami avec lui, et tôt ou tard on forcerait la porte et on retrouverait le cadavre, mais d'ici là Keller se serait débarrassé de sa carte de crédit depuis belle lurette – et aussi de la Sentra, d'ailleurs, car il serait à New York où il n'avait pas besoin de voiture et où il fallait être dingue pour en avoir une.

Qu'il mette un jour ou deux, qu'il fasse le trajet d'une seule traite ou qu'il dorme quelque part, il serait de retour à New York d'ici quelques heures. Hors de danger, bien en sécurité chez lui.

Un panneau annonçait un restaurant à la sortie suivante, promettant la cuisine familiale des Pennsylvania Dutch[1]. Keller trouva la proposition irrésistible, bien qu'il ne sût pas vraiment en quoi consistait la cuisine familiale des Pennsylvania Dutch. De nos jours, songeat-il, ils achetaient probablement des trucs au Grand Union[2] qu'ils fourraient au micro-ondes, comme tout le monde. Mais le restaurant se réclamait certainement d'une époque plus simple. Il prit la sortie, trouva l'établissement, s'engagea sur le parking et se demanda quelle mouche l'avait piqué.

Parce qu'il s'agissait d'un restaurant normal, le genre où vous entrez pour manger sur place, où vous vous installez à une table, où vous choisissez dans un menu, où la serveuse vous apporte vos plats. Et vous a sous les yeux, de même que les autres clients, ce qu'il avait justement pris grand soin d'éviter depuis que son portrait s'était affiché à la télé au Days Inn de Des Moines. Certes, il portait maintenant une casquette mais ce n'était

1. Le terme « Pennsylvania Dutch » désigne les descendants d'immigrés allemands et suisses qui se sont installés aux XVIIe et XVIIIe siècles en Pennsylvanie, notamment les communautés mennonite et amish.

2. Chaîne de supermarchés.

pas comme de se cacher sous un masque d'Ann Coulter. Son visage était au grand jour, où n'importe qui pouvait le voir.

Il embraya, quitta le parking en marche arrière et trouva un Hardee's avec un comptoir drive-in. Il s'acheta à manger, se gara une dizaine de mètres plus loin, avala le tout, jeta les ordures à la poubelle, repéra la bretelle d'accès et reprit l'autoroute.

Bon, qu'est-ce qui lui avait pris ? Le *shoofly pie* ou l'*apple pandowdy*[1] lui avaient-ils mis l'eau à la bouche ? Son estomac avait-il supplanté son cerveau ? Il y réfléchit et comprit ce qui était arrivé.

Il était en Pennsylvanie, beaucoup plus près de chez lui que de l'Iowa. Et plus il se rapprochait de New York, plus il se sentait en sécurité. Ajoutez-y l'assurance que lui procurait l'argent dans sa poche, la manière dont sa casquette lui avait facilité les choses la dernière fois qu'il avait pris de l'essence, et il en était manifestement arrivé à s'imaginer qu'il n'avait plus rien à craindre.

Bientôt, songea-t-il. Il serait bientôt chez lui. Mais il n'y était pas encore.

Deux heures plus tard, il parvint à se convaincre qu'un motel était nettement moins risqué que le restaurant Pennsylvania Dutch.

D'une part, il n'aurait pas affaire à d'autres clients. La seule personne qu'il verrait serait celle qui lui louerait la chambre. Il aurait la visière de sa casquette bien enfoncée sur le front et garderait la tête baissée en remplissant la fiche d'inscription. Et puis c'était un motel indépendant, non affilié à une chaîne nationale, ce qui

1. Deux desserts amish (tarte à la mélasse et tourte aux pommes), mais aussi le titre d'un standard de jazz.

augmentait la probabilité que le gérant soit un immigré du sous-continent indien. D'ailleurs, il venait probablement du Gujerat et s'appelait certainement Patel.

Depuis des années, des Indiens originaires de l'État du Gujerat, qui s'appelaient Patel pour la plupart, rachetaient des motels aux quatre coins des États-Unis. Keller jugeait fort probable qu'il existe une école dans la ville principale du Gujerat, quel que soit son nom, où l'on enseignait la gestion de motel à d'ambitieux autochtones. *Le sujet du jour, chers élèves, est le positionnement adéquat du chocolat à la menthe sur l'oreiller. Demain nous aborderons le papier protecteur à poser sur la lunette des W. C., certifiant leur désinfection pour une meilleure hygiène…*

Comme le visage de Keller n'avait rien de remarquable, attirant rarement un second regard, ne le serait-il pas d'autant moins pour une personne originaire d'un contexte ethnique très différent ? Keller n'était pas très porté sur les stéréotypes culturels ou raciaux, et ce n'était pas son genre de dire que tous les Asiatiques ou tous les Africains se ressemblaient, mais il était indéniable que la première fois qu'il voyait quelqu'un d'une race très différente de la sienne, c'était cette différence qui lui sautait aux yeux. Il voyait un homme noir, ou une femme coréenne, ou un Pakistanais ; par la suite, la familiarité aidant, il arrivait mieux à repérer l'individu.

Et, pour un homme ou une femme du Gujerat, n'en irait-il pas de même quand un type blanc se présentait au comptoir de son motel ? Ne voyait-on pas d'abord *ce* qu'était le client avant de voir *qui* il était ? Et vu qu'il suffisait de passer sa carte de crédit et de lui tendre la clé de sa chambre, quelle raison aurait-on de s'en tenir au premier coup d'œil ?

Il décida de prendre le risque.

Il n'y avait personne à la réception quand Keller ouvrit la porte mais, sans voir quiconque, il sut que sa supposition était fondée. Les propriétaires étaient d'origine indienne, même s'ils ne venaient pas forcément du Gujerat. La puissante odeur de curry ne laissait aucun doute.

Ce n'était pas les arômes qu'on s'attendait à rencontrer dans les collines du centre de la Pennsylvanie et ils firent encore plus d'effet à Keller que les mots « cuisine familiale des Pennsylvania Dutch ». C'était là une odeur qui promettait tout ce qui manquait aux hamburgers et aux frites de fast-food. Keller n'avait pas faim, ça ne faisait pas très longtemps qu'il avait mangé, mais la faim n'était pas le problème. Il aurait voulu trouver l'origine de ce délicieux bouquet et se rouler dedans comme un chien avec une charogne – une image, songea-t-il, qui n'était flatteuse ni pour lui ni pour la nourriture, mais malgré tout…

Il coupa court à ses réflexions quand le tintement d'un rideau de perles signala l'arrivée d'une jeune fille, frêle et basanée, vêtue d'un chemisier blanc et d'une jupe à carreaux, peut-être l'uniforme d'une école paroissiale. C'était certainement la fille des propriétaires, elle était très jolie et, dans d'autres circonstances, Keller se serait peut-être permis de flirter innocemment avec elle. Il aurait au minimum fait une remarque sur la délicieuse odeur de cuisine.

Pas cette fois. Il se contenta de demander une chambre et elle se contenta de lui indiquer le prix, trente-neuf dollars, qui lui sembla tout à fait raisonnable. Elle ne le regarda pas, ni son visage ni celui d'Homer, à moins que ça ne lui ait échappé. Il n'était qu'une corvée ennuyeuse à expédier, avant qu'elle n'aille fignoler la dissertation pour son dossier d'admission à Harvard.

Il remplit la fiche qu'elle lui remit, inventant un faux nom et une fausse adresse, mais il laissa vide la case pour le modèle de sa voiture et le numéro d'immatriculation. Les fiches comportaient toujours ces cases-là mais on se moquait que vous les remplissiez ou non, et la demoiselle, qui n'aurait même pas remarqué s'il avait signé Mahatma Gandhi, ne faisait pas exception à la règle.

Il paya en espèces car sa carte de crédit était au nom de Remsen et il en avait noté un autre. Il aurait pu mettre Remsen, le nom ne présenterait aucun risque pendant quelques jours, voire plusieurs semaines, et d'ici le lendemain il serait à New York et rien de tout cela n'aurait plus la moindre importance. Mais comme il avait de l'argent, quelle différence cela pouvait-il faire ?

Elle lui demanda s'il comptait téléphoner, auquel cas il devait lui laisser un acompte ou bien lui permettre d'imprimer sa carte de crédit. Il fit non de la tête, prit sa clé et s'emplit les narines une dernière fois de l'agréable odeur de curry.

15

Après tout ce qu'il avait enduré pour mettre la main dessus, il trouva le moyen de sortir sans sa casquette le lendemain matin. Il était à mi-chemin entre la chambre et sa voiture quand il s'aperçut de son oubli. Fort heureusement, il avait aussi omis de laisser la clé sur la commode et put donc retourner la chercher. Homer planté sur le front, telle une walkyrie à la proue d'un drakkar, il se sentait prêt pour affronter le monde.

Il parcourut quelques kilomètres, s'arrêta pour remplir le réservoir – ce qui serait son dernier plein – et repartit. La phrase « en sécurité chez soi » lui trottait dans la tête comme un mantra. Il lui suffisait de gagner son appartement et de s'y enfermer à clé pour tenir à l'écart sa vie de fugitif et tout ce qui allait avec. Et puisqu'il était maintenant retraité, plus aucun *dernier contrat* ne se profilant à l'horizon, tout ça serait remisé pour toujours. Il aurait ses timbres, son énorme téléviseur dernier cri, le TiVo et, à deux pas, tous les autres aspects de la vie qu'il s'était ménagée – son épicerie fine habituelle, ses restaurants préférés, le marchand de journaux où il achetait tous les jours le *New York Times*, la blanchisserie où il déposait son linge sale le matin et le récupérait propre le soir. Ce n'était sans doute pas une vie très palpitante, centrée qu'elle était sur des activités sédentaires et solitaires comme la philatélie ou la télévision, mais le palpitant avait perdu de son charme au fil des ans, à supposer qu'il en ait jamais eu, et il trouvait bien assez excitant d'enchérir pour un timbre sur eBay et de voir si quelque connard lui soufflait la mise avant l'expiration du délai. C'était du palpitant à faible enjeu, à n'en pas douter, mais ça lui suffisait.

La pensée fuyante cherchait à nouveau à percer, à remonter à la surface. C'était comme une chose à peine entraperçue dans le coin du regard. Vous saviez que vous n'aviez qu'à tourner la tête pour la voir, et il n'en fallait pas plus pour garder le regard fixé droit devant.

Il acheta son petit déjeuner sans incident au comptoir d'un drive-in, deux Egg McMuffin[1] et un café. Juste avant de quitter l'autoroute, il avait croisé un panneau annonçant une aire de repos à huit kilomètres. Il s'y rendit et se gara sous un arbre. Le timing était parfait, fut-il ravi de noter ; le café n'était plus brûlant et les Egg McMuffin étaient encore tièdes.

Quand il eut terminé de manger, il passa aux toilettes et, en ressortant, il pensa enfin à s'acheter le journal. *USA Today* coûtait soixante-quinze *cents*, il introduisit trois *quarters* mais il remarqua à ce moment-là que le distributeur voisin proposait le *New York Times* du jour. Il appuya sur le bouton « remboursement », récupéra ses pièces, en ajouta une quatrième et acheta le *Times*. Comme il regagnait sa voiture, il songeait déjà à la manière dont il s'attaquerait au journal. D'abord les actualités locales et nationales, ensuite le cahier « Sport » et enfin les mots croisés. Quel jour était-on, au fait ?

1. Sandwich œuf-bacon-fromage servi au petit déjeuner chez McDonald.

Jeudi ? La difficulté de la grille augmentait de jour en jour, du lundi qui était à la portée d'un gamin de dix ans assez doué au samedi qui donnait souvent à Keller l'impression d'être légèrement retardé. Celle du jeudi était juste comme il faut. Il arrivait d'habitude à la terminer, mais ça lui demandait de la réflexion.

Il s'installa au volant, se mit à l'aise et entama sa lecture. Il n'arriva jamais aux mots croisés.

16

Le journal que Keller achetait quotidiennement était divisé en quatre cahiers mais l'édition du *Times* diffusée en dehors de la région de New York n'en comprenait que deux. Il y avait en première page un article consacré à l'assassinat, traitant principalement des retombées politiques, et un autre papier en pages intérieures sur la traque du meurtrier, laquelle suivait apparemment plusieurs pistes, dont aucune ne semblait avoir abouti. Il n'y avait rien sur Miller Remsen, ce qui ne surprit nullement Keller ; même si on avait retrouvé le cadavre, ce qui semblait peu probable à ce stade, cela n'intéresserait personne en dehors de l'Indiana, dès lors qu'il n'avait pas griffonné « Attrapez-moi avant que je bute d'autres gouverneurs » au rouge à lèvres sur le miroir avant de filer.

Il faillit rater l'article.

C'était en page trois dans le deuxième cahier : « Incendie criminel et meurtre à White Plains » annonçait le titre, et c'était White Plains qui avait attiré son regard. Si ç'avait été moins précis avec la seule indication de Westchester, il l'aurait peut-être sauté, mais il s'était rendu un nombre incalculable de fois à White Plains, au début pour voir le vieux, et Dot par la suite. Il prenait le train à la gare de Grand Central et un taxi à son arrivée, il buvait du thé glacé sous la véranda de la grande maison de Taunton Place ou dans la cuisine accueillante. Il lut donc l'article sur l'incendie à White Plains et comprit vite qu'il n'y retournerait jamais parce qu'il n'y avait plus de maison, plus de véranda, plus de cuisine. Plus de Dot.

Apparemment, il y avait eu un article dans le journal de la veille, qu'il n'avait pas lu, bien entendu. Avant ça – *lundi*, pensa-t-il, *ou peut-être dimanche, ce n'était pas très clair* –, un incendie s'était déclaré au petit matin et le feu avait fait rage et s'était propagé avant que les pompiers arrivent sur place, détruisant entièrement la maison centenaire quasiment jusqu'aux fondations. Ç'avait démarré dans la cuisine, où l'on avait retrouvé le corps calciné de la propriétaire et unique occupante, une certaine Dorothea Harbison d'après les voisins. Les enquêteurs avaient immédiatement soupçonné un acte criminel, attribuant la furie dévastatrice du brasier au produit accélérateur copieusement répandu à travers la demeure. Au départ, il avait paru envisageable que Mme Harbison ait mis le feu elle-même ; les voisins la décrivaient comme discrète et recluse, et ils pensaient qu'elle montrait des signes de déprime depuis quelques mois.

Keller aurait voulu les contredire, quels qu'ils soient. Recluse ? Elle ne supportait pas les imbéciles et ne confiait pas ses histoires personnelles au tout-venant, mais ça n'en faisait pas pour autant une vieille mémère à chats, toujours vêtue de la même chemise de nuit en flanelle jusqu'à ce que celle-ci tombe en lambeaux. Des signes de déprime ? Lesquels ? Elle n'était pas du genre à rire pour un rien, mais il ne l'avait jamais vue vraiment déprimée et elle était aussi suicidaire que Mary Poppins, bordel !

Mais il n'était plus question d'un suicide, poursuivait l'article, car l'autopsie avait révélé que la femme avait deux balles dans la tête, tirées avec une arme de poing de petit calibre. Les blessures ne correspondaient pas à un suicide – *sans blague !* pensa Keller – et l'on n'avait pas retrouvé l'arme, poussant les enquêteurs à conclure que la femme avait été abattue et qu'on avait mis le feu pour dissimuler le crime.

– Mais ça n'a pas marché, hein ? dit Keller à voix haute. Bande de crétins !

Il se força à lire jusqu'au bout. Le mobile du meurtre restait obscur, d'après le *Times*, mais la police n'écartait pas l'hypothèse d'un cambriolage. Une source policière avait dévoilé que Dorothea Harbison avait été l'intendante et compagne de feu Giuseppe Ragone, également connu sous le nom de Joe le Dragon, pendant les longues années de sa retraite du crime organisé.

Pour ce qu'en savait Keller, seule la presse tabloïd surnommait le vieux « Joe le Dragon ». Il y avait des gens qui l'appelaient, mais jamais devant lui, Joey Rags ou Ragman, rapprochement de son patronyme et du fait qu'il avait travaillé à une époque pour un routier du quartier de l'habillement[1]. Pour Keller, quand il pensait ou parlait de lui, c'était toujours « le vieux ».

Et le vieux n'avait jamais pris sa retraite. Il avait cessé bon nombre de ses activités vers la fin, mais il avait continué jusqu'au bout de jouer les intermédiaires pour des contrats dont il confiait l'exécution à Keller.

« En tant que concubine et confidente présumée de Joe le Dragon, poursuivait la source, Harbison devait détenir pas mal de renseignements sur le crime organisé. Quelqu'un craignait peut-être qu'elle ne dévoile

1. *Rags* signifie « fripes » et *Ragman*, « fripier ».

ce qu'elle savait. Ragone est mort depuis longtemps mais comment dit-on, déjà ? On finit toujours par récolter ce qu'on a semé. »

Ça ne servait à rien mais il ne put s'en empêcher. Il inséra des *quarters* dans un téléphone et composa le numéro de Dot.

Cou-iiiic.

Numéro hors service. Prévisible, non ? Quand une maison brûle entièrement, il faut s'attendre à une coupure du téléphone.

Il récupéra ses *quarters* et s'en servit pour appeler chez lui, s'attendant presque à entendre le même *cou-iiiic* et le même message enregistré. Mais il obtint une sonnerie. Son répondeur était réglé pour se déclencher après la deuxième sonnerie s'il avait des messages, ou la quatrième s'il n'en avait pas, pour pouvoir les consulter à distance sans être facturé s'il n'y avait rien de nouveau. Il fut surpris d'entendre une troisième sonnerie, car il s'attendait à avoir des messages après une si longue absence, et le fut encore plus quand le téléphone sonna une quatrième, une cinquième et une sixième fois, et aurait continué de sonner dans le vide s'il n'avait pas coupé la communication.

Comment était-ce possible ? Comme il n'avait pas le double appel, le répondeur n'était pas en train de traiter un autre coup de fil. Si ç'avait été le cas, ç'aurait sonné occupé.

Il récupéra ses *quarters* dans le réceptacle et se demanda pourquoi il s'en donnait la peine. Qui diable allait-il appeler ?

C'était terminé, comprenait-il enfin. Voilà ce qu'il avait été sur le point de percevoir, la méchante petite idée qu'il avait tenue à l'écart. Et le rêve chimérique auquel il s'accrochait depuis l'Iowa, le fol espoir que tout serait rose dès qu'il aurait regagné son appartement, lui semblait à présent tellement improbable qu'il se demandait comment il avait pu être assez bête pour le caresser, sans parler d'y croire comme parole d'Évangile.

Il s'était mis en tête que New York était un sanctuaire, un lieu sûr et sacro-saint. Depuis des années, il s'était fixé comme règle de ne jamais accepter de mission dans sa ville et, bien qu'ayant dû l'enfreindre à deux reprises, il s'y était tenu la plupart du temps. Le reste du pays, qu'il avait sillonné à un moment ou à un autre, était l'endroit où il se rendait pour travailler. New York, sa ville, était l'endroit où il rentrait une fois le boulot terminé.

Mais, quoi que puissent en penser les gens de New York et d'ailleurs, la ville faisait partie des États-Unis. Les New-Yorkais regardaient les mêmes programmes télé et lisaient les mêmes articles de presse. Peut-être étaient-ils plus doués que d'autres pour se mêler de leurs oignons, et il n'était pas rare qu'une personne vivant en appartement ignore le nom des autres résidents de l'immeuble, mais cela ne voulait pas du tout dire qu'ils étaient aveugles et sourds à tout ce qui se passait autour d'eux.

Son visage avait été diffusé par toutes les télés et tous les journaux, à l'exception peut-être de la revue philatélique *Linn's*. (Et il pourrait même s'y retrouver, si James McCue découvrait à qui il avait vendu les retirages suédois.) Combien de gens habitaient dans son pâté de maisons ou à proximité ? Combien le connaissaient, dans son immeuble ou pour l'avoir croisé à l'épicerie fine, à la salle de gym ou quelque part dans cette existence sans prétention qu'il idéalisait à l'instant ?

Une existence qu'il ne pourrait jamais reprendre.

Il parcourut à nouveau le journal, plus attentivement cette fois, et dans un article qu'il avait survolé à la première lecture, il trouva la preuve qu'au moins un de ses voisins avait noté la ressemblance avec le type à l'air fuyant de la photo. Évoquant les endroits où le fugitif avait soi-disant été aperçu, le journaliste faisait allusion à un habitant de Turtle Bay sans le nommer, auquel la police s'intéressait « en raison d'une apparente incertitude sur la nature de ses occupations et de ses déplacements fréquents ».

C'était suffisant pour justifier une visite. Avait-on pu dénicher quoi que ce soit d'incriminant dans son appartement ? Il ne voyait pas quoi. On trouverait son ordinateur portable, on éplucherait le disque dur dans ses moindres recoins. En l'achetant il avait conscience que le courrier électronique avait une durée de vie supérieure à celle de l'uranium et que quelques phrases flottant dans l'éther laisseraient une trace qui survivrait à leur auteur. Dot et lui ne s'étaient jamais envoyé le moindre courriel et s'étaient juré de ne jamais le faire.

Eh bien, voilà une promesse qui serait facile à tenir, hein ?

Il se servait de l'ordinateur surtout pour son passetemps – correspondre avec des marchands, surfer sur la toile pour y glaner des informations, enchérir dans une vente ou sur eBay. Il s'était renseigné sur les sites des compagnies aériennes avant son vol pour Des Moines mais il n'avait pas acheté son billet par Internet parce qu'il comptait voyager sous le nom de Holden Blankenship. Il avait réservé par téléphone, ce qui n'avait laissé aucune trace dans son ordinateur.

Pouvait-on savoir quels sites il avait consulté et quand ? Il n'en était pas sûr, mais le principe directeur – à savoir qu'en matière de technologie n'importe qui pouvait arriver à faire n'importe quoi – s'appliquait sans doute. En revanche, Keller était à peu près certain qu'on pourrait consulter l'historique de ses appels téléphoniques et constater qu'il avait appelé une compagnie aérienne un ou deux jours avant qu'Holden Blankenship prenne l'avion pour Des Moines, mais à ce stade ça n'avait pas d'importance, au point où il en était rien de tout ça n'avait plus aucune importance, car il avait attiré leur attention et il n'en fallait pas plus. Il était parvenu là où il en était dans la vie en ayant évité de se retrouver sous les projecteurs, mais il s'y trouvait désormais, et c'était donc fini.

La fin de John Paul Keller. S'il s'en sortait vivant, ce qui paraissait fortement compromis, il faudrait que ce soit ailleurs, et sous un autre nom. Ses deux prénoms ne lui manqueraient pas, quasi personne ne les avait jamais employés, et presque tout le monde l'appelait Keller depuis l'enfance. Il était Keller et, quand il signait ses initiales, il avait parfois le sentiment que ça signifiait « Just Plain » Keller[1].

Il ne pouvait plus être Keller. Keller était fini une bonne fois pour toutes – et en y réfléchissant, tout ce qui constituait la vie de Keller avait déjà disparu, alors quelle différence ça pouvait faire si son nom se volatilisait avec le reste ?

L'argent, d'une part. Aux dernières nouvelles, il avait un peu plus de deux millions et demi de dollars en actions

1. Littéralement : Keller « tout simplement ».

et obligations, le tout sur un compte Ameritrade ouvert et géré en ligne par Dot. L'argent était toujours là, il n'avait pas disparu parce qu'elle était morte, mais il pourrait tout aussi bien s'être envolé pour ce que Keller en profiterait. Il n'avait aucune idée du nom sous lequel elle avait ouvert le compte ni de la façon d'y accéder.

Bien entendu, il avait des comptes en banque, un compte-chèques et un compte d'épargne. Peut-être quinze mille dollars sur le deuxième, et mille cinq cents sur le premier. On les avait forcément déjà bloqués et l'on attendait seulement qu'il se fasse prendre en photo en tentant de retirer de l'argent à un distributeur. De toute façon, il ne pouvait pas se servir de sa carte, il ne l'avait pas emportée et on l'avait probablement confisquée.

Plus d'argent, donc. Et plus d'appartement non plus. Il habitait depuis des années dans un immeuble Art déco de la Première Avenue, un appartement qu'il avait pu acheter à un prix très raisonnable quand le bâtiment avait été mis en copropriété. Les charges mensuelles ne lui coûtaient pas grand-chose et il avait cru qu'il y resterait jusqu'au jour où il en sortirait les pieds devant. Il y avait toujours trouvé refuge, mais désormais il n'osait même pas y aller. Il l'avait perdu à jamais, de même que son grand écran avec TiVo, son fauteuil confortable, sa salle de bains avec pommeau de douche à pulsations, son bureau où il aimait…

Mon Dieu. Les timbres.

17

Keller franchit l'Hudson par le niveau inférieur du pont George-Washington, prit le Harlem River Drive puis le Franklin Delano Roosevelt Drive, qu'il quitta à quelques rues de son appartement. Il avait passé l'après-midi dans le cinéma d'un centre commercial aux abords d'East Stroudsburg, en Pennsylvanie. Cela s'appelait un « quadruplex », ce qui lui évoquait quelqu'un qui aurait marché sur une mine et aurait survécu pour raconter son histoire, mais cela signifiait seulement que quatre films y étaient projetés simultanément. Keller en avait vu deux, en ne payant qu'une place ; plutôt que d'attirer l'attention en achetant un deuxième billet, il était passé aux toilettes puis s'était discrètement introduit dans une autre salle pour voir un deuxième film. Et si l'ouvreuse l'avait repéré, qu'aurait-il fait ? Aurait-il pris la fuite en tirant des coups de feu ? Peu probable, il avait laissé le SIG dans la boîte à gants et avait été surpris de se sentir très vulnérable sans son automatique. Il ne portait une arme que depuis quelques jours et on pouvait difficilement imaginer lieu moins risqué qu'une salle obscure un après-midi de semaine, avec à peine une vingtaine de spectateurs dont l'âge médian devait tourner autour de soixante-dix-sept ans. Il aurait dû se sentir à peu près en sécurité dans ce cadre mais il

démarrer, et Keller avait appris à les tremper pour les décoller du papier, à les faire sécher entre deux feuilles d'essuie-tout et à les disposer sur des charnières dans l'album que sa mère lui avait acheté chez Lamston's. À la longue, il avait trouvé d'autres sources d'approvisionnement ; il achetait des timbres en vrac au rayon philatélie chez Gimbel's, se faisait envoyer des lots bon marché par un marchand éloigné, choisissait les timbres qu'il souhaitait garder, renvoyait le reste avec son règlement et attendait qu'on lui adresse la sélection suivante. Il avait fonctionné ainsi pendant quelques années, ne dépensant jamais plus d'un ou deux dollars par semaine, oubliant parfois de renvoyer à temps les timbres dont il ne voulait pas parce que d'autres centres d'intérêt l'accaparaient.

Il avait fini par délaisser sa collection, et sa mère avait dû la vendre, ou la donner vu qu'il n'y avait pas de quoi intéresser un marchand.

Il avait été stupéfait quand il avait découvert que ses timbres avaient disparu, mais pas catastrophé, puis il avait oublié tout ça et s'était trouvé de nouvelles occupations, dont certaines étaient plus palpitantes que la philatélie, quoi que moins acceptables socialement. Le temps avait passé et le monde avait changé. La mère de Keller avait depuis longtemps disparu, de même que Gimbel's et Lamston's.

Pendant plusieurs décennies, il avait rarement repensé à ses timbres, excepté lorsque sa mémoire était ravivée par quelque bribe de savoir qu'il devait aux heures passées dans son enfance avec une pince et des charnières. Il lui semblait parfois que la majeure partie des connaissances stockées dans sa tête était arrivée là grâce à son passe-temps. Il était capable, sans trop de peine, de citer les présidents américains dans l'ordre, et il le devait à la série de timbres présidentiels émise en 1938, chacun d'eux ayant sa tête sur un timbre dont la valeur correspondait à son rang dans la procession. Washington était sur le timbre à un *cent*, et Lincoln sur le seize *cents*. Il s'en souvenait, de même qu'il se souvenait que le un *cent* était vert et le seize *cents* noir, et le vingt et un *cents*, sur lequel figurait Chester Alan Arthur, fierté de l'État de New York, d'un bleu quelconque.

Il savait que l'Idaho avait rejoint l'Union en 1890, parce qu'un timbre en avait commémoré le cinquantenaire en 1940. Il savait que des Suédois et des Finlandais s'étaient établis à Wilmington, Delaware, en 1638 et que Tadeusz Kosciuszko, le général polonais qui s'était battu pendant la Révolution, avait reçu la nationalité américaine en 1783. Il ne savait peut-être pas prononcer son nom, sans parler de l'orthographier, mais il savait déjà ça grâce à un timbre bleu de cinq *cents* imprimé en 1933.

De temps en temps, un souvenir le rendait nostalgique et il regrettait sa collection sans grande valeur qui l'avait longuement occupé et avait transformé son cerveau en un merveilleux almanach. Mais il ne lui était jamais venu à l'esprit de vouloir retrouver cette époque. Elle faisait partie de son enfance, elle était terminée.

Puis, quand le vieux avait commencé à décliner mentalement et qu'il n'était clairement plus dans le coup, Keller s'était mis à envisager la retraite. Il avait un peu d'argent de côté et, même s'il n'avait alors que dix pour cent du montant qu'il aurait par la suite sur le compte en ligne de Dot, il s'était convaincu que ça lui suffisait.

Mais qu'allait-il faire de son temps ? Jouer au golf ? Se mettre à la tapisserie ? Fréquenter un club du troisième âge ? Dot lui avait fait remarquer qu'il lui fallait un passe-temps, un tas de souvenirs d'enfance avaient surgi dans sa tête, et voilà qu'il s'était acheté une collection couvrant le monde entier entre 1840 et 1940, juste pour démarrer, et il s'était vite retrouvé avec une étagère remplie d'albums, un abonnement à la revue *Linn's* et des marchands aux quatre coins du pays qui lui adressaient timbres et catalogues. Il y avait consacré une part substantielle de ses économies, aussi était-ce une bonne chose qu'il ait pu, une fois le vieux disparu du circuit, continuer de travailler directement avec Dot.

Quand il réfléchissait objectivement à ses timbres, il concluait inévitablement que c'était une activité complètement marteau. Il dépensait la majeure partie de son argent disponible pour des petits bouts de papier qui ne valaient rien mis à part la somme que lui et les autres cinglés de son espèce étaient prêts à mettre. Il consacrait le plus clair de son temps libre à se procurer ces bouts de papier, puis à les disposer méticuleusement et scrupuleusement dans des albums conçus à cet effet. Il prenait grand soin à ce qu'ils présentent bien sur la page, alors qu'il ne comptait pas les montrer à d'autres yeux que les siens. Il ne souhaitait pas exhiber ses timbres à l'occasion d'un salon, ni inviter un autre collectionneur chez lui pour les lui montrer. Il les voulait sur l'étagère dans son appartement, là où lui, et lui seul, pouvait les regarder.

Tout cela était, devait-il admettre, pour le moins irrationnel.

D'un autre côté, quand il se consacrait à ses timbres, il était toujours entièrement absorbé par ce qu'il faisait. Il déployait une concentration considérable pour ce qui était somme toute une chose sans importance, ce dont son esprit avait apparemment besoin. Quand il était de mauvaise humeur, ses timbres la lui faisaient passer. Quand il se sentait anxieux ou irritable, ses timbres l'attiraient dans un univers où l'anxiété et l'irritabilité n'importaient plus. Quand le monde lui semblait fou et incontrôlable, ses timbres constituaient une sphère plus ordonnée où régnait la sérénité et prévalait la logique.

S'il n'était pas d'humeur, les timbres pouvaient attendre ; quand il partait en mission, il savait qu'ils seraient là à son retour. Ce n'étaient pas des animaux qu'il fallait nourrir et sortir régulièrement, ni des plantes qui devaient être arrosées. Ils exigeaient sa pleine et entière attention, mais seulement quand il était en mesure de l'accorder.

Il se demandait parfois s'il ne dépensait pas trop d'argent pour sa collection, et peut-être que oui, mais il réglait toujours ses factures, il n'avait aucune dette et il avait réussi à placer deux millions et demi de dollars, alors pourquoi n'aurait-il pas le droit de dépenser autant qu'il voulait pour ses timbres ?

Et puis, les pièces philatéliques de qualité gagnaient de la valeur au fil du temps. On ne pouvait pas acheter et revendre le lendemain en comptant être gagnant, mais si on les conservait un certain temps, elles prenaient suffisamment de valeur pour compenser la marge du marchand. De quel autre passe-temps pouvait-on en dire autant ? Si on possédait un bateau ou des voitures de course, si on aimait les safaris, quelle part de sa mise pouvait-on escompter récupérer ? Tant qu'on y était, quel était le rendement net d'un flacon de cristal meth ou d'un rail de coke ?

Il était donc revenu à New York pour ses timbres. Il n'avait rien d'autre à y faire et avait toutes les raisons de ne pas y mettre les pieds. Si la police s'intéressait à lui, en plus de la visite de son appartement et du blocage de ses comptes, on avait très bien pu faire surveiller les lieux dans la faible éventualité qu'il soit assez bête pour rentrer chez lui.

Si les flics ne l'attendaient pas à l'appartement, ce pourrait être « Appelez-moi-Al »... Ceux qui avaient tiré les ficelles à Des Moines n'étaient pas enclins à laisser faire la nature. Ils l'avaient prouvé à White Plains car ce n'était pas le fantôme du vieux qui était revenu, mais les babouins d'Al qui avaient abattu Dot et incendié sa maison.

Ils savaient peut-être déjà comment il s'appelait et où il habitait. Sinon, ils l'avaient demandé à Dot, et il pouvait seulement espérer qu'elle leur avait répondu tout de suite, que les deux balles dans le crâne avaient été l'unique et bref châtiment qu'elle avait eu à endurer. Parce qu'elle aurait parlé tôt ou tard, comme n'importe qui, et dans ce cas mieux valait tôt que tard.

Mais peut-être que personne ne surveillait l'immeuble, ni les flics ni les gars d'Al. Il lui suffisait peut-être de trouver un moyen pour entrer et sortir sans être vu par le portier.

Malgré tout, il lui faudrait probablement faire deux voyages, voire trois. Sa collection était présentée dans dix gros albums, et le meilleur plan qui lui était venu dans le cinéma d'East Stroudsburg, les yeux rivés sur l'écran, était de remplir l'énorme sac marin à roulettes qu'il avait acheté sur QVC quelques années auparavant. Il ne s'en était jamais servi, le sac était beaucoup trop grand pour le peu de choses qu'il emmenait en voyage, d'affaires ou d'agrément, mais le vendeur de la chaîne de téléachat l'avait cueilli au bon moment et il n'avait pas eu le temps de dire « ouf » qu'il avait décroché son téléphone et acheté le fichu sac.

On pouvait y mettre quatre albums à coup sûr, peut-être même cinq, et grâce à la poignée et aux roulettes, il pourrait le tirer jusqu'à la voiture. Transférer les albums dans le coffre, retourner pour une nouvelle cargaison – deux voyages suffiraient peut-être, trois maximum.

Il y avait aussi de l'argent liquide chez lui, à moins que quelqu'un n'ait mis la main dessus. Pas une fortune, une cagnotte pour les cas d'urgence, entre mille et deux mille dollars. Si ceci ne constituait pas une urgence, il voyait mal ce qui le serait, et cet argent lui rendrait bien service, mais ce n'était pas suffisant pour l'attirer en ville, même s'il y avait eu dix ou vingt fois plus.

Ses timbres, c'était autre chose. Il avait déjà perdu sa première collection tant d'années auparavant. Il ne tenait pas à perdre celle-ci.

18

Si quelqu'un surveillait l'endroit, Keller ne le repéra pas. Il passa une demi-heure à observer l'immeuble, mais ne remarqua personne de suspect. Et il ne vit aucune façon d'entrer sans passer devant le portier. La seule possibilité supposerait de se procurer quelque part une échelle de deux mètres et de s'en servir pour atteindre l'escalier de secours à l'arrière, d'où il pourrait tenter de s'introduire par effraction chez l'un de ses voisins. Il lui faudrait un sacré coup de chance pour tomber sur un appartement désert, et quand bien même, comment ferait-il pour redescendre par l'escalier de secours avec une énorme valise remplie d'albums de timbres ?

Advienne que pourra. Il commença par retirer la casquette Homer Simpson qui ne convenait pas du tout pour ce qu'il avait en tête. Comme il risquait d'avoir encore besoin d'Homer d'ici peu, il ne la balança pas mais la plia du mieux qu'il put et la mit dans sa poche. Puis il traversa la rue, les épaules en arrière et les bras se balançant légèrement, et se dirigea tout droit vers le portier.

– Bonsoir, Neil, dit-il en entrant dans le vestibule.

– Bonsoir, monsieur Keller.

Et Keller vit ses yeux bleus s'écarquiller. Il adressa un petit sourire au portier.

– Neil, je parie que j'ai eu pas mal de visites, n'est-ce pas ?

– Euh…

– Il n'y a pas lieu de s'inquiéter, assura Keller. Tout ça devrait s'arranger d'ici un jour ou deux, mais en attendant ça me cause pas mal de tracas ainsi qu'à un tas de gens. (Il plongea la main dans sa poche de poitrine où il avait mis deux des billets de cinquante dollars de Miller Remsen.) J'ai quelques trucs à régler, dit-il en glissant les billets dans la paume de Neil, et personne n'a besoin de savoir que je suis passé, si vous me suivez.

Il n'y avait rien de tel qu'un air assuré, surtout accompagné de cent dollars.

– Bien sûr, et je ne vous ai pas vu, dit Neil en prenant le léger accent irlandais qui lui venait rarement en dehors de ces moments-là.

Keller prit l'ascenseur et se demanda s'il y aurait des scellés sur sa porte proclamant qu'il s'agissait d'une scène de crime. Mais il n'y avait rien de la sorte, même pas un papier certifiant sa désinfection pour une meilleure hygiène. Et personne n'avait fait changer la serrure ; il se servit de sa clé et la porte s'ouvrit.

L'appartement n'était pas dans l'état où il l'avait laissé, il le vit tout de suite, mais il ne perdit pas son temps avec les affaires sans importance. Il alla directement à l'étagère sur laquelle il rangeait ses albums.

19

Tous disparus.

On ne pouvait pas dire qu'il était entièrement surpris. Il se doutait qu'il y avait une forte probabilité pour que ses timbres ne soient plus chez lui, emportés par l'un ou l'autre de ses visiteurs. Les flics avaient pu les confisquer mais il lui semblait plus plausible qu'Al, ou ses émissaires, ait repéré les albums et s'y connaisse suffisamment en objets de collection pour apprécier leur valeur. Quoi qu'il en soit, celui qui les avait pris pourrait s'estimer heureux de récupérer dix *cents* pour chaque dollar investi ; malgré tout, il jugerait peut-être que ça valait le coup de risquer une hernie à se trimballer les dix gros albums et de trouver un marchand trop peu scrupuleux pour laisser passer l'aubaine.

Si cette dernière hypothèse était la bonne, ses timbres avaient disparu à jamais. Et si les flics les détenaient, il pouvait aussi leur dire adieu, car grand bien lui fasse ! Les timbres resteraient enfermés quelque part dans un casier pour pièces à conviction, où la chaleur, l'humidité, la vermine et la pollution atmosphérique feraient leur œuvre, et la probabilité que Keller en recouvre jamais la possession, même si par miracle quelqu'un à Des Moines craquait et avouait tout, y compris le traquenard visant Keller…, même si tout ça arrivait, alors qu'il savait très bien que ça n'arriverait jamais, il ne reverrait jamais ses timbres.

Ils avaient disparu. Bon, d'accord. Dot avait disparu, elle aussi. C'était imprévu, il s'attendait à l'avoir comme amie pour le restant de ses jours. Cela l'avait donc abasourdi et peiné, il était encore triste et le resterait probablement un long moment. Mais il n'avait pas réagi à sa mort en se recroquevillant en boule. Il était allé de l'avant parce que c'était comme ça, la seule chose à faire. Aller de l'avant.

Les timbres ne représentaient pas un décès mais c'était quand même une perte, et le fait de l'avoir envisagé n'en atténuait pas l'impact. Mais ils n'étaient plus là, point final, dossier clos. Il ne les récupérerait pas, pas plus qu'il ne pourrait ressusciter Dot. Mort, c'est mort, au bout du compte, et disparu, c'est disparu.

Et ensuite ?

Son ordinateur avait aussi disparu. Les flics avaient dû l'emporter sans y réfléchir à deux fois et quelques techniciens s'occupaient forcément d'en analyser le disque dur, essayant de lui soutirer des renseignements qu'il ne contenait pas. C'était un portable, un MacBook rapide, réactif et convivial mais, pour autant que Keller puisse en juger, il ne recelait rien d'incriminant et le remplacer ne serait qu'une affaire d'argent.

Son répondeur téléphonique gisait par terre, en morceaux, ce qui expliquait pourquoi il ne s'était pas enclenché. Il se demanda en quoi l'appareil avait fâché quelqu'un. Peut-être qu'un type avait songé à le voler, puis s'était dit que ça ne valait pas le coup et l'avait rageusement lancé contre le mur. Bon, et alors ? Il n'aurait pas besoin de le remplacer vu qu'il n'aurait plus de téléphone nécessitant un répondeur, ni d'amis pour lui laisser des messages.

Le répondeur n'était pas seul par terre. On avait fouillé dans ses tiroirs et ses placards, on avait balancé le contenu d'une commode, mais apparemment tous ses vêtements étaient là. Il prit quelques affaires, chemises, chaussettes et sous-vêtements, une paire de baskets, des trucs qui pourraient lui servir en route vers là où il se rendrait ensuite. Avec ou sans timbres, pensa-t-il, le fichu sac marin lui serait finalement utile ; il se dirigea vers le placard où il était rangé mais ce maudit sac avait disparu.

Oui, bien sûr, songea-t-il. Les salopards en avaient besoin pour transporter les albums et ils n'avaient pas pensé à apporter quelque chose puisqu'ils n'étaient pas au courant pour la collection de timbres avant de la voir. Ils avaient donc cherché jusqu'à ce qu'ils trouvent le sac marin.

De toute façon, il n'aurait pas eu de quoi le remplir. Un sac plastique était suffisant pour le peu d'affaires qu'il avait envie d'emporter.

Il posa le sac, prit un petit tournevis dans le tiroir à outils de la cuisine et s'en servit pour retirer le cache de l'interrupteur dans la chambre.

Des années auparavant, avant que Keller achète l'appartement, il devait y avoir un plafonnier, mais un locataire précédent l'avait supprimé en refaisant la déco. L'interrupteur demeurait mais ne servait à rien, comme Keller en avait souvent fait l'expérience au début, oubliant cela et appuyant en vain dessus.

Quand il avait acheté l'appartement, cessant d'être locataire pour devenir propriétaire, il lui avait semblé que ça méritait quelques travaux pour marquer le coup, aussi avait-il retiré le cache, comptant combler le trou avec de la laine de verre, la recouvrir d'un peu d'enduit et peindre le tout du même coloris que le mur. Mais une fois ouverte, il s'était rendu compte que c'était la cachette idéale et, depuis, il y avait toujours conservé son pécule de secours.

L'argent était toujours là, un peu plus de mille deux cents dollars. Il replaça le cache, en se demandant pourquoi il perdait son temps à le faire. Il ne reviendrait jamais dans cet appartement.

Il ne se donna pas la peine de remettre les tiroirs ni de ranger le foutoir laissé par ses visiteurs. Il n'effaça pas non plus ses empreintes. C'était son appartement, il y vivait depuis des années, ses empreintes s'y trouvaient partout, alors quelle différence ça pouvait faire ? Plus rien ne faisait la moindre différence.

Quand Keller regagna le vestibule, Neil se tenait sur le trottoir à gauche de la porte, les mains croisées dans le dos, le regard fixé quelque part vers le sixième étage de l'immeuble d'en face. Keller regarda ; les seules fenêtres illuminées avaient les rideaux tirés, aussi était-il difficile de deviner ce qui retenait l'attention du portier. Keller jugea que ce n'était pas tant ce qu'il observait mais plutôt ce qu'il prenait soin de ne pas voir, en l'espèce Keller.

Pour sûr, monsieur l'agent, et je ne l'ai pas du tout vu.

La posture de Neil n'incitait pas à la conversation et Keller passa donc devant lui sans un mot, son sac plastique à la main, conscient du SIG Sauer qui lui rentrait dans le creux des reins. Il marcha jusqu'à l'angle et enfila la casquette Homer Simpson en même temps qu'il disparaissait à jamais du champ visuel de Neil.

Au bloc suivant, il s'arrêta un instant pour regarder deux employés qui s'apprêtaient à enlever la Lincoln

Town Car. N'étant plus protégée par ses plaques diplomatiques, ni aucune autre d'ailleurs, se trouvant à la fois trop loin du trottoir et pile devant une bouche à incendie, celle-ci était une candidate de choix pour l'enlèvement et allait prendre sous peu le chemin de la fourrière.

Ce spectacle enchanta Keller au-delà du raisonnable. Il existait, savait-il, un terme allemand pour décrire ce qu'il ressentait, *Schadenfreude*, qui signifiait « éprouver de la joie grâce à la douleur d'autrui », et ce n'était sans doute pas la plus noble des émotions.

Mais son large sourire ne le quitta pas jusqu'à sa voiture alors que quelques minutes auparavant, il aurait jugé peu probable que l'occasion de sourire se représente jamais. Une *Schadenfreude*, il était forcé d'en convenir, valait mieux qu'aucune *Freude*.

Le péage pour les tunnels et les ponts n'était prélevé qu'à l'entrée dans Manhattan. Il en coûtait six dollars pour y entrer mais rien pour en sortir. Ça réduisait de moitié le personnel chargé de récolter les péages, mais Keller avait toujours pensé qu'une autre logique soustendait le dispositif. Après une visite à la grande et méchante ville, combien de touristes avaient encore de quoi payer le droit d'en sortir ?

Pour lui, cela faisait une personne de moins qui verrait son visage. Il emprunta le tunnel Lincoln et s'arrêta au premier endroit pratique du côté New Jersey pour retirer les plaques diplomatiques qui pourraient fâcheusement attirer l'attention en dehors de la ville. Il ne pensait pas en avoir l'utilité à l'avenir mais cela lui paraissait un gâchis de les bazarder, aussi les mit-il dans le coffre à côté de la roue de secours.

Il se demanda si le propriétaire de la Lincoln récupérerait jamais sa voiture, et si sa disparition n'allait pas déclencher un incident diplomatique. La presse y ferait peut-être allusion.

Au début, il roula sans avoir de destination en tête et, quand il se posa enfin la question, la seule idée qui lui vint fut le motel de Pennsylvanie tenu par la famille du Gujerat, où il avait dormi la veille. « C'est encore moi », dirait-il, et la frêle lycéenne au teint basané lui louerait une chambre en lui témoignant aussi peu d'intérêt que la première fois. Parviendrait-il seulement à le retrouver ? C'était sur la Route 80, il savait au moins ça, et il reconnaîtrait peut-être la sortie mais…

Mais ce n'était pas une bonne idée, se rendit-il compte. C'était la familiarité qui rendait le motel attractif. Il y avait couché une fois, sans incident, et cela l'incitait à le considérer comme sûr. Mais supposons que la jeune fille qui lui avait prêté si peu attention ait revu entre-temps la photo omniprésente, et que cela ait fait tinter dans son esprit comme une clochette, à peine plus audible que le rideau de perles. Elle ne se donnerait pas la peine de prévenir la police, après tout l'homme avait rendu sa chambre, et peut-être avait-elle seulement imaginé la ressemblance avec le type de la photo. Elle en parlerait peut-être à ses parents, mais ça n'irait pas plus loin.

À moins qu'il ne soit suffisamment écervelé pour revenir, lui donnant cette fois l'occasion de l'observer longuement et de confirmer ses soupçons. Et cela transparaîtrait peut-être sur son visage, nonobstant la légendaire impassibilité des Orientaux, auquel cas il serait obligé de faire quelque chose. Ou peut-être pas, et elle lui louerait une chambre, lui souhaiterait une bonne soirée et décrocherait son téléphone dès qu'il aurait quitté la réception.

Et puis, il était déjà deux heures du matin et il en aurait pour quatre heures de route avant d'atteindre le motel. Il arrivait que des clients roulent toute la nuit et prennent une chambre à l'aube, mais ils n'étaient pas très nombreux à cause de l'heure limite pour libérer les chambres, en général midi au plus tard. Quiconque se présentait à six ou sept heures du matin risquait donc d'attirer l'attention, sans compter l'inutile conversation sur l'heure de sortie et l'obligation de louer une nuit de plus, et…

Tant pis. C'était une mauvaise idée, et même si elle avait été bonne, c'était totalement exclu car le seul côté attrayant, la familiarité du motel, n'était pas une si bonne chose tout compte fait.

Devait-il se contenter du premier motel qui lui semblerait convenable ? Il se faisait tard, la journée avait été longue, et il aurait peut-être les idées plus claires après une bonne nuit de sommeil.

Mais il était encore trop proche de New York. Les jours précédents, quand il filait vers l'est, il se sentait de plus en plus en sécurité à mesure qu'il en approchait. Maintenant, New York lui semblait périlleuse, et plus il s'en éloignait plus il se sentait en sécurité.

Fallait-il manger quelque chose ? Prendre un café ?

Il n'avait rien avalé depuis le pop-corn du cinéma, mais il n'avait pas faim. Le café non plus ne lui faisait pas très envie. Et, même s'il était fatigué et se sentait les nerfs à vif, il n'avait pas sommeil à proprement parler.

Apercevant une aire de repos, il s'y engagea et se gara. Le petit bâtiment était fermé à clé pour la nuit, mais comme il n'y avait personne dans les parages, il urina dans les buissons puis regagna sa voiture. Il s'installa confortablement au volant et ferma les yeux, mais ses paupières se relevèrent au bout de quelques secondes. Une nouvelle tentative se solda par le même résultat. Il abandonna, tourna la clé dans le contact, quitta l'aire et reprit la route.

20

Dix jours plus tard, il parvint à faire durer un pot de pop-corn pendant tout un film, l'histoire d'un groupe d'ados passionnés d'informatique qui bernaient une bande de gros durs mafieux et leur soutiraient plusieurs millions de dollars ; le héros, un poil moins crétin que ses potes, raflait aussi la fille. Le film était manifestement conçu pour plaire à un public jeune et les personnes du troisième âge qui bénéficiaient de places à demi-tarif les après-midi de semaine l'avaient fui comme il le méritait clairement.

Keller se serait volontiers abstenu, lui aussi, mais c'était le seul film à l'affiche qu'il n'avait pas déjà vu. Ce cinéma comptait huit salles dans lesquelles étaient projetés six films – les deux plus gros succès avaient droit à deux salles chacun, pour proposer une séance toutes les heures. Keller les avait déjà vus tous les deux, plus trois des quatre autres, et maintenant il avait aussi vu celui des ados dingues d'informatique. Il consulta sa montre et vit qu'il avait encore le temps de se faufiler dans une salle pour revoir l'un des autres films, mais la plupart l'avaient moyennement diverti la première fois et il doutait d'y découvrir des subtilités qui lui auraient échappé.

Le cinéma se trouvait dans un centre commercial aux abords de Jackson, dans le Mississippi. La veille, il avait encore passé la nuit dans ce qu'il appelait un motel Patel, comme s'ils constituaient une vaste chaîne d'indépendants. Il se situait vers Grenada, dans le Mississippi, plus précisément dans une vaste zone curieusement baptisée Tie Plant[1].

Il avait soupesé ses options pendant le film, mais n'avait pas vraiment décidé s'il roulerait un peu plus ou commencerait à chercher un motel à la sortie de Jackson. Ce genre de décision, comme savoir où aller ensuite ou quoi faire une fois qu'il y serait, avait tendance à se prendre toute seule.

Il sortit du cinéma et marcha jusqu'à sa voiture. Il portait sa casquette Homer Simpson, comme toujours, et quelques jours auparavant il avait étoffé sa garde-robe grâce à un blouson en jean que quelqu'un avait eu la bonne idée d'oublier dans un cinéma quelque part dans le Tennessee. C'était une soirée agréable, le propriétaire du blouson ne s'était probablement pas aperçu de son oubli avant d'arriver chez lui, et quand il était revenu un ou deux jours plus tard et ne l'avait pas retrouvé, il avait dû se gratter la tête, ne comprenant pas qu'on puisse piquer un machin si minable, au col et aux poignets élimés et aux coutures usées.

Le vêtement plaisait bien à Keller. Il conservait l'odeur de son ancien propriétaire, de même que son blazer bleu avait la sienne, mais elle n'était pas assez forte pour le dégoûter. Ça le changeait tout en s'accordant bien à son nouveau cadre de vie. Le blazer bleu marine, comme *Playboy* et *GQ* le certifiaient à leurs lecteurs deux fois par an, était la pièce maîtresse de la garde-robe masculine, adapté à toutes les exigences vestimentaires sauf pour un dîner en tenue de soirée ou un concours

1. Littéralement : « usine à cravates ».

de tee-shirt mouillé. Ça semblait vrai, et Keller en avait apprécié le côté passe-partout depuis son départ de Des Moines mais, dans le Sud rural, se fondre dans la foule était plus compliqué. Keller ne passait pas son temps à crier de joie et à se taper sur les cuisses dans des concours de tirer de poids lourds ni à brandir des serpents dans des cérémonies baptistes[1], mais il avait tout de même l'impression de moins se faire remarquer avec le blouson en jean d'un brave gars.

Deux réflexes semblaient venir naturellement à un fugitif, du moins au genre de fugitif que Keller était devenu. Le premier était de détaler en vitesse, le second de se terrer quelque part, de se mettre au lit et de se cacher sous les couvertures. À l'évidence, on ne pouvait pas faire les deux. Mais Keller avait fini par comprendre qu'on ne pouvait faire ni l'un ni l'autre, pas si l'on tenait à sa sécurité.

Celui qui se terrait, qui trouvait un endroit et y restait, n'arrêterait pas de croiser toujours les mêmes gens. Tôt ou tard, l'un d'eux l'observerait attentivement et décrocherait ensuite son téléphone.

Et celui qui filait droit vers la frontière aurait à franchir les contrôles de sécurité de l'après 11-Septembre, sans passeport ni permis de conduire, mais avec un visage que tous les flics du pays traquaient. Et si par miracle il parvenait à franchir la frontière, ce serait pour atterrir dans un patelin mexicain frontalier, grouillant de flics et de balances à l'affût du moindre *gringo* fugitif. Pas franchement l'endroit où il avait envie de se retrouver.

1. La manipulation de serpents est pratiquée par certaines Églises baptistes, au même titre que le baptême ou la communion, en vertu d'un verset du dernier chapitre de l'évangile selon saint Marc.

La solution était donc, à son sens, de s'en tenir à un juste milieu entre ces deux extrêmes, toujours être en mouvement sans aller ni trop vite ni trop loin. Cent cinquante kilomètres par jour, trois cents maximum, choisir des lieux sûrs où dormir et des occupations sûres pour passer la journée.

Il n'y avait pas mieux que les séances de cinéma en matinée. Les salles étaient quasi désertes et les ouvreuses s'ennuyaient à mourir. Le soir, la meilleure solution était la chambre de motel, porte verrouillée et télé allumée, le son très bas pour que personne ne se plaigne.

Il ne se risquait pas au motel tous les soirs. En Virginie, sur la I-81, il s'était dirigé vers la porte d'un motel indépendant mais un curieux pressentiment l'avait fait s'arrêter net et regagner sa voiture. *C'est juste les nerfs*, s'était-il dit, mais quoi qu'il en soit, il s'était senti obligé d'honorer ce qui avait déclenché cette réaction instinctive. Il avait donc passé la nuit sur une aire de repos et s'était réveillé flanqué d'un côté par un gros camion et, de l'autre, par l'équivalent de la famille Partridge[1] en plein pique-nique. Quelqu'un l'avait sûrement repéré, il était parfaitement visible et un soleil éclatant rayonnait, mais il avait dormi assis, la tête inclinée en avant, la casquette dissimulant son visage, et il était reparti sans encombre.

L'avant-veille, dans le Tennessee, il s'y était pris trop tard et avait croisé trois motels de suite où l'enseigne « Complet » était allumée. Puis il avait aperçu un panneau « ferme à vendre » et avait parcouru un peu moins d'un kilomètre sur un chemin de terre jusqu'à la

1. Allusion à *The Partridge Family*, série américaine des années 1970, qui met en scène les tribulations d'une veuve et de ses cinq enfants.

propriété en question. Aucune lumière n'était allumée dans la ferme et le seul véhicule présent était une vieille Ford sans roues. Il avait songé à s'introduire dans la maison par effraction, à supposer que cela soit nécessaire ; il semblait plausible que la porte ne soit pas fermée à clé.

Et si quelqu'un se pointait à l'aube pour faire visiter ? Et si un voisin dont la propriété était située un peu plus loin sur le chemin de terre apercevait sa voiture en passant ?

Il avait roulé jusqu'à la grange et garé sa voiture là où elle ne pouvait être vue. Il avait partagé la grange avec un hibou plus bruyant que lui et des rongeurs qui faisaient le moins de bruit possible, aussi déterminés à éviter le hibou que lui les humains. L'endroit sentait l'animal, la paille moisie et d'autres odeurs moins identifiables, mais il était à peu près certain d'être bien à l'écart de l'être humain le plus proche, ce qui n'était pas rien. Il avait répandu de la paille, l'avait étalée, s'était allongé dessus et avait été récompensé de ses efforts par une bonne nuit de sommeil.

Quand il était sorti le lendemain matin, il avait jeté un coup d'œil à la Ford. Elle n'avait plus ses roues, comme il l'avait remarqué la veille, et quelqu'un avait enlevé le moteur mais la guimbarde avait toujours ses plaques. « Tennessee, l'État volontaire[1] », avait-il lu, et aucune indication de date ne semblait y figurer. Il avait peiné à défaire l'un des boulons à cause de la rouille mais s'était obstiné et quand il était reparti, la Sentra était maintenant munie de plaques du Tennessee et celles

1. Surnom donné à l'État du Tennessee en raison du grand nombre de volontaires qui s'engagèrent dans la guerre de 1812 contre les Anglais.

de l'Iowa étaient dissimulées sous la paille dans un coin de la grange.

Dans le motel qu'il trouva aux abords de Jackson, une affichette sur le comptoir précisait que le propriétaire était un certain Sanjit Patel, mais le Patel en question avait visiblement atteint un niveau du rêve américain où il pouvait se permettre d'embaucher du personnel en dehors de sa famille, et même en dehors de sa tribu. Le jeune homme à la réception était un Noir très clair de peau, « Aaron Wheldon » d'après son badge. Le visage long et ovale, les cheveux courts, il portait des lunettes à grosse monture noire et afficha un large sourire à l'approche de Keller, dévoilant toutes ses dents.

– Bart Simpson ! Cool, mec !

Keller s'enquit du prix de la chambre et apprit que c'était quarante-neuf dollars la nuit. Il posa trois billets de vingt sur le comptoir et repoussa la fiche d'inscription de quelques centimètres vers le jeune homme.

– Vous pourriez peut-être la remplir pour moi, dit-il. Je n'ai pas besoin de reçu, ajouta-t-il après un silence.

Wheldon prit l'air pensif derrière ses verres épais. Puis il sourit à nouveau et lui tendit une clé ainsi qu'un billet de dix. Avec la TVA, Keller savait que la chambre devait coûter dans les cinquante-trois dollars, mais dix dollars de monnaie lui semblaient un bon compromis, vu que l'État du Tennessee ne verrait jamais la TVA, pas plus que Sanjit Patel ne verrait les cinquante dollars.

– Je me suis trompé, dit Wheldon. J'ai dit Bart Simpson mais n'importe qui peut reconnaître que c'est son papa Homer sur vot' casquette. J'vous souhaite une bien bonne soirée, M'sieur Simpson !

C'est ça, et je ne vous ai jamais vu, monsieur.

Dans la chambre, il alluma la télé et zappa d'une chaîne à l'autre jusqu'à tomber sur CNN et, comme à son habitude, il regarda une demi-heure d'actualités avant de passer en revue les autres programmes. Le lendemain matin, il trouva un distributeur et acheta le journal.

En traversant la Pennsylvanie vers le sud, il avait pu se procurer le *New York Times* et y avait lu un second article sur l'incendie de White Plains ; un examen dentaire, avait-il appris, avait confirmé que le corps calciné était bien celui de Dorothea Harbison. Ç'avait mis fin à l'espoir qu'il s'était à peine autorisé d'entretenir, qu'il puisse s'agir éventuellement du cadavre de quelqu'un d'autre.

Au fil des jours, Keller avait continué d'acheter le journal, *USA Today* en semaine et ce qui lui tombait sous la main le week-end. La couverture de l'assassinat et de ses retombées semblait s'amenuiser et s'effacer sous ses yeux. Bien des années auparavant, il avait mis au point une technique mentale pour s'accommoder de la réalité de son travail, imaginant sa victime, effaçant dans sa tête les couleurs du portrait, le transformant en une image en noir et blanc. Quelques étapes supplémentaires permettaient de la rendre floue, puis de reculer lentement, jusqu'à en faire une simple tache grise qui vacillait et disparaissait. La technique était efficace mais pas permanente – des années plus tard, une personne qu'il s'était appliqué à oublier pouvait soudain ressurgir dans son esprit, grandeur nature et en couleurs. Malgré tout, cela lui avait permis de surmonter des passes potentiellement délicates mais il comprenait maintenant qu'il n'avait fait que devancer la réalité. Parce que le temps, sans l'assistance de la volonté humaine, accomplissait plus ou moins la même chose avec les sujets qui florissaient puis disparaissaient progressivement de l'actualité, éclipsés par quelque nouvelle indignation qui apparaissait à leurs côtés et finissait par les remplacer entièrement en tant qu'objets de la vie courante.

Ça se produisait dans les médias et, en y réfléchissant, ça se produisait aussi dans la conscience de tout un chacun, sans effort, et même en dépit de tout effort. Les choses s'estompaient, se brouillaient, devenaient floues – ou bien elles vous venaient à l'esprit moins fréquemment, et atténuées.

Il n'avait pas à chercher pour trouver un exemple. Quelques années auparavant, il avait eu un chien, un brave bouvier australien baptisé Nelson, et il avait trouvé une jeune femme prénommée Andria qui se chargeait de le promener. De fil en aiguille, Andria et lui en étaient venus à partager beaucoup plus que la laisse du chien. Il tenait à elle, il lui avait offert quantité de boucles d'oreilles, et puis un jour elle était partie, en emportant le chien.

C'était le genre de choses qu'on était forcé d'accepter, aussi l'avait-il accepté, mais il avait été profondément blessé, et pas un jour ne s'était écoulé sans qu'il pense à Nelson, et à Andria.

Jusqu'au jour où il n'y avait pas pensé. Évidemment, cela n'avait pas cessé pour toujours, et le chien et la fille n'avaient pas disparu à jamais de son esprit. Bien sûr qu'ils réapparaissaient de temps en temps, tous les deux, et, quand ça lui arrivait, il ressentait les mêmes émotions qu'au premier jour, qui avaient d'ailleurs été encore plus vives le lendemain, une fois passé le choc initial. Mais ces pensées lui étaient venues de moins en moins fréquemment, et la charge émotionnelle qui les accompagnait s'était faite de moins en moins virulente, jusqu'au jour où cette double perte, sans être oubliée, n'avait plus été qu'un épisode de son long et curieux parcours.

Mais pourquoi les ressortir maintenant comme exemple ? Il n'avait pas besoin d'aller chercher si loin dans son passé. Un peu plus d'une semaine auparavant, il avait subi les deux plus grosses pertes de sa vie en l'espace d'une seule journée. Sa meilleure amie avait été assassinée, on lui avait volé sa collection de timbres, il pensait à eux tout le temps et pourtant il se rendait compte que les pensées s'espaçaient, qu'elles perdaient chaque jour de leur immédiateté et cheminaient un peu vers le passé. Elles le submergeaient toujours de douleur et de regret, elles le brûlaient comme de l'acide, mais chaque jour passé avec elles les éloignait un peu plus.

Tout compte fait, on n'avait pas besoin d'oublier les choses, pas vraiment. Il suffisait de lâcher prise et elles s'en allaient toutes seules.

21

Alors qu'il circulait dans La Nouvelle-Orléans et y cherchait les signes des dégâts provoqués par l'ouragan Katrina, il se faisait l'effet d'être un touriste en balade dans New York après le 11-Septembre, demandant aux passants comment se rendre à *Ground Zero*. Il avait vu les reportages à la télé, il savait que les vents et la pluie avaient mis une raclée à la ville, mais il ne connaissait pas les lieux et ne pouvait reconnaître ce qu'il voyait. Des quartiers entiers avaient été dévastés, des parties de la ville qui ne seraient plus jamais les mêmes, mais il ne savait pas trop où c'était et préférait ne pas demander son chemin.

Et puis, pourquoi contempler la désolation ? Il s'était rendu à *Ground Zero* comme bénévole, pour distribuer la tambouille aux secouristes, mais il n'avait pas éprouvé le besoin d'y retourner depuis pour voir un trou dans le sol. Il ne comptait pas s'emparer d'un marteau et participer à la reconstruction de La Nouvelle-Orléans, ni même y séjourner assez longtemps pour regarder d'autres la reconstruire, alors à quoi bon rester planté là, bouche bée, à observer les ruines ?

Il fit un tour en voiture, trouva un quartier qui lui paraissait intéressant et se gara. Il n'y avait ni panneau de stationnement interdit ni parcmètres. Il hésita entre le blazer et le blouson en jean. Comme il faisait trop chaud pour l'un ou l'autre, il sortit son tee-shirt de son pantalon et le laissa pendre pour dissimuler le pistolet. Ça ne faisait pas vraiment l'affaire, c'était trop serré et on pouvait sûrement distinguer le contour de l'arme, et avait-il vraiment besoin de se trimballer avec un flingue ? Il le rangea dans la boîte à gants, verrouilla les portières et partit visiter La Nouvelle-Orléans.

Était-ce une bonne idée ?

Probablement pas, devait-il admettre. Le plus prudent serait sans doute de continuer d'agir comme il l'avait fait, limiter les contacts humains au strict minimum, passer ses après-midi dans des salles obscures et ses soirées dans des chambres de motel, acheter sa nourriture dans des fast-foods avec guichet drive-in, laisser le temps s'écouler en prenant le moins de risques possible. Il savait faire tout ça et rien ne l'empêchait de continuer indéfiniment.

Enfin, c'était pousser le bouchon un peu loin. Il se servait toujours de la carte de crédit de Remsen pour faire le plein de la Sentra mais un jour ou l'autre ça ne serait plus une bonne idée. Il ne consommait pas beaucoup d'essence car il n'enchaînait pas au volant les journées à fort kilométrage, et il avait à peine entamé son réservoir depuis son dernier plein, peu après la frontière entre le Tennessee et le Mississippi. Et peut-être valait-il mieux que ce soit le dernier plein que feu M. Remsen lui offrait.

C'était difficile à dire, il se pouvait très bien que Remsen soit encore étendu derrière son comptoir pendant que tous ses voisins remplissaient leur réservoir à ses frais. Chaque numéro de *USA Today* consacrait une page aux nouvelles d'un peu partout, y compris un entrefilet sur chacun des cinquante États. Les sujets étaient censés être d'intérêt local, de sorte que si vous étiez originaire du Montana et, mettons, en voyage d'affaires dans le Maryland où vous ne pouviez vous procurer ni *La Misère* de Missoula ni le *Fond de Litière* de Kalispell, ce bon vieux *USA Today* vous permettait de suivre les nouvelles du pays.

C'était moins valable pour New York, où le moindre fait-divers était considéré comme de l'actualité nationale, mais ça l'était peut-être pour l'Indiana. Keller se tenait au courant quotidiennement et avait lu des brèves concernant divers coins de l'État, peu d'entre elles présentant un quelconque intérêt, aucune sur un cadavre découvert dans une station-service délabrée. Mais ça ne voulait pas dire qu'on ne l'avait toujours pas retrouvé. Même pour la page des nouvelles d'un peu partout, Keller était forcé de reconnaître que ça n'avait pas grand intérêt.

Qu'on ait retrouvé le cadavre ou non, Keller savait que l'attitude prudente était de se débarrasser de la carte de crédit. Il pouvait probablement prendre le risque de régler l'essence en espèces, maintenant qu'il en consommait moins, et qui sait, peut-être allait-il récupérer une autre carte de crédit, d'une manière aussi inattendue que celle de Remsen.

En attendant, le réservoir de la Sentra était bien rempli et celle-ci ne consommait pas d'essence pour l'instant, tant qu'elle était garée.

La question plus pressante était de savoir s'il prenait un risque à se promener dans La Nouvelle-Orléans, et il n'avait pas très envie de se la poser car il savait que la réponse ne lui plairait pas.

Oui, c'était risqué.

D'un autre côté, pouvait-il vraiment venir jusqu'à La Nouvelle-Orléans pour faire demi-tour aussitôt, et s'alimenter de hamburgers et de frites industrielles dans un énième fast-food qui vous mettait l'âme en berne ? Cela ne lui avait pas paru si mal à Tie Plant dans le Mississippi ou à White Pine dans le Tennessee, où les choix étaient limités, mais Keller était passé plusieurs fois à La Nouvelle-Orléans au fil des ans et il se rappelait encore des beignets et du café à la chicorée au Café Dumont. Et ce n'était là que la partie immergée de la bouteille de Tabasco – pouvait-il vraiment quitter la ville sans se faire un bol de *gumbo*[1], une assiette de riz aux haricots rouges, un sandwich *po'boy* aux huîtres, une *jambalaya*[2], des écrevisses à l'étouffée, l'un ou l'autre des merveilleux plats qu'on servait presque n'importe où à La Nouvelle-Orléans et nulle part ailleurs ?

Bien sûr qu'il pouvait. Il pouvait tourner le dos à tout ça – ou plutôt le pare-chocs, en l'espèce – mais il n'était pas sûr que ce soit une bonne idée.

Au fil des ans, quand il travaillait pour le vieux, on l'avait plusieurs fois envoyé s'occuper de types qui vivaient dans la clandestinité, généralement dans le cadre du programme de protection des témoins. Dotés d'une nouvelle identité et installés dans un nouvel environnement, ces individus n'avaient qu'à adopter un profil bas et rester dans l'ombre.

L'un d'eux était le lascar que Keller avait traqué à Roseburg dans l'Oregon et, jusque-là, il avait constitué l'un des succès du système fédéral de protection des témoins, un sujet qui s'était parfaitement adapté à sa nouvelle vie dans le Nord-Ouest sur la côte Pacifique. Comptable à l'origine, il n'avait aucun passé criminel,

1. Ragoût épicé à base de gombos, céleri, oignons…
2. Plat à base de riz, poivrons, jambon et chorizo.

mais il avait fini par savoir trop de choses et il avait tout déballé dès que les enquêteurs fédéraux avaient fait pression sur lui. Mais il restait comptable placide dans l'âme et s'était bien débrouillé à Roseburg, gérant une imprimerie Quick Print, tondant sa pelouse tous les samedis matin, et il aurait pu continuer comme ça *ad vitam aeternam* si quelqu'un ne l'avait pas reconnu à San Francisco lors d'un voyage en famille mal inspiré. Mais quelqu'un l'avait aperçu, Keller lui avait rendu visite et voilà tout.

Les autres, cependant, n'avaient pas la constitution pour mener à jamais la vie paisible que leur avaient ménagée les agents fédéraux. Untel ne pouvait rester à l'écart des champs de course, tel autre éprouvait curieusement le mal du pays pour sa ville d'Elizabeth dans le New Jersey. Un autre se saoulait régulièrement et se confiait à des inconnus, et il ne lui avait pas fallu longtemps pour tomber sur le mauvais inconnu. Et puis il y avait ce parangon qui avait choisi de témoigner pour échapper à des poursuites pour attentat à la pudeur sur mineur. Caché à Hayes dans le Kansas, il s'était fait interpeller parce qu'il traînait aux abords de la cour de récréation d'une école à Topeka. Les agents fédéraux s'étaient débrouillés pour que les charges soient retirées mais l'information était déjà parvenue sur la côte est, et Keller était en pleine reconnaissance, à la recherche du type, quand celui-ci s'était à nouveau fait arrêter à Hayes pour détournement de mineur et comportement sexuel contre nature. Le vieux avait hoché la tête et marmonné quelque chose comme quoi ça serait rendre service au monde ; puis il avait rappelé Keller à New York, après s'être arrangé pour qu'un codétenu étrangle le pervers dans sa cellule.

L'ennui était l'ennemi et si la nouvelle vie qu'on se façonnait était d'une insupportable monotonie, comment s'y tenir ?

Il s'accordait donc le plaisir d'une journée à La Nouvelle-Orléans. Quelques heures, du moins. Il ne se saoulerait pas et ne se mettrait pas à déblatérer, il n'irait pas jouer au champ de course ni au casino Harrah, il ne ferait pas la sortie des écoles et n'irait pas batifoler dans Bourbon Street. Deux repas, une balade dans les rues à l'ombre des chênes de Virginie. Puis retour à la voiture et retour sur les routes, et La Nouvelle-Orléans pourrait, comme tout le reste, glisser du présent vers le passé.

Conscient que ça ne pouvait pas durer, conscient qu'il devait se contenter d'un seule après-midi à La Nouvelle-Orléans, Keller en profita au maximum. Il se promena au hasard des rues et observa les vieilles demeures, certaines de quasi-palais, d'autres tout à fait modestes. Toutes lui paraissaient convenables et il fit quelque chose qu'il n'avait pas fait depuis des années, se laisser aller à imaginer comment ça serait de vivre ici, quel genre de vie il mènerait s'il achetait une de ces maisons pour y passer le restant de ses jours. Ce n'était pas un fantasme follement exotique et seulement un mois auparavant il aurait pu le réaliser sans grande difficulté. Mais un mois auparavant il ne souhaitait que terminer ses jours à New York, ce qui était maintenant hors de question, comme ce fantasme. Ses avoirs se résumaient désormais aux espèces dans sa poche et à cinq timbres suédois qu'il ne pouvait pas revendre, et il ne pouvait pas plus s'offrir une de ces maisons que courir le risque de ne plus voyager pour s'installer quelque part.

Mais bon, c'était une façon de s'occuper l'esprit pendant qu'il longeait les rues et observait les demeures. Il en voudrait une avec véranda à l'étage, décida-t-il. Il se voyait bien installé dans un rocking-chair en bois blanc dans ce genre de véranda, surplombant la rue, peut-être bien à siroter un verre… De quoi ?

De thé glacé ?

Il refoula les souvenirs de Dot – son thé glacé, sa véranda – et poursuivit sa promenade. Dans Saint-Charles Avenue, où circulait le tramway avant Katrina, il s'arrêta dans un petit restaurant où il commanda un café et un bol de *gumbo* de poisson. Il s'installa dans un box et la serveuse qui lui apporta son repas fit un commentaire bon enfant sur sa casquette Homer Simpson. Dès qu'elle s'éloigna, il la retira et la posa sur le siège d'à côté. Il commençait à en avoir assez d'Homer et se demandait si la casquette avait encore une utilité. La tête de Keller n'apparaissait plus dans les journaux télévisés et la presse écrite s'était lassée de la publier, aussi était-il moins probable que son visage déclenche une alarme dans la tête de quelqu'un. Mais les gens remarquaient toujours Homer, ils ne pouvaient s'en empêcher, et une fois qu'ils avaient remarqué la broderie jaune vif, leur regard serait peut-être attiré par un visage sur lequel il aurait autrement glissé sans s'arrêter.

Le *gumbo* était fabuleux, le café un bon cran au-dessus de celui qu'on servait aux guichets drive-in. Il avait presque oublié que la nourriture pouvait être un plaisir mais La Nouvelle-Orléans, une ville tournée vers la nourriture comme New York l'était vers l'immobilier ou Washington vers la politique, lui rafraîchit la mémoire.

Il avait plus ou moins décidé d'abandonner la casquette, mais il l'avait sur la tête en sortant du café. Il la portait toujours une heure plus tard quand il sentit un petit creux et s'arrêta à nouveau dans une gargote, un simple grill derrière un comptoir. Il y avait des crochets au mur derrière les tabourets, où les gens accrochaient leurs blousons et autres vêtements, et il y mit sa casquette. Il prit une délicieuse assiette de riz aux haricots rouges avec de la saucisse fumée, un café aussi bon que le précédent et, quand il s'apprêta à repartir, il s'aperçut qu'un autre client avait pris la casquette Homer Simpson et laissé la sienne, à l'effigie des Saints[1].

Intéressant, pensa-t-il, *comme les décisions se prennent toutes seules, pourvu qu'on laisse faire*. La casquette des Saints était réglable, bien entendu, comme la plupart des casquettes qu'on vendait aujourd'hui, mais il n'eut pas besoin de l'ajuster. Elle lui allait parfaitement comme ça ; il la cala sur sa tête, tira un coup sur la visière et s'en alla.

Il y avait dans Saint-Charles un drugstore ouvert vingt-quatre heures sur vingt-quatre, qui disposait même d'un comptoir drive-in. Peu lui importait qu'il soit ouvert toute la nuit et il ne voyait pas trop l'utilité du drive-in dans un drugstore, sauf pour passer prendre des médicaments sur ordonnance. Après avoir montré son visage à toute La Nouvelle-Orléans, il pouvait bien prendre le risque supplémentaire d'y entrer pour repérer ce dont il avait besoin.

Plus précisément, il cherchait quelque chose pour régler le problème de ses cheveux. Il n'était pas prêt à courir le risque d'aller chez le coiffeur, qui pourrait difficilement lui couper les cheveux sans l'observer lon-

1. Équipe professionnelle de football américain de La Nouvelle-Orléans.

guement et en détail, et ne pourrait que l'observer encore plus longuement et encore plus en détail quand il demanderait qu'on lui change la couleur.

En fait, il voulait un truc qui le vieillisse. S'il avait pu se teindre en gris, eh bien, ça serait l'idéal. La photo, prise pendant son séjour à Albuquerque, montrait un homme aux cheveux foncés et aux traits plus jeunes. Avec quelques touches de gris et la coupe de cheveux d'un homme plus âgé, il ressemblerait moins à sa photo et il aurait aussi l'air moins menaçant.

Il trouva une tondeuse équipée de plusieurs lames interchangeables, matériel qui selon l'emballage racoleur permettait « de réaliser facilement chez soi toutes les coupes à la mode proposées par les plus grands coiffeurs du monde entier ». Cela semblait quelque peu optimiste à Keller qui n'en demandait pas tant à l'appareil.

Il y avait un choix stupéfiant de produits pour teindre les cheveux, certains spécifiquement pour les hommes, d'autres conçus pour les femmes. Keller se demanda comment le colorant était censé connaître le sexe de la personne en train de l'utiliser, et ce que ça pouvait bien changer.

Une quantité invraisemblable de teintes était disponible, y compris le bleu et le vert, mais la seule qu'il ne trouva pas était le gris. Quand on avait des cheveux gris, toutes les marques proposaient des solutions pour régler le problème. Pour un gris tirant sur le jaune, on avait tel produit ; si on souhaitait faire ressortir les reflets bleus cachés – comprenne qui pourra –, il fallait utiliser tel autre. Ou bien on pouvait se débarrasser du gris et redonner à ses cheveux leur teinte naturelle, deux expressions lénifiantes pour décrire le fait de teindre ses cheveux gris en un coloris qu'ils ne parvenaient plus à obtenir seuls.

Il ne comprenait pas qu'on n'ait pas le droit de se teindre en gris et commençait à croire qu'il était le seul être vivant à souhaiter le faire. Il finit par prendre un produit masculin qui promettait de faire disparaître le gris pour redonner leur couleur d'origine à des cheveux châtain clair. Mais cela aurait-il le moindre effet sur des cheveux aussi foncés que les siens ? Il en doutait, mais décida de l'acheter quand même.

Il prit aussi la tondeuse. Si tout le reste échouait, il pourrait s'en servir pour se raser la boule à zéro. Il n'aurait qu'à porter sa casquette et au bout de dix ou quinze jours, il aurait une belle coupe en brosse.

Flânant tranquillement, plus ou moins en direction du quartier où il avait laissé sa voiture, il se demanda s'il avait bien pris la casquette du type qui avait filé avec Homer. Supposons que le type qui lui avait piqué la sienne soit arrivé tête nue et que Keller se soit retourné pour faucher celle d'un autre, ce qui revenait en gros à détrousser Pierre pour se venger de Paul. Keller pouvait s'en accommoder, cela ne pèserait probablement pas trop lourd dans le bilan céleste, mais qu'adviendrait-il si le propriétaire de la casquette l'apercevait dans la rue ?

Eh bien, il était sur le point de quitter La Nouvelle-Orléans, ce qui rendait l'éventualité de moins en moins probable au fil des minutes. En plus, l'article en question était une casquette des Saints et une bonne moitié de la ville semblait pareillement accoutrée. L'équipe avait fait une belle saison, obtenant de bien meilleurs résultats qu'on ne s'y attendait, et tout le pays avait voulu voir en leur réussite la renaissance et la régénération de la ville. Si les Saints étaient capables de se qualifier pour les phases finales, semblait-on raisonner,

La Nouvelle-Orléans pouvait certainement surmonter une petite broutille comme un ouragan.

Homer Simpson était un signe distinctif en même temps qu'il rendait son visage moins reconnaissable. La casquette des Saints lui dissimulait le visage tout aussi bien, mais elle le faisait en créant un lien avec les gens qu'il croisait.

Il sourit et tira un coup sur la visière.

La rue dans laquelle il marchait s'appelait Euterpe. La première fois qu'il avait vu le panneau, il avait hésité sur la prononciation, même s'il aurait pu privilégier deux ou trois hypothèses. Il croisa ensuite d'autres rues parallèles avec des noms comme Terpsichore, Melpomene et Polymnia, ce qui n'y suffit pas, mais avec Erato et Calliope il comprit enfin. Il avait appris en faisant des mots croisés qu'Erato était une des neuf muses, et que Calliope, outre un orgue à vapeur comme on pouvait en trouver dans les fêtes foraines, en était une autre. Et voilà pourquoi Euterpe lui était vaguement familière, parce qu'il l'avait rencontrée une ou deux fois dans des mots croisés, et ça se prononçait *you-ter-pi*, avec un *i* long en final, comme pour tous les noms grecs, Nike et Aphrodite et Perséphone, et… eh bien, Calliope.

Imaginez un peu, donner des noms de muses à des rues ! Où aurait-on une idée pareille ? Bon, à Athènes peut-être, mais où d'autre ?

Il marcha dans Euterpe et arriva à Pritania qui, pour autant qu'il sache, n'était pas une muse. *Rule Pritania, Pritania rules the waves*[1]… Il traversa Pritania et marcha jusqu'à la rue suivante, baptisée Coliseum, un nom qui

1. « Règne Pritania, Pritania règne sur les flots… » Calembour sur les paroles de *Rule, Britannia !*, chant patriotique britannique.

n'était pas grec mais romain, laquelle jouxtait un petit parc long comme deux terrains de football. Sauf que la rue Coliseum, qui avait été tracée par un ivrogne ou par un original capable de donner aux rues des noms de muses, voire les deux, serpentait comme le puissant Mississippi soi-même, de telle sorte que le parc était par endroits plus large qu'un terrain de football et ailleurs plus étroit.

Ce qui n'était pas plus mal, songea Keller, car pour y jouer au football il aurait fallu abattre une bonne vingtaine de chênes de Virginie, et quiconque ferait ça mériterait d'être pendu à l'un d'eux. C'étaient des arbres magnifiques et, bien qu'il ne s'agisse pas de l'itinéraire le plus court jusqu'à sa voiture, ça valait la peine de consacrer quelques minutes à fouler le tapis de gazon sous les chênes majestueux, dans la lumière déclinante d'une journée qui touchait à sa fin et…

Une femme se mit à crier.

22

– Arrêtez ! Oh, mon Dieu, au secours !

Sa première pensée fut qu'on criait après l'avoir aperçu, qu'on avait reconnu en lui l'assassin de Des Moines et qu'on hurlait de terreur. Mais cette pensée disparut avant que l'écho du cri s'évanouisse dans l'air paisible. Cela provenait du centre du parc, un peu sur la gauche, à une cinquantaine de mètres. Keller distingua du mouvement, un tronc d'arbre lui bloquant partiellement la vue, et il entendit un nouveau cri, moins net cette fois et interrompu.

Une femme se faisait agresser.

C'est pas ton problème, se dit-il, immédiatement et sans équivoque. Il était l'objet d'une chasse à l'homme nationale et se mêler des problèmes de quelqu'un d'autre était la dernière chose à faire. De toute façon, ce n'était sans doute qu'une dispute conjugale, quelque galant personnage fichant une rouste à sa traînée de femme qui, si la police arrivait, déciderait probablement de ne pas porter plainte, et pourrait même prendre la défense de son mari et se retourner illico contre les flics, raison pour laquelle ils détestaient ce genre d'intervention.

Il n'était pas flic et son chien n'était pas de la bagarre, comme on disait dans les États qu'il avait traversés récemment. Il allait donc faire demi-tour, sortir du parc, reprendre Euterpe – qui se prononçait *you-ter-pi* – et retrouver son chemin jusqu'à sa voiture, pour décamper de cette ville au plus vite.

C'était la seule attitude raisonnable.

Mais ce qu'il fit, en même temps qu'il en venait à cette conclusion, fut de se précipiter à toute allure vers l'origine des cris.

Aucun doute sur ce qui se passait. La scène à laquelle Keller était confronté n'avait rien d'ambigu. Malgré la faible luminosité, on ne pouvait pas s'y tromper.

La femme, menue, cheveux foncés, gisait dans l'herbe, se tenant d'une main et brandissant l'autre pour repousser son agresseur. Le type était la caricature du violeur fou de série télé, tignasse blond sale, visage large et plat tapissé d'un duvet de barbe clairsemé, tatouage de prison représentant une larme sur une pommette, histoire de bien montrer quel charmant personnage il était. Accroupi au-dessus d'elle, il tentait de lui arracher ses vêtements.

– Hé !

L'individu fit volte-face en entendant Keller et dévoila ses dents comme s'il s'agissait d'une arme. Il se redressa, la lumière se reflétant sur la lame de son couteau.

– Lâche ça, intima Keller.

Mais le type ne lâcha pas son couteau. Il l'agita de part et d'autre, comme s'il cherchait à l'hypnotiser ; Keller ne fixa pas l'arme mais les yeux du gars, tout en glissant la main dans la ceinture de son pantalon pour y prendre son pistolet. Mais il ne s'y trouvait pas, bien entendu, il était rangé dans la boîte à gants de sa voiture, bordel de merde, et Keller pourrait s'estimer heureux s'il le revoyait jamais. Il faisait face à un type armé d'un couteau et lui n'avait qu'un sac en plastique de chez Wallgreen. Que pouvait-il faire, lui tondre les cheveux ?

La femme essayait de lui dire que le mec avait un couteau, mais il le savait déjà. Il ne l'écoutait pas et restait concentré sur l'homme, sur ses yeux. Il n'arrivait pas à en discerner la couleur, pas avec si peu de lumière, mais il y voyait une énergie maniaque et ardente, et il laissa tomber son sac, répartit le poids de son corps sur la plante des pieds et tenta de se rappeler quelque chose d'utile des diverses techniques d'arts martiaux apprises au fil des ans.

Il avait suivi des cours, individuels et collectifs, de kung-fu, de judo et de taekwondo, et aussi de self-défense à l'occidentale, bien qu'il ne se soit jamais entraîné très sérieusement et n'ai jamais rien pratiqué dans la durée. Mais tous les professeurs qu'il avait connus donnaient le même conseil quand vous n'étiez pas armé et que l'autre type avait un couteau. La seule chose à faire, disaient-ils, était de prendre ses jambes à son cou.

Il y avait de grandes chances, tous étaient d'accord sur ce point, pour que l'autre ne vous poursuive pas. Et Keller était sûr que ça serait le cas avec ce blond cinglé en chaleur. Il ne lui courrait pas après, il resterait là et reprendrait son viol.

Keller observait ses yeux et dès que le type bougea, il en fit autant. Il bondit à l'écart, décocha un coup de pied en hauteur et atteignit la main qui tenait le couteau. Il portait des baskets et regretta que ça ne soit pas des chaussures d'ouvrier à bout métallique, mais sa précision et sa rapidité compensèrent largement ce qui manquait aux baskets, et le couteau vola alors que le type rugissait de douleur.

– OK, dit-il en reculant et en se frottant le poignet. OK, tu gagnes. Je m'en vais.

Et il commença de s'éloigner à reculons.

– Je n'y tiens pas, dit Keller en se jetant sur lui.

Le type se retourna pour se battre et lança un crochet du droit que Keller évita en se baissant. Il se redressa et lui asséna un coup de boule dans le menton et quand la tête du mec partit en arrière, Keller s'en empara, une main empoignant des cheveux gras et jaunes, l'autre se plaquant sur le menton piquant.

Keller n'eut pas à réfléchir pour ce qui suivit. Ses mains savaient quoi faire et le firent.

Il relâcha l'homme, laissa tomber le corps. À quelques mètres, la femme l'observait, bouche bée, les épaules secouées de spasmes.

C'est le moment d'y aller, songea-t-il. Tourner les talons et disparaître dans la nuit. Le temps qu'elle s'en remette, il serait loin. *Qui était cet homme masqué ? Oh, je ne sais pas mais il a laissé cette balle en argents*[1]…

Il s'approcha d'elle et lui tendit la main. Elle la saisit et il l'aida à se relever.

– Mon Dieu, vous venez de me sauver la vie.

S'il existait une réponse adéquate, Keller ne la connaissait pas. Les seules qui lui vinrent commençaient toutes par : « Mince alors. » Il resta planté là, affichant une expression qui lui semblait coller parfaitement à « Mince alors », et elle recula d'un pas pour le dévisager, puis baissa les yeux pour regarder le type à ses pieds.

1. Allusion au Lone Ranger, personnage de western, héros d'un feuilleton radiophonique et d'une série télé, justicier dans la lignée de Robin des Bois et Zorro.

– Il faut appeler la police, dit-elle.

– Je ne suis pas sûr que ce soit une bonne idée.

– Mais, vous ne savez pas de qui il s'agit ? C'est forcément lui qui a tué l'infirmière dans le parc Audubon, il y a trois jours. Il l'a violée et lui a flanqué dix ou vingt coups de couteau. Il correspond au signalement. Et elle n'était pas la première femme qu'il agressait. Il m'aurait tuée !

– Mais maintenant vous n'avez plus rien à craindre.

– Oui et Dieu merci ! Mais on ne va pas pour autant le laisser filer.

– Je ne pense pas qu'il y ait grand risque.

– Que voulez-vous dire ? murmura-t-elle en observant le type plus attentivement. Que lui avez-vous fait ? Est-il…

– Oui, je crains que oui.

– Mais comment cela se peut-il ? Il avait un couteau, vous l'avez vu, il mesurait au moins trente centimètres.

– Pas tout à fait.

– Tout de même.

Elle retrouvait son sang-froid, nota-t-il, et plus rapidement qu'il ne s'y attendait.

– Et vous étiez mains nues.

– Il fait trop chaud pour des gants.

– Je ne comprends pas ce que vous voulez dire.

– C'est une petite plaisanterie, dit Keller. Vous dites que j'ai les mains nues et moi je dis qu'il fait trop chaud pour des gants.

– Ah.

– Ce n'est pas très drôle comme plaisanterie, reconnut-il, et mon explication n'apporte pas grand-chose.

– Non, je vous en prie, excusez-moi… Je suis un peu lente en ce moment. Je voulais juste dire que vous ne teniez rien dans la main.

– J'avais un sac plastique, dit-il. (Il le vit et le ramassa.) Mais ce n'est pas à ça que vous pensiez.

– Je pensais, vous savez, genre une arme à feu ou un couteau.

– Non.

– Et il est mort ? Vous l'avez vraiment tué ?

Elle était difficile à déchiffrer. Était-elle impressionnée ? Horrifiée ? Il n'arrivait pas à dire.

– Et vous avez surgi de nulle part. Si j'étais toquée de religion, je vous prendrais probablement pour un ange. Alors ?

– Alors quoi ?

– Eh bien, êtes-vous un ange ?

– Loin s'en faut.

– Vous ne vous êtes pas senti blessé que j'emploie l'expression « toquée de religion » ?

– Non.

– J'imagine que vous ne l'êtes pas vous-même, alors, sans quoi vous seriez offensé. Dieu merci ! Je disais ça pour rire.

– Je pensais bien.

– Ce n'est pas très drôle, dit-elle, mais, là, je ne peux pas faire mieux, comme ça à mains nues. Ah ! Voilà qui vous a arraché un sourire, n'est-ce pas ?

– Oui.

Elle inspira.

– Vous savez, dit-elle, même s'il est mort, on est censé prévenir la police, non ? On ne va pas le laisser ici en attendant que la voirie le ramasse. J'ai mon portable dans mon sac, je vais appeler le 911.

– Je vous en supplie, ne faites pas ça.

– Pourquoi ? C'est leur boulot, non ? Ils n'empêchent pas les crimes et n'arrêtent pas les criminels, mais après coup on les appelle et ils règlent ça. Pourquoi ne voulez-vous pas… ?

Elle se tut d'elle-même et le regarda, et il la vit enregistrer les informations visuelles, et comprendre.

Elle porta la main à sa bouche et le fixa.

Bordel.

23

– Vous n'avez rien à craindre, lui dit-il.

– Ah bon ?

– Oui.

– Mais…

– Écoutez, je ne vous ai pas sauvé la vie pour vous tuer moi-même. Vous n'avez aucune raison d'avoir peur de moi.

Elle l'observa, réfléchit et hocha la tête. Elle était plus âgée qu'il n'avait cru, dans les trente-cinq ans. Jolie femme, cheveux foncés qui lui arrivaient aux épaules.

– Je n'ai pas peur. Mais c'est vous le… ?

– Oui.

– Et vous êtes à La Nouvelle-Orléans.

– Juste aujourd'hui.

– Et ensuite ?

– Ensuite j'irai ailleurs.

Il entendit une sirène au loin mais impossible de savoir s'il s'agissait d'une voiture de police ou d'une ambulance, ni dans quelle direction elle se dirigeait.

– Nous ne pouvons pas rester ici, dit-il.

– Non, bien sûr que non.

– Je vais vous raccompagner jusqu'à votre voiture et puis je disparaîtrai de votre vie, de votre ville. Ce n'est pas à moi de vous dire ce que vous devez faire, mais si vous pouviez oublier que vous m'avez jamais vu…

– Ça risque d'être difficile. Mais je n'en soufflerai mot à personne, si c'est ce que vous voulez dire.

C'était bien ce qu'il voulait dire.

Ils quittèrent le parc et prirent Camp Street. La sirène – ambulance, police ou Dieu sait quoi – s'était éloignée jusqu'à disparaître. Au bout d'un moment, elle rompit le silence en lui demandant où il irait ensuite mais, avant qu'il sache quoi répondre, elle ajouta :

– Non, ne me dites pas. Je ne sais même pas pourquoi je vous l'ai demandé.

– Même si je voulais, je ne pourrais pas vous répondre.

– Pourquoi pas ? Ah, parce que vous ne le savez pas. J'imagine que vous devez attendre qu'on vous dise où vous devez aller ensuite. Vous souriez, ai-je dit quelque chose de ridicule ?

Il fit non de la tête.

– Je suis venu ici tout seul. Il n'y a personne pour me dire ce que je dois faire ensuite.

– Je pensais que vous participiez à une conspiration.

– Comme un pion participe à un tournoi d'échecs.

– Je ne comprends pas.

– Non, comment pourriez-vous ? Je ne suis pas sûr qu'il y ait grand-chose à saisir. Où est garée votre voiture ?

– Dans mon garage. J'étais tendue, je suis sortie faire un tour. J'habite à quelques rues, par là-bas.

– Ah.

– Et vous n'avez pas besoin de me raccompagner chez moi, vraiment. Ça ira. (Elle laissa échapper un rire mais se ressaisit aussitôt.) J'étais sur le point de dire que c'est un quartier sûr, et ça l'est vraiment. Vous êtes sans doute pressé d'aller à… enfin, où vous devez aller.

– Je devrais.

– Mais vous ne l'êtes pas ?

– Non.

C'était vrai, il n'était pas pressé, et il se demandait pourquoi.

Ils se turent et croisèrent à nouveau une grande maison en bois avec véranda au rez-de-chaussée et à l'étage. *Un rocking-chair*, songea-t-il, *un verre de thé glacé et quelqu'un à qui parler*.

Sans l'avoir prémédité, il dit :

– Cela n'a aucune importance et vous n'avez aucune raison de me croire, mais je n'ai pas assassiné cet homme dans l'Iowa.

Elle ne réagit pas à ses paroles et il se demanda pourquoi il avait ressenti le besoin de les prononcer. Puis elle dit doucement :

– Je vous crois.

– Pourquoi me croiriez-vous ?

– Je ne sais pas. Pourquoi venez-vous de vous battre avec ce type, de le tuer et de me sauver la vie ? La police vous recherche partout. Pourquoi prendriez-vous un tel risque ?

– Je me suis posé la même question. Du point de vue de l'instinct de survie, c'était stupide de faire ça. Et je le savais, mais ça n'a rien changé. J'ai juste… réagi.

– Je m'en félicite.

– Moi aussi.

– Vraiment ?

Au lieu de lui répondre, il dit :

– Depuis l'assassinat de Des Moines, depuis que j'ai vu mon portrait sur CNN, je suis en fuite. Je roule, je dors dans ma voiture, dans des motels bon marché, dans des salles de cinéma. La seule personne à qui j'étais vraiment attaché est morte et la seule possession qui me tenait à cœur a disparu. Toute ma vie, j'ai pensé que les choses s'arrangeraient toujours et que je m'en sortirais, et pendant des années ç'a été le cas, mais cette fois, j'ai comme l'impression que la messe est dite. Tôt ou tard, je commettrai une erreur ou ils auront un coup de chance, et ils me coinceront. Et le seul bon côté sera que je n'aurai plus à fuir. (Il inspira une bouffée d'air.) Je n'avais pas l'intention de vous dire tout ça, je ne sais pas d'où c'est sorti.

– Quelle différence ça peut faire ? (Elle s'arrêta de marcher et se tourna vers lui.) J'ai dit que je vous croyais, que ce n'était pas vous.

– Et je pense vous avoir dit que ça n'avait pas d'importance. Pas que vous me croyiez, ça c'est important, même si je ne comprends pas pourquoi. Que ce soit moi qui l'ai fait ou non, peu importe.

– Bien sûr que non ! Si l'on veut faire porter le chapeau à un innocent…

– On m'accuse certes à tort mais de là à dire que je suis innocent, il y a de la marge.

– Le type dans le parc. Ce n'était pas la première fois que vous tuiez quelqu'un, n'est-ce pas ?

– Non.

Elle hocha la tête.

– Vous avez montré beaucoup de compétence. Il m'a semblé que vous aviez peut-être déjà eu l'occasion de le faire.

– J'ai quitté La Nouvelle-Orléans il y a des années. C'est inhabituel, la plupart des gens qui démarrent ici n'en partent jamais. Cette ville exerce une emprise.

– Je peux le comprendre.

– Mais il fallait que je m'échappe, alors je suis partie. Et puis, après Katrina, quand la moitié des habitants a quitté la ville, c'est là que je suis rentrée. Faites-moi confiance pour toujours faire les choses à l'envers !

– Qu'est-ce qui vous a fait revenir ?

– Mon père. Il est mourant.

– Je suis navré.

– Lui aussi. Il ne voulait pas terminer à l'hospice. Voici un homme qui a refusé d'être évacué pendant l'ouragan et pour rien au monde il ne quitterait sa maison maintenant. Il m'a dit : « Je suis né dans cette maison, *chère*, et j'ai bigrement l'intention d'y mourir ! » En fait, il est né à l'hôpital comme la plupart des gens mais j'imagine qu'on a le droit d'exagérer quand le cancer vous dévore tout cru. Je me suis demandé ce que j'avais de plus important à faire dans ma vie que de lui permettre de mourir chez lui, et rien ne m'est venu à l'esprit.

– Vous n'êtes pas mariée ?

– Je ne le suis plus. Et vous ?

Il secoua la tête.

– Je ne l'ai jamais été.

– Moi, ça a tenu un an et demi. Pas d'enfants. Je n'avais qu'un travail et un appartement, mais c'est facile à abandonner. Maintenant, je fais des remplacements comme enseignante deux jours par semaine et j'ai une dame qui s'occupe de papa quand je travaille. Je gagne à peine de quoi la payer, mais ça me change les idées.

Chère, songea-t-il. Comme la chanteuse ? Ou bien était-ce le diminutif de Sharon, Sherry, Cheryl ou quelque chose du genre ?

Comme si cela avait la moindre importance.

– C'est ma maison là-bas, après le croisement. Celle avec les azalées et les rhododendrons gigantesques qui cachent la véranda. Il faudrait les tailler, mais je ne sais pas comment m'y prendre.

– C’est joli. Un peu touffu et sauvage, mais tout de même joli.

– Son lit est installé dans le salon, pour lui épargner l’escalier, et j’ai mis le mien dans le bureau, pour la même raison. L’étage est entièrement inoccupé et je ne me souviens pas de la dernière fois que quelqu’un a eu occasion de monter.

– Vous n’êtes que tous les deux dans cette grande maison ?

– Nous serons trois ce soir et vous aurez tout l’étage rien que pour vous.

Il attendit dans le vestibule pendant qu’elle allait voir son père. Il l’entendit dire :

– J’ai ramené un homme, papa.

– Dis donc, t’es une fieffée coquine !

– Rien à voir, dit-elle. Tu n’es qu’un vieillard à l’esprit cochon ! Monsieur est un ami de Pearl O’Byrne, il cherche un logement. Il va s’installer à l’étage et, si ça lui convient, il louera la chambre côté rue.

– Ça te fera du travail en plus, *chère*. Je ne dis pas que l’argent ne sera pas utile.

Se sentant indiscret, Keller s’éloigna pour ne plus entendre. Il observait la gravure d’un cheval franchissant un obstacle quand elle revint et l’emmena dans la cuisine. Elle prépara un pot de café et, quand il eut terminé de passer, elle servit deux grands mugs qu’elle posa sur la table, ainsi qu’un sucrier et un petit pot de crème. Il lui dit qu’il prenait le sien noir, elle lui dit qu’elle aussi et remit la crème dans le frigo. Ils bavardèrent en sirotant leur café, puis elle dit qu’il devait avoir faim et insista pour lui préparer un sandwich.

Une fois, quelques années auparavant, en manque d’interlocuteur avec qui dialoguer, il s’était acheté une peluche, un mignon petit chien, et il l'avait trimballé partout avec lui pendant une ou deux semaines, juste pour avoir quelqu'un à qui parler. Le chien était très doué pour écouter, ne l'interrompant jamais, tout oreilles, mais il n'avait pas mieux tenu son rôle que cette femme ne le tenait à présent.

Il parla jusqu'à ce qu'ils aient fini le pot de café, n'objecta pas quand elle en fit passer un second et parla encore.

– Je me demandais ce qu'il y avait dans le sac, dit-elle quand il lui expliqua qu'il voulait changer d'apparence.

Il lui montra la tondeuse et le produit colorant. La tondeuse ferait certainement l'affaire, lui dit-elle, bien qu'il ne soit pas facile de s'en servir sur soi-même. Quant au colorant, elle pensait qu'il prenait un gros risque. Ça pouvait marcher pour teindre comme promis en châtain clair des cheveux blancs ou gris, mais appliqué sur des cheveux foncés comme les siens, on pourrait tout aussi bien aboutir à quelque chose dans la gamme mandarine.

Ce n'était pas vraiment possible de teindre des cheveux foncés en gris, lui expliqua-t-elle. On pouvait, mettons pour un bal costumé ou un rôle au théâtre, s'asperger les cheveux avec ce qui était en gros de la peinture grise. Mais ça se rinçait à l'eau, aussi fallait-il renouveler l'opération après chaque shampoing, ou même après avoir pris la pluie, et une perruque était plus simple et plus efficace.

Il lui confia qu'il avait envisagé la perruque mais avait écarté l'idée, et elle acquiesça, affirmant qu'on pouvait toujours repérer un homme qui portait des cheveux postiches. Comment savoir ? Si on se laissait berner, on ne le saurait jamais.

– Je me teins, dit-elle soudain. Ça se voit ?

– Vous êtes sérieuse ?

Elle hocha la tête.

– J'ai commencé il y a six ou sept ans, quand mes premiers cheveux gris sont apparus. Toutes les femmes de ma famille ont les cheveux gris très jeunes, une magnifique chevelure argentée, et tout le monde leur dit qu'elles ont l'air de reines. Moi, je m'en passais très bien et je me suis achetée du Miss Clairol. Je n'ai jamais arrêté, aussi je ne sais pas si j'aurais les cheveux très gris aujourd'hui, et j'espère ne jamais le savoir. Ça ne se voit vraiment pas ?

– Non, et j'ai toujours du mal à vous croire.

Elle fit bouffer ses cheveux.

– Enfin, je me suis fait une couleur la semaine dernière alors ça ne devrait pas se voir, mais peut-être que de près on voit les racines.

Elle se pencha vers lui et il scruta sa tête. Distinguait-on du gris à la racine ? Il avait du mal à dire, c'était difficile de voir clair d'aussi près, mais une chose retint son attention, l'odeur propre et parfumée de ses cheveux.

Elle se redressa, les traits un peu rouges. *Trop de café*, pensa-t-il.

– Vous ne voulez pas être reconnu, hein ? J'ai quelques idées, laissez-moi y réfléchir et demain on verra ce qu'on peut faire.

– D'accord.

– Je vous ressers du café ? Moi, j'en ai déjà trop bu.

– Moi de même.

– Je vais vous montrer votre chambre. Elle est agréable, je pense qu'elle vous plaira.

24

Le lendemain matin, il se doucha dans la salle de bains à l'étage, remit les mêmes habits et descendit. Elle avait préparé le petit déjeuner, demi-pamplemousses et pain perdu au sirop d'érable, et, après un deuxième café, elle sortit sa Ford Taurus du garage et l'emmena où il avait laissé la Sentra. Il y avait une contravention, comme elle l'avait supposé, mais que ferait-on si personne ne la réglait ? Allait-on adresser une injonction de paiement à une ferme délabrée du Tennessee ?

Il la suivit jusqu'à chez elle et mit la Sentra dans le garage, comme convenu, alors qu'elle se garait dans l'allée cochère.

– Vous allez rester ici un certain temps, avait-elle déclaré au petit déjeuner.

Il lui avait dit qu'elle devait être douée pour obtenir ce qu'elle voulait des gamins. Elle lui avait rétorqué que s'il la trouvait trop autoritaire, tant pis pour lui.

– Je ne me suis pas plainte quand vous m'avez sauvé la vie alors ne m'embêtez pas quand je vous rends la pareille, entendu ?

– Oui, madame.

– C'est mieux. Mais ça sonne bizarre, « Oui, madame ».

– Comme vous voulez, *chère*. C'est mieux ?

– Depuis quand vous prenez-vous pour un Néo-Orléanais ?

– Hein ?

– À m'appeler *chère*.

– C'est votre prénom, n'est-ce pas ? Non ? Votre père vous appelle comme ça.

– Tout le monde s'appelle comme ça à La Nouvelle-Orléans. C'est du français. Commandez un sandwich *po'boy* au déjeuner et la serveuse aura tendance à vous appeler « cher » en vous l'apportant.

– La serveuse du restaurant que je fréquente à New York appelle tout le monde « mon chou ».

– C'est la même idée.

Elle ne lui dévoila pas pour autant son prénom et il ne le lui demanda pas.

Il prit place à la table ronde de la cuisine, sur une chaise capitaine, et elle joua à la coiffeuse. Il avait retiré sa chemise et elle lui avait placé un drap sur les épaules. Vêtue d'un vieux jean et d'une chemise d'homme aux manches retroussées, elle ressemblait vaguement à Rosy la Riveteuse des affiches patriotiques de la Seconde Guerre mondiale, sauf qu'à la place d'une riveteuse, elle tenait la tondeuse achetée chez Walgreen.

À New York, Keller fréquentait le même coiffeur depuis presque quinze ans. Il s'appelait Andy, était patron d'un petit salon avec trois fauteuils et retournait une fois par an à São Paulo. C'était à peu près tout ce que Keller savait de lui, plus le fait qu'il suçait tout le temps des pastilles à la menthe pour l'haleine, et il supposait qu'Andy n'en savait guère plus sur lui-même, car ses visites mensuelles étaient peu loquaces, et la plupart du temps Keller s'endormait et ne se réveillait que lorsque Andy se raclait la gorge en tapotant l'accoudoir du fauteuil.

Là, il ne pensait pas s'assoupir, mais l'instant d'après il s'entendit dire qu'il pouvait rouvrir les yeux. Il le fit et elle l'entraîna vers la salle de bains au bout du couloir où il observa longuement son reflet dans la glace. Le visage qui le fixait était le sien, à l'évidence, mais il était très différent de ce qu'il avait vu jusque-là dans un miroir.

Ses cheveux ébouriffés étaient courts maintenant, pas en brosse mais assez courts pour ne plus être bouclés, avec ce que l'on appelait dans le temps une coupe Ivy League ou Princeton[1]. Ajoutez-y la veste en tweed, la cravate en laine, et la pipe et il aurait presque l'allure professorale.

Il s'aperçut qu'elle ne s'était pas contentée de les raccourcir. Il avait le front plus dégagé, les tempes dégarnies. Elle s'était servie de la tondeuse pour créer l'illusion d'une calvitie masculine apparue en une décennie, ajoutant par là même une bonne dizaine d'années à son apparence. Il essaya différentes expressions, sourires et froncements, et même un regard noir, et le résultat était intéressant. Il avait l'air nettement moins dangereux, lui paraissait-il, il ressemblait moins à un type capable d'assassiner un gouverneur et davantage au conseiller de confiance qui lui écrivait ses discours.

Keller retourna dans la cuisine où elle passait l'aspirateur. Elle éteignit l'appareil en le voyant et il lui dit qu'il se faisait l'effet d'être Rip Van Winkle[2].

1. L'Ivy League est un ensemble d'universités prestigieuses de la côte est des États-Unis, dont Princeton fait partie, ainsi baptisée en raison du lierre (*ivy*) qui orne leurs façades.

2. Personnage d'une nouvelle de Washington Irving qui s'endort un jour en montagne pour ne se réveiller que vingt ans plus tard.

– Quand je me suis réveillé, j'avais pris dix ans. J'ai l'air d'un oncle sympathique.

– Je n'étais pas sûre que ça vous plaise. J'ai aussi quelques idées pour la couleur, mais j'aimerais qu'on laisse passer un ou deux jours, pour qu'on s'habitue tous les deux à cette nouvelle apparence, et ce sera alors plus simple de prendre une décision.

– Ça tombe sous le sens. Mais…

– Mais ça suppose de rester ici, c'est ça que vous alliez dire ? Hier soir, vous m'avez confié que vous en aviez assez de fuir.

– C'est vrai.

– Vous ne croyez pas que le moment est venu d'arrêter de courir, maintenant qu'une belle occasion se présente ? Votre voiture est dans le garage, personne ne peut la voir, mais elle est là si vous en avez besoin. Vous pouvez disposer de la chambre à l'étage aussi longtemps que vous voudrez. Elle ne sert à personne et là-haut vous ne gênez pas. Ce n'est rien du tout de faire la cuisine pour une bouche supplémentaire et, si ça vous gêne trop d'avoir le sentiment de vous imposer, je vous permettrai de m'inviter au restaurant de temps en temps. J'en connais un ou deux qui vous plairont, j'en suis sûre.

– Je pourrais me procurer de nouveaux papiers, dit-il. Un permis de conduire, même un passeport. C'est plus compliqué qu'autrefois, la sécurité a été renforcée ces dernières années, mais c'est toujours faisable. Par contre, ça prend du temps.

– Et qu'est-ce qu'on a-t'y d'autre, à part du temps ?

Elle vida et nettoya la commode et le placard de la chambre, remplissant deux gros sacs de vêtements dont elle jura que personne ne les avait portés depuis vingt ans.

– Il y a belle lurette qu'on aurait dû les donner à une œuvre de charité, dit-elle. Vous aurez assez de place pour vos affaires ?

Ses affaires, tout ce qu'il possédait au monde, tenaient dans une petite valise et un sac en plastique. Il avait quasiment assez de place pour que chaque vêtement ait son propre tiroir.

Plus tard, elle dut s'absenter et lui demanda s'il pouvait se mettre au rez-de-chaussée pour entendre son père au cas où il appellerait.

– Il dort la plupart du temps et quand il est réveillé il ne fait pas grand-chose sauf parler à son téléviseur. Il se débrouille tout seul pour aller aux toilettes et il n'aime pas qu'on l'aide, mais si jamais il tombait…

Il s'installa dans la cuisine avec le journal et quand il l'eut terminé, il monta chercher un roman qu'il avait repéré dans la bibliothèque du couloir. C'était un western de Loren Estleman sur un bourreau itinérant et il le lut dans la cuisine en sirotant du café jusqu'à ce que le vieillard l'appelle.

Il le trouva assis dans son lit, haut de pyjama déboutonné, tenant une cigarette allumée entre deux doigts de la main droite. La maladie était visible sur son visage. Keller se demanda quel type de cancer il avait, si c'était lié à la cigarette, et s'il faisait bien de fumer. Mais il songea qu'à ce stade, ça ne ferait pas grande différence.

– C'est un cancer du foie, dit l'homme en lisant dans ses pensées. Et la cigarette n'y est pour rien. Enfin, presque rien. À écouter les médecins, la cigarette est la cause de tout : les pluies acides, le réchauffement climatique et tout le reste. Ma fille est-elle dans les parages ?

– Elle s'est absentée.

– Absentée ? Vous avez de jolies expressions ! Elle n'est pas en train d'enseigner à ses chenapans ? En général, elle fait venir une femme de couleur pour s'occuper de moi quand elle travaille.

– Je crois qu'elle avait des courses à faire.

– Venez par ici que je vous regarde de près. Quand on est vieux et malade, on peut donner des ordres aux gens. Pour ma part, j'appelle ça une compensation inadéquate. Vous pensez souvent à la mort ?

– Parfois.

– Un homme de votre âge ? Je vous jure que moi je n'y pensais pas une seule seconde et voilà que je le fais. Je peux vous dire que ça ne m'enchante guère. Vous couchez avec elle ?

– Pardon, monsieur ?

– Ce n'est tout de même pas la question la plus difficile qu'on vous ait posée ! Ma fille. Vous couchez avec elle ?

– Non.

– Ah bon ? Vous n'êtes pas pédé, au moins ?

– Non.

– Vous n'avez pas l'air, mais d'après mon expérience ça ne se voit pas toujours. Il y a des gens qui soutiennent que si mais je n'y crois pas. Vous vous plaisez ici ?

– C'est une belle ville.

– Enfin, c'est La Nouvelle-Orléans, quoi ? On s'y habitue, vous verrez. Je parlais de la maison. Elle vous plaît ?

– C'est confortable.

– Vous comptez rester chez nous un certain temps ?

– Je pense que oui. Je me vois bien rester.

– Je suis fatigué. Je crois que je vais dormir.

– Je vais vous laisser tranquille.

Il allait franchir la porte quand il se figea en entendant le vieillard.

– Si l'occasion se présente, couchez avec elle. Sinon, un jour, vous serez trop vieux. Et vous vous en voudrez pour toutes les occasions que vous n'aurez pas su saisir.

Le lendemain, ils se rendirent chez un opticien de Rampart Street. Elle avait mis un veto à son idée de porter des demi-lunes, affirmant que ça ne lui irait pas, et quand il avait soutenu ne pas avoir besoin de lunettes de vue, elle lui avait dit qu'il risquait d'être surpris.

– Même si votre vue est quasi parfaite, on vous prescrira des verres avec une très légère correction.

En fait, il était à la fois hypermétrope et légèrement myope.

– D'une pierre deux coups, dit l'opticien. Autrement dit, des verres à double foyer.

Bigre, des double foyer. Il essaya des montures et en trouva une qui lui plaisait, assez grosse et en plastique. Elle l'observa, pouffa et dit que ça lui donnait un faux air de Buddy Holly, puis l'orienta vers un modèle métallique plus discret, aux verres rectangulaires légèrement arrondis. Il l'essaya et dut convenir qu'elle avait raison.

Certains magasins proposaient les verres en une heure mais pas celui-ci.

– Demain à la même heure, leur dit l'opticien.

Ils passèrent au Café Dumont où ils prirent du *café au lait* et des beignets, et après, ils s'arrêtèrent en traversant Jackson Square pour regarder une femme nourrir les pigeons comme si sa vie en dépendait.

– Vous avez vu le journal ? lui demanda-t-elle. On a eu les résultats des tests d'ADN. C'est bien lui qui a violé et tué l'infirmière dans le parc Audubon.

– Rien de surprenant.

– Non, mais attendez un peu que je vous raconte comment c'est arrivé selon eux. Vous avez remarqué que les chênes de Virginie ont des branches presque au ras du sol ?

– Je ne connais aucun autre arbre comme ça.

– Eh bien, voyez-vous, cela permet d'y grimper très facilement. On suppose qu'il a fait ça, qu'il a grimpé dans un arbre pour attendre qu'une victime passe.

– Je crois deviner la suite.

– Parce qu'il avait je ne sais plus quel taux d'alcool dans le sang, il a perdu l'équilibre, il est tombé, il a atterri sur la tête, il s'est cassé le cou et il est mort.

– Le monde est un endroit dangereux.

– Mais un peu moins maintenant qu'il ne s'y trouve plus.

Elle s'appelait Julia Émilie Roussard. Elle avait inscrit son nom sur la page de garde d'un livre que Keller ouvrit.

Deux jours s'écoulèrent avant qu'il puisse s'en servir. Malgré leurs nombreuses conversations, l'occasion ne se présenta pas de caser son prénom dans une phrase.

Il l'invita à déjeuner après avoir récupéré ses lunettes (ainsi qu'un étui en cuir gracieusement offert, comportant le nom et l'adresse de l'opticien, et un chiffon traité pour nettoyer les verres). Sur le chemin du retour, elle lui rappela qu'il avait évoqué deux pertes, une personne qui comptait beaucoup et la possession à laquelle il tenait le plus. Elle était curieuse de savoir qui était cette personne et quelle était cette chose.

Il répondit d'abord à la deuxième question. Sa collection de timbres, qui n'était plus là quand il avait regagné son appartement.

– Vous collectionnez les timbres ? Sérieusement ?

– Enfin, c'était un passe-temps, mais je le faisais assez sérieusement. J'y consacrais pas mal de temps, et beaucoup d'argent.

Il lui parla un peu de sa collection, comment un loisir de jeunesse l'avait à nouveau captivé à l'âge adulte.

– Et la personne ?

– C'était une femme.

– Votre épouse ? Non, vous m'avez dit que vous n'avez jamais été marié.

– Ni femme ni petite amie. Il n'y avait rien de physique, ce n'était pas ce genre de relation. On pourrait dire mon associée mais nous étions très proches.

– Quand vous dites « associée »…

Il hocha la tête.

– Elle a été tuée par les gens qui m'ont tendu un piège. Ils ont cherché à faire croire qu'elle était morte dans un incendie mais ils ne se sont pas donné trop de mal. Même un inspecteur débutant aurait tout de suite vu qu'il s'agissait d'un incendie criminel et ils l'ont laissée avec deux balles dans la tête. (Il haussa les épaules.) Ils se moquaient certainement de la qualification que retiendraient les flics. De toute façon, il n'y a rien à faire.

– Elle vous manque ?

– Tout le temps. C'est probablement pour cette raison que je vous parle autant. D'ordinaire je suis moins bavard, quand on vient de faire connaissance. En fait il y a deux raisons, l'une étant que c'est très facile de parler avec vous, et l'autre, que j'avais l'habitude de parler avec Dot et qu'elle n'est plus là.

– C'était son nom ? Dot ?

– Dorothea, en fait. J'ai toujours cru que c'était Dorothy mais soit je me trompais, soit c'est les journaux, parce que la presse parlait de Dorothea. Mais personne ne l'appelait autrement que Dot.

– Moi je n'ai jamais eu de surnom.

– Tout le monde vous appelle Julia ?

Voilà !

– Sauf les enfants qui sont tenus de m'appeler mademoiselle Roussard. C'est la première fois que vous dites mon prénom. Vous vous rendez compte ?

– Vous ne me l'avez jamais dit.

– Vraiment ?

– J'ai bien pensé que des papiers devaient traîner dans la maison mais je n'ai pas voulu fouiller. Vous me le diriez en temps voulu.

– Je pensais que vous le saviez. J'étais persuadé que nous en avions parlé. Vous m'avez sauvé la vie et je vous ai vu briser le cou à un type, et, après, vous m'avez raccompagnée et nous avons bu du café dans la cuisine. C'est que vous connaissiez forcément mon prénom, non ?

– J'ai ouvert un livre et il s'y trouvait. Bon sang…

– Quoi ?

– Eh bien, comment pouvais-je être certain que c'était vous ? Vous auriez pu acheter ce livre d'occasion, ou ça pouvait être un objet de famille.

– Non, c'est bien moi.

– Julia Émilie Roussard.

– Oui, monsieur. C'est moi.

– Française ?

– Du côté de papa, irlandaise du côté de maman. Je vous ai dit qu'elle était morte jeune, n'est-ce pas ?

– Vous m'avez dit qu'elle avait eu les cheveux gris très tôt.

– Et elle est morte jeune. À trente-six ans. Un soir, elle s'est levée de table et est allée directement se coucher parce qu'elle se sentait un peu fiévreuse. Au matin elle était morte.

– Mon Dieu.

– Une méningite virale. Un jour, elle était en bonne santé et, le lendemain, elle était morte et je ne pense pas que mon père ait jamais compris ce qui lui était arrivé. À elle, bien sûr, mais à lui aussi. Et à moi, j'avais onze ans à l'époque. (Elle le regarda fixement.) J'en ai trente-huit, deux de plus que maman à sa mort.

– Et vous n'avez pas un seul cheveu gris.

Elle rigola, ravie. Il lui confia qu'il était plus âgé de quelques années et elle lui dit que ça se voyait.

– Avec votre nouvelle coupe, précisa-t-elle. Je pense qu'on va les oxygéner puis les teindre en châtain, ni trop clair ni trop foncé. Si vous n'êtes pas satisfait du résultat, on pourra toujours leur redonner leur couleur actuelle.

Le résultat fut convenable. Julia baptisa cela « châtain terne » et lui expliqua que les femmes à qui la nature donnait des cheveux de cette couleur choisissaient souvent d'en changer.

– Parce que c'est un peu bof, vous voyez ? Ça n'attire pas l'attention.

Parfait.

S'il remarqua le changement, son père ne jugea pas utile de faire le moindre commentaire.

Se regardant dans la glace, Keller trouva que la teinte plus claire allait bien avec l'allure professorale, que renforçaient les verres à double foyer. Maintenant qu'il s'y était accoutumé, les lunettes étaient une vraie révélation. Il n'en avait pas vraiment besoin, il se débrouillait très bien sans, mais sa vue de loin en était indéniablement améliorée. Quand il se promena dans Saint-Charles

Avenue, il parvint à déchiffrer des noms de rues qu'auparavant il aurait scrutés en plissant les yeux.

Il fit cette balade un jour que Julia travaillait et qu'une femme noire bien en chair prénommée Lucille était venue s'occuper de M. Roussard. Quand Julia rentra, il l'attendait dans la véranda.

– Tout est arrangé, dit-il. Lucille a accepté de rester plus tard, nous pouvons nous faire un cinéma et un bon restaurant.

Ils virent une comédie romantique, avec Hugh Grant dans un rôle à la Cary Grant.

Ils dînèrent dans le quartier français, servis dans une salle très haute de plafond par des hommes qui avaient presque l'âge de jouer du jazz Dixieland au Preservation Hall[1]. Keller commanda du vin, ils en burent un verre et l'apprécièrent mais ne terminèrent pas la bouteille. Ils avaient pris la voiture de Julia et quand vint le moment de rentrer, elle lui tendit la clé.

La nuit était douce et l'air comme tropical. *Une chaleur sensuelle*, songea Keller.

Tous deux restèrent silencieux pendant le trajet de retour. Lucille habitait dans le coin et refusa qu'on la dépose, et elle fit non de la tête quand Keller proposa de la raccompagner à pied.

Il attendit dans la cuisine pendant que Julia allait voir son père. Ne tenant pas en place, il tournait en rond et ouvrait des portes, regardant ce qu'il y avait dans les placards. *Tout est à peu près parfait*, se dit-il, *et tu t'apprêtes à tout foutre en l'air*.

Il lui sembla qu'elle mettait un temps incroyable mais elle finit par arriver derrière lui et regarda par-dessus son épaule.

1. Célèbre club de jazz du quartier français.

– Que de vaisselle dans nos placards ! dit-elle. Les affaires finissent par s'accumuler quand une famille reste longtemps au même endroit. On organisera une brocante de jardin un de ces jours.

– C'est sympa de vivre dans un lieu qui a une histoire.

– Sans doute.

Il se retourna et sentit son parfum. Elle n'en portait pas en début de soirée.

Il l'attira vers lui et l'embrassa.

25

– Tu sais ce qui m'inquiétait ? J'avais peur de ne plus savoir comment m'y prendre.

– Apparemment ça t'est revenu, dit-il. Ça faisait un certain temps ?

– Des lustres.

– Pareil pour moi.

– Allons. Toi qui étais en vadrouille aux quatre coins du pays et avais partout des aventures ?

– Là où j'étais en vadrouille ces derniers temps, je n'ai croisé que des femmes qui me demandaient si je voulais une portion de frites extra-large. Imagine un peu si on nous le proposait dans les bons restaurants. « Monsieur, souhaitez-vous une portion extra-large de coq au vin ? »

– Mais avant Des Moines ? Je parie que tu avais une fille dans chaque port.

– Pas vraiment. J'essaye de me souvenir la dernière fois que j'étais… avec quelqu'un. Je peux juste te dire que ça fait longtemps.

– Mon papa m'a demandé si on couchait ensemble.

– Juste maintenant ?

– Non, il n'a même pas remué dans son sommeil. Je pense que Lucille l'a laissé prendre un verre de Maker's

Mark[1]. Le médecin ne veut pas qu'il boive, ni qu'il fume d'ailleurs, et moi je dis : quelle différence ça peut bien faire ? Non, c'était il y a deux jours. « Vous couchez ensemble, toi et ce beau jeune homme, *chère* ? » Pour papa, tu es toujours un jeune homme, malgré ce que j'ai fait subir à tes cheveux.

– Moi aussi, il me l'a demandé.

– Non !

– La première fois que tu m'as laissé seul avec lui. Il m'a demandé de but en blanc si je couchais avec toi.

– Je ne sais pas pourquoi je suis étonnée. C'est tout lui ! Qu'as-tu répondu ?

– Non, bien sûr. Qu'est-ce qu'il y a de si drôle ?

– Eh bien, moi je ne lui ai pas répondu ça.

Il se redressa en s'appuyant sur le coude et la fixa.

– Qu'est-ce qui t'a pris de…

– Parce que je ne voulais pas lui dire une chose, et ensuite être obligée de faire marche arrière et lui en dire une autre. Allons, tu te doutais bien que ça arriverait, ne me dis pas le contraire !

– Enfin, j'avais des espoirs.

– « Enfin, j'avais des espoirs. » Tu devais bien être sûr de toi quand tu m'as invitée à dîner.

– À ce stade, j'avais *grand* espoir.

– J'avais peur que tu me fasses des avances dès le premier soir. Je t'ai invité à venir ici et, après coup, je me suis rendu compte que tu y verrais peut-être une autre invite que celle à laquelle je pensais. Et c'était la dernière chose dont j'avais envie à ce moment-là.

– Après ce qui était arrivé dans le parc ? C'est la dernière chose que je t'aurais proposée.

1. Marque de bourbon.

– Je voulais juste rendre service à quelqu'un qui m'avait sauvé la vie. Sauf que…

– Sauf que quoi ?

– Eh bien, je n'en étais pas consciente sur le moment. Mais avec le recul, je ne t'aurais peut-être pas ramené à la maison si tu n'étais pas si mignon.

– Mignon ?

– Avec tes belles boucles foncées. Ne t'en fais pas, tu es encore plus mignon maintenant. (Elle lui caressa les cheveux.) Le seul problème, c'est que je ne sais pas comment t'appeler.

– Ah.

– Je connais ton nom, du moins celui qui était dans les journaux. Mais je ne l'ai pas utilisé, et je ne t'ai pas demandé comment je devais t'appeler, parce que je ne veux pas commettre un impair devant d'autres gens. Tu disais que tu voulais obtenir de nouveaux papiers.

– Oui, il faut que je m'en occupe.

– Et tu ne sais pas à quel nom ils seront ? Je préfère attendre que tu le saches pour t'appeler par ton nouveau prénom.

– C'est logique.

– Mais j'aimerais bien pouvoir t'appeler quelque chose dans les moments intimes. Quand tu as prononcé mon prénom, je dois dire que j'ai eu un petit frisson.

– Julia.

– Ça marche encore mieux en situation. Je ne sais pas comment t'appeler dans ces moments-là. Je pourrais essayer *cher*, j'imagine, mais ça me semble un peu passe-partout.

– Keller. Tu pourrais m'appeler Keller.

Le lendemain matin, il sortit sa voiture du garage et fit la tournée des cimetières jusqu'à ce qu'il trouve la pierre tombale d'un garçonnet décédé quarante-cinq ans auparavant. Il nota le nom et la date de naissance, et le lendemain il se rendit au centre-ville et se fit indiquer les services d'état civil.

– J'ai tout à refaire, dit-il à l'employée. J'avais une petite maison dans la paroisse de Saint-Bernard, vous voulez une explication ?

– M'est avis que vous avez tout perdu, dit-elle.

– Je suis d'abord allé à Galveston, puis dans le Nord chez ma sœur à Altoona. C'est en Pennsylvanie.

– J'ai l'impression que j'ai entendu parler d'Altoona. C'est sympa ?

– Enfin, c'est pas mal, mais ça fait du bien de rentrer chez soi.

– Ça fait toujours du bien de rentrer chez soi, acquiesça-t-elle. Bon, vous n'avez qu'à me donner votre nom et votre date de naissance… Ah, je vois que vous avez déjà tout noté. Comme ça je n'aurai pas à vous demander de me l'épeler. Cela dit, Nicholas Edwards ne présente pas trop de difficulté.

Il rentra avec une copie de l'acte de naissance de Nicholas Edwards et, en fin de semaine, il avait passé l'examen et obtenu un permis de conduire délivré en Louisiane. Il compta l'argent qui lui restait et en utilisa la moitié pour ouvrir un compte en banque, présentant son nouveau permis en guise de pièce d'identité. Un employé de la poste centrale lui remit un formulaire de demande de passeport, qu'il remplit et adressa au service idoine à Washington, accompagné de deux photos et d'un mandat.

– Nick, dit Julia en regardant tour à tour son visage et la photo du permis. Ou préfères-tu Nicholas ?

– Mes amis m'appellent M. Edwards.

– Je pense que je te présenterai comme Nick, parce que de toute façon les gens vont t'appeler comme ça. Mais je serai la seule à t'appeler Nicholas.

– Si tu veux.

– Je veux, dit-elle en lui prenant le bras. Mais quand on sera à l'étage, je continuerai à t'appeler Keller.

Elle le rejoignait tous les soirs puis regagnait son lit dans le bureau du rez-de-chaussée au cas où son père aurait besoin d'elle pendant la nuit. Tous deux affirmaient regretter cette séparation forcée mais, à la réflexion, Keller se rendit compte qu'il appréciait aussi de se réveiller seul. Il avait l'intuition que Julia partageait ce sentiment.

Un soir, après avoir fait l'amour et avant qu'elle ne regagne son lit, il aborda un sujet qui le préoccupait depuis un certain temps.

– Je vais finir par être à court d'argent. Je ne dépense pas grand-chose, mais je n'ai pas de rentrées et le peu qu'il me reste ne va pas durer très longtemps.

Elle lui dit qu'elle avait quelques économies mais il lui expliqua que ça ne changeait rien. Il s'était toujours assumé et se sentirait mal à l'aise autrement. Elle lui demanda si c'était pour ça qu'il avait tondu la pelouse la veille.

– Non, je suis allé prendre quelque chose dans ma voiture…

Le pistolet dans la boîte à gants, qu'il s'était enfin occupé de transférer dans un tiroir de la commode.

– … et j'ai aperçu la tondeuse. Comme j'avais remarqué que le gazon avait besoin d'être tondu, je l'ai fait. Un vieil homme avec un de ces déambulateurs en alu m'a longuement observé et a fini par me demander combien j'étais payé pour ce genre de boulot. Je lui ai répondu que je ne touchais pas un *dime* mais qu'en récompense, je couchais avec la maîtresse de maison.

– Tu ne lui as pas dit ça ! Tu viens de tout inventer, n'est-ce pas ?

– Enfin, pas tout. J'ai vraiment tondu la pelouse.

– Et M. Leonidas s'est vraiment arrêté pour te regarder ?

– Non, mais je l'ai aperçu dans le quartier, alors je l'ai inclus dans mon histoire.

– Eh bien, tu as parfaitement choisi car il l'aurait répété à sa femme, qui en aurait informé la moitié de la ville avant que tu aies le temps de remettre la tondeuse au garage. Que vais-je faire de toi, Keller ?

– Oh, tu penseras bien à quelque chose.

Le lendemain matin, elle lui servit un café et dit :

– J'ai réfléchi. En fait, il faut que tu trouves du travail.

– Je ne sais pas comment faire.

– Tu ne sais pas comment trouver du travail ?

– Je n'en ai jamais eu un.

– Tu n'as jamais…

– Je retire ce que je viens de dire. Quand j'étais au lycée, j'ai bossé pour un type assez âgé, qui se faisait payer pour vider des greniers et des caves, mais qui gagnait surtout de l'argent en revendant les affaires qu'il enlevait. Je lui filais un coup de main.

– Et depuis ?

– Depuis, avec le genre de boulot que j'ai fait et le genre de personnes pour qui j'ai travaillé, pas besoin de carte de sécurité sociale. Au fait, Nick Edwards a demandé la sienne, qui devrait arriver au courrier un de ces jours.

Elle réfléchit un instant.

– Il y a beaucoup de travail en ville ces temps-ci. Saurais-tu te débrouiller dans le bâtiment ?

– Construire une maison, tu veux dire ?

– Peut-être quelque chose de moins ambitieux. Travailler en équipe, faire de la rénovation et de la déco. Disposer du Placoplâtre, appliquer de l'enduit et peindre, poncer du parquet.

– Peut-être. J'imagine qu'il n'est pas nécessaire d'avoir un diplôme d'ingénieur pour ce genre de boulot, mais ça doit aider de s'y connaître.

– Comme tu n'as pas utilisé ton savoir-faire depuis un certain temps, tu es un peu rouillé.

– Oui, ça sonne juste.

– Et puis, d'où tu viens, on ne s'y prenait pas tout à fait pareil.

– Très juste ! Vous êtes vous aussi assez douée pour inventer des histoires, mademoiselle Julia.

– Si je me montre à la hauteur, on me laissera coucher avec le jardinier. Je pense que c'est le moment que j'aille passer quelques coups de fil.

26

Le lendemain, il se présenta sur le chantier dans une ruelle donnant dans Napoleon Avenue. Un locataire de longue date était décédé, libérant à l'étage un appartement qui avait besoin d'être entièrement refait à neuf.

– La proprio veut qu'on le transforme en loft, l'informa le chef de chantier, un blond mince et sec prénommé Donny. Une seule grande pièce avec coin cuisine. T'as loupé la partie marrante, abattre les murs. Je peux te dire que ça donne la pêche !

Ils avaient monté la moitié des Placoplâtre, l'étape suivante était la peinture des murs et des plafonds, et une fois que ça serait terminé, on s'attaquerait au sol. Savait-il manier le rouleau et avait-il peur de monter sur une échelle ? Il répondit qu'il n'avait rien contre les échelles et voulait bien passer le rouleau, même s'il se sentait un peu rouillé.

– Prends ton temps, lui dit Donny. Ça te reviendra très vite. J'espère juste que ça te convient dix dollars de l'heure, parce que c'est ce que je paye.

Il commença par le plafond ; il savait au moins ça et avait eu l'occasion de se servir d'un rouleau quand il avait repeint son appartement à New York. Donny venait jeter un coup d'œil de temps en temps et lui donnait quelques conseils, surtout où mettre son échelle pour la déplacer moins souvent. Mais visiblement Keller s'en sortait bien et il profita de ses quelques pauses pour regarder les autres clouer les panneaux de Placoplâtre et faire les joints au mastic. Ça n'avait pas l'air très sorcier, une fois qu'on savait comment faire.

Il travailla sept heures le premier jour et repartit avec soixante-dix dollars en poche et la proposition de se présenter à nouveau le lendemain matin à huit heures. Il avait un peu mal aux jambes, à force de monter et descendre de l'échelle, mais c'était une douleur saine, comme après une bonne séance à la salle de sport. Il s'arrêta sur le chemin du retour pour acheter des fleurs.

– C'était Patsy, lui dit Julia après avoir raccroché.

Patsy Morrill, se souvenait-il, était une ancienne amie de lycée de Julia ; Wallings était son nom de jeune fille, et Donny Wallings son petit frère. Patsy avait appelé, expliqua Julia, pour dire qu'elle avait reçu un coup de fil de Donny qui la remerciait de lui avoir adressé Nick.

– Il trouve que tu n'es pas très bavard, lui rapporta-t-elle, mais aussi que tu saisis vite. « C'est le genre de type qui n'a pas besoin qu'on lui répète deux fois les choses. » Il lui a sorti ça tel quel, d'après Patsy.

– Je n'avais pas la moindre idée de ce que je devais faire, mais au bout d'une journée j'ai à peu près compris le truc.

Le lendemain, il peignit encore, terminant le plafond et commençant les murs, et le surlendemain, ils étaient trois pour la peinture, mais Donny lui confia un pinceau et le chargea des huisseries.

– T'as le geste plus sûr que Luis, lui expliqua-t-il en aparté, et tu salopes pas le boulot.

Quand la peinture fut terminée, il se présenta comme convenu le lendemain à huit heures et ils n'étaient plus que deux, Donny et lui. Donny lui confia qu'il n'aurait pas besoin de Luis pendant deux jours, car il n'y connaissait rien au ponçage des parquets.

– Pour être franc, dit Keller, moi non plus.

Mais ça ne posait pas de problème à Donny.

– Toi au moins, je pourrai t'expliquer en anglais et tu pigeras vachement plus vite que Luis.

Le chantier dura quinze jours et quand ce fut terminé, l'appartement était magnifique, avec une nouvelle cuisine et un beau sol carrelé dans la salle de bains. Le seul truc qui n'avait pas trop plu à Keller était le ponçage du parquet, parce qu'il fallait porter un masque pour ne pas respirer la poussière et l'on s'en mettait partout, sur les vêtements, dans la bouche et dans les cheveux. Il n'aurait pas voulu faire ça à longueur de temps, mais une ou deux journées par-ci par-là, ce n'était pas la mer à boire. Poser le carrelage dans la salle de bains, en revanche, fut un vrai plaisir et il avait été déçu d'en terminer, et fier du résultat.

La propriétaire était passée deux fois pour vérifier l'état d'avancement des travaux et, après avoir tout inspecté en fin de chantier, se déclara hautement satisfaite. Elle lui donna une prime de cent dollars, ainsi qu'à Luis, et dit à Donny qu'elle aurait un autre projet à lui proposer d'ici une semaine.

– D'après Donny, rapporta Keller à Julia, elle pourra le louer mille cinq cents dollars maintenant qu'on l'a retapé.

– Elle peut toujours en demander ça. Elle sera peut-être obligée de baisser un peu, je ne sais pas. Les loyers ont atteint un niveau étonnant. Qui sait, elle arrivera peut-être à le louer mille cinq cents.

– À New York, pour ce genre de surface, c'est cinq ou six mille. Et les gens ne s'attendent pas à trouver du carrelage dans la salle de bains.

– J'espère que tu n'as pas dit ça à Donny.

Bien sûr que non, étant donné qu'ils avaient raconté que Nick était le petit ami de Julia, ce qui était la vérité, et qu'il était revenu avec elle de Wichita, ce qui ne l'était pas. Tôt ou tard, songea-t-il, quelqu'un qui connaissait Wichita lui poserait une question sur la vie là-bas, et il espérait que d'ici là il aurait appris quelque chose sur cette ville, outre qu'elle se situait quelque part au Kansas.

Un ami de Donny appela un ou deux jours plus tard. Il avait un boulot de peinture, juste les murs car le plafond était correct. Trois jours sûrs, peut-être quatre, et il proposait lui aussi dix dollars de l'heure. Nick était-il intéressé par ce boulot ?

Ils eurent terminé en trois jours, ce qui lui laissa son week-end de libre et les deux jours suivants, puis Donny rappela pour dire que son devis avait été retenu pour le chantier, aussi Nick pouvait-il passer le lendemain matin à la première heure ? Keller nota l'adresse et répondit qu'il y serait.

– Je vais te dire, confia-t-il à Julia, je commence à croire que je pourrais gagner ma vie comme ça.

– Je ne vois pas pourquoi tu n'y arriverais pas. Si je peux gagner ma vie en enseignant à des gamins de huitième…

– Mais tu as des qualifications.

– Un diplôme d'enseignement ? Toi aussi, tu es qualifié. Tu ne bois pas, tu arrives à l'heure, tu fais ce qu'on te demande, tu parles anglais, tu ne t'estimes pas trop intelligent pour ce boulot. Je suis fière de toi, Nicholas.

Il était habitué à ce que Donny et les autres l'appellent Nick et commençait à s'habituer à ce que Julia l'appelle Nicholas. Elle l'appelait toujours Keller au lit, mais il sentait que ça allait changer et c'était bien. Il avait eu la chance, se rendait-il compte, de dénicher au cimetière Saint-Patrick un nom qui lui convenait. Il n'avait pas pris cela en considération quand il avait déchiffré les vieilles pierres tombales abîmées, son seul souci était que les dates collent, mais il se rendait compte à présent qu'il aurait pu tomber sur un nom nettement moins satisfaisant que Nick Edwards.

Il donnait à Julia la moitié de ses gains en guise de participation au loyer et aux dépenses quotidiennes. Au début, elle avait protesté que ça faisait trop, mais il avait insisté et elle n'avait pas résisté très longtemps. Et puis, que ferait-il de son argent à part régler l'essence de sa voiture ? (Cela dit, ce ne serait pas une mauvaise idée d'économiser pour en acheter une autre, d'occasion, car il aurait un problème si jamais quelqu'un lui demandait les papiers du véhicule.)

Après le dîner, ils prirent le café dans la véranda de devant. C'était agréable de se trouver là, à observer les passants et le jour qui virait au crépuscule. Malgré tout, il comprit mieux ce qu'elle lui avait dit à propos des arbustes. On les avait laissés pousser trop haut et ils bouchaient un peu la vue et la luminosité. Il saurait probablement se débrouiller pour les tailler. Dès qu'il aurait un jour de libre, il verrait ce qu'il pouvait faire.

Un soir, après avoir fait l'amour, elle rompit le silence pour lui faire remarquer qu'elle l'avait appelé Nicholas.

Encore plus intéressant, il ne s'en était pas rendu compte. Il semblait normal qu'elle l'appelle comme ça, au lit ou ailleurs, car apparemment c'était devenu son prénom.

Il figurait sur sa carte de sécurité sociale et sur son passeport, arrivés par courrier. En même temps que le passeport, il avait reçu une offre pour souscrire une carte de crédit. Son dossier avait été pré-approuvé, l'informait-on. Il se demanda selon quels critères. Il avait une adresse postale et un pouls, et manifestement on ne lui en demandait pas plus.

Allongé sous les pales du ventilateur qui tournaient lentement au plafond, il dit :

– Tout compte fait, je ne serai peut-être pas obligé de revendre mes timbres.

– Qu'est-ce que tu racontes ?

Elle semblait alarmée, et il n'arrivait pas à comprendre pourquoi.

– Je pensais que tu les avais perdus, dit-elle. Je croyais que tu m'avais dit qu'on t'avait volé ta collection tout entière.

– Oui, mais j'ai acheté cinq timbres rares à Des Moines, avant que ça vire au cauchemar. Il serait compliqué de s'en débarrasser, mais je n'ai rien d'autre comme valeur réalisable. La voiture vaut plus et le marché est plus large mais il faut en être propriétaire, ce qui n'est pas mon cas.

– Tu as acheté les timbres à Des Moines ?

Il les prit dans le tiroir du haut de la commode, trouva sa pince et alluma la lampe de chevet pour lui montrer les cinq petits bouts de papier. Elle lui posa des questions – de quand ils dataient, combien ça valait – et il en vint à tout lui raconter sur ces timbres et les circonstances de leur achat.

– J'aurais eu largement assez d'argent pour rentrer à New York si je n'avais pas casqué six cents dollars pour ces timbres. Il m'en restait moins de deux cents. Mais sur le moment ça paraissait plus qu'assez, vu que je comptais tout régler par carte de crédit, y compris le vol retour. Je venais de les payer quand la nouvelle a été annoncée à la radio.

– Tu veux dire que tu n'étais pas au courant pour l'assassinat ?

– Personne ne l'était, au moment où je me décidais pour les timbres. Si j'ai bien compris, Longford mangeait du poulet caoutchouteux avec les Rotariens au moment où je me garais dans l'allée de McCue. Je n'en ai pas perçu immédiatement les implications, j'ai d'abord cru à une coïncidence, le fait de me trouver à Des Moines au moment où une personnalité politique majeure se faisait assassiner. J'avais un boulot tout à fait différent à faire, du moins le croyais-je, et puis… Qu'est-ce qu'il y a ?

– Tu ne vois pas ?

– Quoi ?

– Tu n'as pas tué cet homme. Le gouverneur Longford. Tu ne l'as pas tué.

– Sans blague ! Il me semble te l'avoir dit il y a un certain temps.

– Non, tu ne comprends pas. Tu sais que tu ne l'as pas fait, et je le sais moi aussi, mais ce que nous savons toi et moi n'est pas suffisant pour empêcher toutes les polices de te rechercher.

– Exact.

– Mais si tu étais chez un marchand de timbres à… Où ça, déjà ?

– À Urbandale.

– Chez un marchand de timbres à Urbandale dans l'Iowa. Si tu étais assis chez lui au moment où le gouverneur s'est fait tirer dessus, et si M. McMachin était assis en face de toi…

– McCue.

– Peu importe.

– Avant, il s'appelait McMachin mais sa copine refusait de l'épouser à moins qu'il ne change de nom.

– Tais-toi, bon sang, et laisse-moi finir ! C'est important. Si tu étais avec lui, et il s'en souviendra à cause du flash à la radio, n'est-ce pas la preuve que tu n'étais pas au centre-ville en train d'abattre le gouverneur ? Non ? Pourquoi pas ?

– La nouvelle a été répétée sans arrêt toute la journée. McCue se souviendra de la vente, et peut-être aussi qu'elle s'est faite au moment où il a appris l'assassinat. Mais il ne pourra pas jurer du moment précis, et quand bien même, le procureur pourrait le faire passer pour un idiot, à la barre.

– Et un bon avocat…

Elle se tut en voyant qu'il hochait la tête.

– Non, dit-il doucement. Il y a quelque chose que tu ne comprends pas. Mettons que je parvienne à prouver mon innocence. Mettons que McCue apporte un témoignage qui me tire d'affaire et, tant qu'on y est, mettons qu'un autre témoin, un véritable pilier de la communauté, puisse corroborer ses dires. Ce n'est pas le problème.

27

– Ce n'est pas le problème. L'affaire ne serait jamais jugée. Je serais mort avant.

– La police te tuerait ?

– Pas la police. Les flics et le FBI, c'est le cadet de mes soucis. La police n'a jamais retrouvé Dot, ils n'ont même pas su qu'elle existait et regarde ce qui lui est arrivé.

– Qui ça, alors ? Ah…

– Exact.

– Tu m'as dit son nom. Al ?

– « Appelez-moi-Al ». Ce qui signifie que ce n'est pas son prénom mais que ça fait l'affaire pour le désigner. Je me demande même s'il savait comment il allait se servir de moi quand il a commencé à me tendre un piège. Enfin, c'est une chose de plus qui n'a aucune importance. Longford est mort et je suis le type que tout le monde recherche. Mais si je refais surface, je deviens le grain de sable dans la mécanique d'Al. S'il met la main sur moi, je suis mort. Et si les flics me retrouvent d'abord, je suis quand même mort.

– Il arriverait à faire ça ?

Il fit oui de la tête.

– Rien de très sorcier. Si une chose est claire, c'est qu'il est plein de ressources. Et ce n'est pas très compliqué de se débrouiller pour que quelque chose arrive à quelqu'un en prison.

– Ça semble…

– Injuste ?

– C'est ce que j'allais dire. Mais qui a dit que la vie était juste ?

– Quelqu'un a bien dû le dire à un moment ou à un autre, mais ce n'est pas moi.

Un peu plus tard, elle dit :

– Supposons que… non, c'est bête.

– Quoi ?

– Oh, c'est digne d'une série télé. Un type est victime d'un coup monté et sa seule façon de s'en sortir est de résoudre le crime.

– Comme O. J., dit-il, qui écume les golfs de Floride à la recherche du véritable assassin[1].

– Je t'ai dit que c'était bête. On ne sait même pas par où commencer.

– Peut-être par un cimetière.

– Tu penses qu'il est mort ?

– Je pense qu'Al est un adepte de la prudence et ça serait la manière la plus prudente de s'y prendre. Il m'a fait porter le chapeau parce qu'il savait qu'il n'y avait aucune façon de remonter de moi jusqu'à lui. Mais le véritable tireur connaît forcément quelqu'un, Al ou un type qui bosse pour lui, ce qui fait un lien.

– Mais personne ne s'en préoccupe car, pour tout le monde, c'est toi qui as tiré.

– Oui. En attendant, pour se prémunir du risque qu'on découvre ce qui est vraiment arrivé, ou que le tireur se

1. Le footballeur américain O. J. Simpson fut acquitté du meurtre de son épouse après un procès très controversé.

vante de l'avoir fait, sous l'effet de l'alcool ou pour augmenter ses chances de tirer un coup…

– Ça marcherait ?

– J'imagine que ça pourrait, avec un certain genre de femme. Là où je veux en venir, c'est qu'une fois le gouverneur mort, l'assassin n'était plus un atout mais un danger. Si tu veux mon avis, je dirais qu'il a rendu son dernier souffle dans les quarante-huit heures qui ont suivi l'assassinat.

– Il n'est donc pas en train de jouer au golf avec O. J.

– Aucune chance. Mais peut-être partage-t-il avec Elvis des sandwichs à la banane et au beurre de cacahuète[1].

Le jeudi, ils eurent un problème de plomberie sur le chantier. Comme cela exigeait plus d'expertise que Donny n'en avait, ils arrêtèrent le travail de bonne heure pour laisser la place à un artisan plombier de Métairie. Keller rentra directement à la maison pour dire à Lucille qu'elle pouvait disposer du reste de la journée mais il trouva Julia dans la véranda. Il vit qu'elle avait pleuré.

Elle commença par lui dire qu'il y avait du café dans la cuisine et il alla en chercher deux tasses pour lui donner le temps de se ressaisir. Quand il revint, elle s'était un peu rafraîchie.

– Il a failli mourir ce matin, dit-elle. Lucille n'est pas infirmière mais elle a reçu une formation. Son cœur s'est arrêté de battre et il est reparti, tout seul ou grâce à elle. Elle a prévenu l'école où je travaillais et je suis

1. Les dernières années de la vie d'Elvis Presley furent marquées par la boulimie et en particulier son goût pour les sandwichs hypercaloriques.

rentrée aussitôt. Entre-temps elle a appelé le médecin, qui était là quand je suis arrivée.

– Tu dis qu'il a failli mourir ? Ça va mieux ?

– Il est vivant. C'est ça que tu veux dire ?

– Oui, sans doute.

– Il a fait une légère attaque. Son élocution est touchée mais ce n'est pas trop grave. On a juste un peu plus de mal à le comprendre mais il s'est exprimé très clairement quand le médecin a voulu le faire hospitaliser.

– Il n'a pas voulu ?

– Il a dit qu'il préférait encore mourir et le médecin, qui est lui aussi un vieux gaillard bourru, lui a lancé qu'on en arriverait probablement là. Papa lui a rétorqué qu'il allait mourir de toute façon, tout comme son maudit médecin, et quel mal y avait-il à mourir ? Puis le docteur lui a fait une piqûre pour qu'il se repose, mais à mon avis c'était pour le faire taire, et il m'a dit qu'il fallait le mettre à l'hôpital.

– Qu'as-tu répondu ?

– Que mon père était adulte et qu'il avait bien le droit de choisir dans quel lit mourir. Ça, il n'était pas ravi de se l'entendre dire et il m'a sorti tout un laïus culpabilisant. Il pourrait enseigner la matière si on l'ajoutait aux études de médecine ! En supposant que ça n'en fasse pas déjà partie.

– Tu as tenu bon ?

– Oui, et c'est peut-être bien la chose la plus difficile que j'aie jamais eue à faire, et sais-tu ce qui a été le plus dur ?

– Douter de ton propre jugement ?

– Oui ! Tenir ferme et argumenter pendant qu'une petite voix ne cessait de jacasser dans ma tête. Qu'est-ce qui me prend d'imaginer que j'en sais plus que les médecins, suis-je en train de faire ça parce que je veux qu'il meure, suis-je si ferme avec le médecin parce que je n'ai pas le courage de tenir tête à mon père ? C'était un véritable comité en réunion dans ma tête, tous à taper du poing et à s'époumoner.

– Il se repose en ce moment ?

– Il dormait la dernière fois que j'y suis allée. Tu veux le voir ? S'il est réveillé, ce n'est pas sûr qu'il te reconnaisse. Le médecin m'a dit qu'il fallait s'attendre à des défaillances de la mémoire.

– Je ne le prendrai pas personnellement.

– Et il y aura d'autres attaques, m'a-t-il aussi averti. On lui donnerait des anticoagulants, s'il n'avait pas son cancer. Bien entendu, s'il était dans un fichu hôpital, on pourrait contrôler les anticoagulants, en ajuster le niveau d'heure en heure pour qu'il ne meure ni d'une hémorragie ni d'une attaque, et… Oh, Nicholas, ai-je fait ce qu'il fallait ?

– Tu as respecté les souhaits d'un vieil homme. Qu'y a-t-il de plus important ?

Il passa dans le salon, où l'odeur de malade était plus prégnante que d'habitude, à moins que ça ne soit son imagination. Au début, il n'entendit pas le vieillard respirer et crut que c'était terminé, mais la respiration reprit. Il demeura immobile, se demandant quoi penser et quoi éprouver.

Le vieux ouvrit les yeux et les posa sur Keller.

– Ah, c'est vous, dit-il d'une voix un peu grasse mais parfaitement claire.

Puis il referma les yeux et sombra à nouveau.

Quand Keller arriva au travail le lendemain matin, il tendit un billet de dix dollars à Donny.

– Tu m'as donné trop hier, lui dit-il. Soixante dollars alors qu'on n'a travaillé que cinq heures.

Donny repoussa le billet.

– Je t'ai augmenté, dit-il. Douze dollars de l'heure. Je ne voulais pas en parler devant les autres.

À savoir, Luis et un quatrième type, Dwayne.

– Tu les vaux bien, mon pote, ajouta Donny. Je n'ai pas envie que tu ailles voir ailleurs si l'herbe est plus verte. (Il lui adressa un clin d'œil.) N'empêche, je suis content de savoir que t'es un mec honnête.

Keller n'en parla à Julia qu'après le dîner et il accepta ses félicitations.

– Mais je ne suis pas surprise, dit-elle. La mère de Patsy n'a pas eu des enfants idiots. Il a raison, tu les mérites, et il a l'intelligence de ne pas vouloir courir le risque de te perdre.

– D'ici peu, je vais t'entendre me dire que j'ai un avenir dans le métier.

– Ça te semble peut-être peu probable. J'imagine que la paye est ridicule comparée à ce que tu gagnais avant.

– Je passais la plupart de mon temps à attendre que le téléphone sonne. Quand je bossais, la paye était correcte, mais ce n'est pas comparable. C'était une vie différente.

– J'imagine. En fait, non… Ça te manque ?

– Mon Dieu, pas du tout. Pourquoi ça me manquerait ?

– Je ne sais pas. Je pensais juste que tu t'ennuyais, après la vie à laquelle tu étais habitué.

Il y réfléchit.

– Ce qui était intéressant, pas tout le temps mais parfois, c'était de rencontrer un problème et de devoir le résoudre. Quand tu arraches un faux plafond, tu trouves tous les problèmes que tu veux et tu peux les résoudre sans faire de mal à personne.

Elle resta silencieuse un long moment, puis dit :

– Je pense qu'il faut qu'on s'occupe de te procurer une autre voiture. Qu'est-ce qu'il y a de si drôle ?

– Dot se plaignait souvent quand je changeais de sujet. Le maître du coq à l'âne, m'appelait-elle.

– Tu veux savoir comment j'en suis arrivée là ?

– Ce n'est pas important. J'ai juste trouvé ça amusant, c'est tout.

– J'en suis arrivée là en me faisant la réflexion que tu avais l'air bien parti pour rester ici un certain temps. Et la seule chose qui pourrait t'attirer des emmerdes, c'est ta voiture. Les plaques auraient beau ne rien donner, si un flic t'arrêtait et demandait à voir les papiers du véhicule…

– Je n'ai que ceux qui se trouvaient dans la boîte à gants quand j'ai fait l'échange de plaques à l'aéroport. J'ai envisagé de les falsifier, d'y inscrire mon nom et mon adresse à la place de ceux qui y figurent.

– Ça marcherait ?

– Peut-être pour un coup d'œil rapide mais pas pour un examen plus sérieux. Et ce sont des papiers délivrés dans l'Iowa pour un véhicule immatriculé dans le Tennessee et conduit par un pauvre crétin qui a passé son permis en Louisiane. Alors non, je dois dire que ça ne marcherait pas. C'est pour ça que je n'ai même pas pris la peine d'essayer.

– Tu pourrais respecter la limite de vitesse et le code de la route, et même ne plus jamais prendre de contravention pour mauvais stationnement. Et puis un ivrogne te rentre dedans par-derrière, et voilà que les flics se mettent à poser des questions.

– Ou bien un flic rentre après avoir passé ses vacances à Graceland[1] et il s'étonne que mes plaques du Tennessee ne ressemblent pas trop à celles qu'il a vues sur place. Je sais, un tas de choses pourraient aller mal. Je mets de l'argent de côté et dès que j'en aurai assez…

– Je peux te donner l'argent.

– Je ne veux pas que tu fasses ça.

– Tu pourras me rembourser. Ça ne sera pas long, tu gagnes deux dollars de plus par heure.

– Laisse-moi y réfléchir.

– Je ne demande pas mieux. Réfléchis tant que tu veux, Nicholas. Samedi matin, nous irons acheter une voiture.

Il n'eut pas besoin de prospecter. La fois suivante où il vit Donny, il mentionna qu'il comptait changer de voiture.

– Prends un pick-up, lui dit Donny, et tu ne voudras plus jamais d'une simple bagnole.

Il connaissait justement quelqu'un qui vendait un demi-tonne Chevrolet ; il ne payait pas de mine mais le moteur était en bon état. Il faudrait régler en liquide, expliqua-t-il, mais il connaissait aussi quelqu'un que ça intéresserait peut-être de reprendre la Sentra. Keller lui dit qu'il avait déjà preneur.

Le pick-up appartenait à une femme d'un certain âge qui avait une tête de bibliothécaire, et il s'avéra qu'elle l'était dans la paroisse de Jefferson, à « la grande antenne » pour reprendre son expression. Keller se demandait comment elle s'était retrouvée propriétaire

1. Ancienne propriété d'Elvis Presley située dans les environs de Memphis, Graceland est aujourd'hui un musée qui attire de nombreux touristes.

d'un pick-up et, à voir sa mine, elle-même n'en revenait pas. Mais les papiers semblaient en règle et, quand il demanda le prix, elle soupira et répondit qu'elle espérait en obtenir cinq mille, ce qui signifiait clairement qu'elle n'en escomptait pas tant. Il lui en proposa quatre mille, en se disant qu'on couperait la poire en deux, et il fut presque honteux quand elle soupira à nouveau en signe d'assentiment.

Julia l'avait accompagné chez la dame dans la Taurus. Au retour, il la suivit et se gara devant la maison. Il lui confia qu'il avait failli surenchérir quand la femme avait accepté à quatre mille et elle lui dit qu'il était bête.

– Ce n'est pas son pick-up.

– Plus maintenant. Il est à nous.

– Ça n'a jamais été le sien. Il appartenait à un type, son fils ou son petit ami, je ne sais pas, et d'une manière ou d'une autre elle s'est retrouvée avec le pick-up sur les bras et, crois-moi, ce n'est pas ce qu'il y a de plus triste dans cette histoire. Quoi ?

– Je pensais… Tu te rends compte qu'il suffirait de quelques notes pour que ça fasse une chanson country ?

La Sentra termina au fond du Mississippi. Il s'était senti honteux de marchander avec la bibliothécaire, mais ce fut encore pire d'abandonner une voiture qui le servait sans la moindre anicroche depuis des semaines. Il avait mangé dedans, il y avait dormi, il avait roulé un peu partout avec, et voilà qu'il lui témoignait sa gratitude en la balançant dans le fleuve.

Mais aucune autre solution à laquelle il pensa ne lui parut sûre à cent pour cent. S'il l'abandonnait pour que quelqu'un la vole, il couperait tout lien avec elle. Mais elle attirerait tôt ou tard l'attention des autorités et il s'agirait toujours du véhicule que l'assassin du gouverneur

Longford avait loué à Des Moines, quiconque vérifierait le numéro de série du moteur le découvrirait facilement. Et quiconque ayant vivement intérêt à retrouver Keller aurait une raison de le chercher à La Nouvelle-Orléans.

Il y avait fort à parier pour qu'elle reste à jamais au fond du fleuve, expliqua-t-il à Julia, et si jamais on la sortait, personne ne se soucierait d'aller vérifier le numéro de série.

De retour en ville, il emmena Julia faire un tour dans son pick-up.

28

Le père de Julia parut d'abord se remettre de son attaque. Puis, il en fit sans doute une autre car un matin, lorsqu'elle vint le voir, son état s'était nettement aggravé. On ne comprenait plus ce qu'il disait et, apparemment, il n'arrivait plus à bouger les jambes. Avant, il se servait d'un urinal mais maintenant Julia avait recruté Keller pour l'aider à changer les couches de son père.

Le médecin passa lui installer un goutte-à-goutte.

– Sinon il mourra de faim, expliqua-t-il à Julia. Malgré tout, on ne peut pas le surveiller comme on devrait. Il est incapable de changer d'avis, à présent, et il vous appartient donc d'autoriser son hospitalisation.

Plus tard, elle dit à Keller :

– Je ne sais pas quoi faire. Quoi que je décide, j'aurai tort. Si seulement…

– Si seulement quoi ?

– Peu importe. Je ne veux pas le dire.

La façon dont elle aurait terminé sa phrase était assez claire. Elle aurait voulu que le vieillard meure, qu'on en finisse une bonne fois pour toutes.

Keller alla dans le salon, observa le vieil homme qui dormait et se demanda qui n'en souhaiterait pas autant.

Roussard, si ça n'appartenait qu'à lui, tournerait certainement la tête vers le mur, refuserait de boire et de s'alimenter, et s'en irait au bout d'un ou deux jours. Mais, par un miracle de la médecine, on l'avait branché sur un goutte-à-goutte et Julia avait appris comment le remplir d'un liquide qui passait doucement dans son organisme, et il survivrait comme ça jusqu'à ce qu'une autre partie détraquée de son corps parvienne à lâcher.

Au chevet du père de Julia, Keller se prit à penser à un autre vieillard, Giuseppe Ragone, alias Joey Rags ou, pire encore, Joe le Dragon. Pour Keller, il avait toujours été « le vieux » mais il l'appelait rien du tout en sa présence. À moins qu'il ne lui ait donné du *monsieur* au début ? C'était possible. Il ne se rappelait plus.

Le vieil homme avait gardé la forme jusqu'à la fin, ce qui était toujours ça, non ? Mais dans son cas, l'esprit avait flanché. Il s'était mis à commettre des erreurs et à oublier certains détails, et une fois il avait envoyé Keller à Saint Louis pour régler une affaire, dans une chambre d'hôtel dont il lui avait noté le numéro. Sauf qu'il avait écrit 3-1-4, qui n'était en rien le numéro de la chambre, et après coup Keller avait trouvé comme seule explication que c'était l'indicatif téléphonique de Saint Louis. Dirigé vers la mauvaise chambre, Keller avait fait ce pour quoi on l'avait envoyé, mais pas à la personne à qui il était censé le faire. Comme il y avait aussi une femme dans la chambre, deux personnes étaient mortes pour rien… Était-ce une façon de gérer la boutique ?

Il y avait eu d'autres incidents, suffisamment pour vaincre les dénégations de Dot, et l'on avait atteint le pompon quand le vieux avait engagé un journaliste en herbe du lycée local pour l'aider à rédiger ses Mémoires. Dot était parvenue à étouffer l'affaire dans l'œuf et elle avait suggéré à Keller de partir en voyage. Comme il collectionnait déjà les timbres à l'époque, en vue de sa retraite, elle lui avait fortement conseillé de se rendre à un salon philatélique, de s'y inscrire sous son vrai nom et de tout régler avec sa propre carte de crédit. Autrement dit, qu'il soit ailleurs au moment où ça se passerait.

Elle avait ajouté un sédatif au chocolat chaud que le vieux prenait tous les soirs, pour qu'il soit profondément endormi quand elle lui plaquerait l'oreiller sur le visage. Et voilà. Doux rêves et une sortie plus paisible que celles que le vieux avait concoctées au fil des ans pour quantité de gens.

– Je ne peux pas dire que c'est ce qu'il aurait voulu, lui avait dit Dot par la suite, vu qu'il ne s'est pas prononcé. Mais je vais vous dire une chose. Moi, c'est ce que je voudrais. Alors si jamais je me retrouve dans cet état et que vous êtes toujours dans les parages, Keller, j'espère que vous saurez quoi faire.

Il avait acquiescé et elle avait levé les yeux au ciel.

– C'est facile à dire maintenant, mais le moment venu, vous vous direz : « Voyons, n'étais-je pas censé faire quelque chose pour Dot ? Je ne suis pas fichu de me rappeler quoi... »

– Je suis allé voir ton père, dit-il à Julia. Tu sais, si tu as quelque chose à lui dire tant qu'il est encore temps, c'est peut-être le bon moment.

– Tu ne penses pas que...

– Il n'y a rien de précis, mais j'ai comme l'impression qu'on en a pour un ou deux jours maximum.

Elle hocha la tête, se leva et se rendit dans la chambre du malade.

Plus tard dans la soirée, elle monta avec lui à l'étage. Ils ne firent pas l'amour mais restèrent allongés côte à côte dans l'obscurité. Elle lui parla de son enfance et de l'histoire de sa famille avant sa naissance. Il ne dit pas grand-chose et se contenta d'écouter en gardant pour lui ses pensées.

Quand elle descendit au rez-de-chaussée, il se leva aussi et passa dans la véranda. Le ciel était couvert, sans lune ni étoiles. Il pensa à la fidèle Sentra, qui rouillait au fond du Mississippi, il pensa aussi à Dot et à ses timbres, à sa mère et au père qu'il n'avait jamais connu. Curieux, les trucs auxquels on ne pensait pas pendant des lustres, et qui resurgissaient soudain dans la tête.

Il resta près d'une heure dans la véranda, le temps qu'elle s'endorme, et en sortant il fit attention à éviter la marche qui craquait.

Dot s'était servie d'un oreiller. Assez simple, et rapide, avec pour seul problème de laisser des pétéchies, particulièrement repérables dans les yeux. Ça n'avait eu aucune importance, car le médecin de famille appelé par Dot avait à peine jeté un coup d'œil au défunt avant de signer le certificat. Quand une personne âgée décède d'une mort apparemment naturelle, aucune autopsie n'est à craindre en général.

Et il n'y aurait pas d'autopsie sous ce toit, pas pour un homme qui avait fait au moins deux attaques avérées et était condamné par un cancer du foie. Mais son médecin serait peut-être plus attentif que celui du vieux à White Plains, et s'il repérait de minuscules taches rouges sur les globes oculaires de Clément Roussard, il penserait que Julia l'avait aidé à passer outre-tombe. Il ne désapprouverait peut-être pas, il y verrait peut-être l'ultime geste d'amour d'une fille respectueuse, mais pourquoi faudrait-il qu'il ait un avis dans un sens ou dans l'autre ?

Si l'on avait pu l'hospitaliser et donc le surveiller de plus près, on lui aurait peut-être administré un anticoagulant pour diminuer le risque d'une nouvelle attaque. Avec son foie endommagé, le Coumadin, l'anticoagulant le plus efficace, risquait fort de provoquer des hémorragies internes. Étant donné que ça pouvait lui arriver malgré tout, même sans Coumadin, ce genre de mort n'éveillerait aucun soupçon.

Le Coumadin étant délivré sur ordonnance, Keller ne pouvait s'en procurer. Mais avant qu'on ne le prescrive aux humains pour éviter les caillots, cela s'appelait la Warfarine et on l'utilisait comme mort-aux-rats ; l'anticoagulant déclenchait une hémorragie mortelle.

Aucune ordonnance n'était nécessaire pour la Warfarine, mais il n'avait même pas besoin d'en acheter. Il était tombé sur une vieille boîte dans le garage, avec les produits de jardinage. Il n'y avait pas de date de péremption, pourtant ça devait encore marcher. Pourquoi le passage du temps le rendrait-il moins toxique ? Ne s'agissant pas d'un produit aux normes pharmaceutiques, il était certainement déconseillé de s'en servir sur un être humain dans un but thérapeutique, comme on le ferait avec du Coumadin. Mais dans le cas présent, il n'avait pas à se soucier des impuretés ni des effets secondaires, n'est-ce pas ?

Il versa de la Warfarine en poudre dans la poche qui contenait la solution du goutte-à-goutte et se tint au chevet du vieillard pendant que le mélange s'infiltrait dans ses veines. Il se demanda comment ça agirait, et même si ça agirait tout court.

Au bout de quelques minutes, il alla dans la cuisine. Il restait un peu de café dans le pot et il s'en réchauffa une tasse au micro-ondes. Si Julia se réveillait et le trouvait là, il lui dirait qu'il n'arrivait pas à dormir. Mais elle ne se réveilla pas et il termina son café, rinça la tasse dans l'évier puis retourna auprès du vieil homme.

Le médecin examina à peine le patient, se contentant de chercher son pouls. Keller pensa qu'il n'aurait pas remarqué des pétéchies ni même une plaie par balle à la tempe. Il signa le certificat de décès et Julia contacta les pompes funèbres auxquelles recourait sa famille. Quinze ou vingt personnes assistèrent à la cérémonie, amis et parents. Donny Wallings et sa femme étaient là, Keller fit aussi la connaissance de Patsy et Edgar Morrill, et les deux couples vinrent ensuite à la maison. Le corps fut incinéré, ce que Keller jugea une bonne idée, tout bien considéré. Ainsi, pas de visite au cimetière, pas de cérémonie supplémentaire devant la tombe.

Les deux couples ne restèrent pas très longtemps et, quand ils furent seuls, Julia lui dit :

– Bon, maintenant je peux rentrer à Wichita. Mon Dieu, tu en fais une tête !

– Eh bien, j'ai cru un instant…

– Quand je suis revenue, je me répétais tout le temps que ça durerait seulement tant qu'il avait besoin de moi. En d'autres termes, jusqu'à ce qu'il meure. Mais je crois que je savais dès le début que je ne repartirais jamais. Ici, c'est chez moi, tu sais.

– On a du mal à t'imaginer ailleurs qu'à La Nouvelle-Orléans. Ailleurs que dans cette maison, en fait.

– Wichita n'était pas si mal et j'y avais une vie bien remplie. Mes cours de yoga, mon club de lecture. C'est le genre d'endroit où l'on peut vivre mais pas où l'on retourne.

Il comprenait ce qu'elle voulait dire.

– Je pourrais m'installer ailleurs et en quelques mois j'y aurais reconstitué la même vie qu'à Wichita. Ce serait peut-être des cours de Pilates[1] au lieu du yoga, et j'opterais peut-être pour le bridge plutôt que de décrypter le sens des romans de Barbara Taylor Bradford, mais ce serait la même vie, et mes nouveaux amis ressembleraient à ceux de Wichita, remplaçables quand je partirais ailleurs au bout de quelques années.

– Et maintenant ?

– Maintenant, je vais devoir trier ses affaires et décider quoi donner et à qui. Tu veux bien m'aider ?

– Bien sûr.

– Il faudra aussi nettoyer la pièce. Toutes les odeurs, entre la fumée de cigarette et la maladie. Je ne sais pas ce que je vais faire des cendres de papa.

– Les gens les enterrent, non ?

– J'imagine, mais c'est un peu antinomique, non ? Dans le sens où tu te retrouves quand même avec une tombe ? Moi, je sais ce que je voudrais.

– Quoi ?

– Le même sort que ta voiture mais pas dans le fleuve. Qu'on répande mes cendres dans le Golfe. Tu voudras bien t'en charger, si l'occasion se présente ?

– Il y a fort à parier pour que ce soit plutôt toi qui doives t'occuper de moi. D'ailleurs, ton idée en vaut une autre. Le golfe du Mexique me convient aussi bien qu'ailleurs.

– Pas le bras de mer de Long Island ? Tu ne voudrais pas rentrer chez toi ?

– Non, je me plais ici.

– Je pense que je vais pleurer.

1. Méthode de gymnastique qui vise à renforcer le rendement musculaire, mise au point par Joseph Pilates au début du XXe siècle.

En effet, et il la prit dans ses bras. Puis elle dit :

– Pas de sitôt, hein ? Le Golfe ne va pas bouger. Tu vas rester un bon moment, d'accord ?

Donny connaissait quelqu'un qui avait un bateau et voulait bien les emmener sur le Golfe. Ils sortirent moins d'une heure et, quand ils revinrent à quai, les cendres avaient été dispersées. Le propriétaire du bateau refusa d'être payé, même pour l'essence.

La société de location passa reprendre le lit médicalisé, et deux jeunes types vinrent avec une camionnette blanche récupérer le goutte-à-goutte. Keller avait mis dans un sac-poubelle les draps et les serviettes qui avaient servi au malade, ainsi que les pyjamas et autres affaires qu'il avait portés. Le cancer n'est pas contagieux, on aurait pu laver le linge et les vêtements, mais il fourra tout dans un sac qu'il laissa au bord de la chaussée.

Une amie de Patsy Morrill vint pour fumiger la chambre du malade. Keller se demandait bien de quoi il s'agissait et comprit quand il la vit sortir des feuilles séchées, de la sauge, expliqua-t-elle, y mettre le feu avec une allumette en bois et faire le tour de la pièce, répandant des volutes de fumée ici et là. Elle ne cessa de remuer les lèvres tout du long, sans qu'on puisse comprendre ce qu'elle disait, ni même être sûr qu'elle émettait un son. Elle se livra à son petit manège pendant l'un des plus longs quarts d'heure que Keller avait jamais connu, et quand elle eut terminé, Julia la remercia avec beaucoup d'égards et proposa de la dédommager pour ses services.

– Oh non, répondit-elle, mais je serais prête à tout pour une tasse de café !

C'était une étrange créature de la taille d'un elfe, d'un âge et d'une origine raciale difficiles à déterminer. Elle se fendit en louanges sur le café mais laissa sa tasse aux deux tiers pleine. En sortant, elle leur dit qu'ils avaient tous les deux une merveilleuse énergie.

– Quel curieux personnage ! dit Julia après avoir regardé sa voiture s'éloigner. Je me demande où Patsy l'a dénichée.

– Moi, je me demande ce qu'elle a fabriqué, dit-il. (Il suivit Julia dans le salon et plissa le nez.) En tout cas, ça a marché, à moins qu'il ne s'agisse simplement de remplacer une odeur par une autre.

– C'est plus que ça. Elle a modifié l'énergie dans cette pièce. Et de grâce, ne me demande pas ce que ça veut dire.

C'était une expérience entièrement nouvelle pour Keller. Rien qu'il n'avait déjà fait par le passé. Mais c'était la première fois qu'il restait après pour faire le ménage.

29

Un soir après le dîner, le téléphone sonna et c'était Donny. Il indiqua une adresse à Gretna de l'autre côté du fleuve. Keller la nota et le lendemain matin il regarda sur une carte comment s'y rendre.

Le pick-up de Donny était garé dans l'allée d'une maison en bois de plain-pied, de style *shotgun*, reconnut Keller, tout en longueur et sans couloir ; les pièces étaient disposées en enfilade et le nom de *shotgun* venait soi-disant du constat qu'on pouvait se tenir sur le pas de la porte avec un fusil et dégommer toute la maisonnée d'une seule balle. Ce style avait vu le jour à La Nouvelle-Orléans peu après la « guerre entre États » (comme Keller avait appris depuis peu à désigner la guerre de Sécession) et s'était répandu à travers le Sud.

Le spécimen en question était en triste état. L'extérieur avait besoin d'un coup de peinture, des ardoises manquaient sur le toit et la pelouse était laissée à l'abandon, envahie par les mauvaises herbes et le gravier. C'était pire à l'intérieur, le sol jonché de débris, la cuisine infecte.

– Dis donc, dit Keller, il n'y a presque pas de boulot, hein ?

– Une vraie splendeur, n'est-ce pas ?

– C'est bien un panneau « vendu » que j'ai aperçu devant ? Celui qui a acheté ça doit être un sacré optimiste.

– J'assume ! dit Donny. Je me suis déjà fait traiter de bien pire que ça.

Il sourit, ravi de la réaction de Keller qui en restait bouche bée.

– J'ai signé hier. Tu as déjà vu l'émission *Flip this house*[1], sur le câble ? C'est mon plan. Il suffira d'un peu d'amour pour transformer cette bicoque merdique en la plus belle maison du bloc.

– Ça risque de demander aussi un peu de travail, dit Keller, en plus de l'amour.

– Sans compter quelques dollars. Voilà ce que j'ai en tête.

Donny lui fit faire le tour de la maison en détaillant ses plans pour la rénovation. Il avait quelques idées intéressantes, notamment d'ajouter un étage à l'arrière, pour obtenir ce qu'on appelait dans le coin une maison *shotgun* à bosse de chameau. Ce dernier point, reconnut-il, était quelque peu ambitieux, mais ça ferait une vraie différence pour le prix de revente.

– Voici où je veux en venir…, dit Donny.

– Il a mis presque tout son fric pour l'apport personnel, expliqua Keller à Julia, et le reste sera pour le matériel et les autres gars, parce qu'il voit mal Dwayne et Luis bosser pour un salaire hypothétique, mais il s'est dit que je serais peut-être prêt à prendre le risque et, quand on aura terminé et qu'il la vendra, je toucherai un tiers du profit net.

1. Émission de télé-réalité qui met en scène la rénovation d'une maison ou d'un appartement.

– Ce qui représentera probablement beaucoup plus que douze dollars de l'heure.

– À condition que le chantier ne dure pas trop longtemps, pour que les frais ne grimpent pas. Et qu'on trouve un acheteur qui veuille signer rapidement et à un prix correct.

– J'ai l'impression que tu as déjà pris ta décision.

– Comment le sais-tu ?

– « Et *qu'on* trouve un acheteur. » Et comment ne pas dire oui ?

– C'est ce que j'ai pensé. Le seul inconvénient, c'est que je ne rapporterai pas d'argent au foyer pendant un certain temps.

– Ce n'est pas grave.

– Pas de remboursement pour l'emprunt sur le pick-up et pas de contributions aux dépenses ménagères.

– Fichue situation ! acquiesça-t-elle. Sans le sexe, tu ne me serais plus d'aucune utilité.

Une fois les cendres de son père dispersées et la chambre du malade vidée et fumigée, Julia s'installa à l'étage dans la chambre qu'elle occupait quand elle était petite. Keller garda la sienne, avec ses affaires dans le placard et dans les tiroirs, mais il passait les nuits avec elle.

Les délais et le budget furent dépassés pour le chantier de Gretna, ce qui ne surprit personne. Les deux associés ne comptèrent pas leurs heures, travaillant sept jours sur sept, de l'aube jusqu'à la tombée du jour. Donny épuisa ses fonds plus vite qu'il n'escomptait et après avoir atteint le plafond de ses cartes de crédit, il fut obligé d'emprunter cinq mille dollars à son beau-père.

– Ce vieux salopard m'a demandé ce que je pouvais lui apporter en gage et je lui ai renvoyé : « Ça irait, le bonheur de votre fille ? » Je te laisse imaginer comment il l'a pris mais bon, j'ai le pognon !

Le travail était plaisant, surtout quand Donny opta pour la totale et qu'ils conçurent et construisirent l'agrandissement à l'étage.

– C'est un peu comme de bâtir une maison, expliqua Keller à Julia. Entièrement, tu comprends ? Pas juste la rénover.

Quand ce fut terminé, le jardin bêché et les arbustes plantés, il amena Julia pour lui montrer le résultat. Elle était déjà passée au début, quand les travaux venaient tout juste de commencer, et déclara qu'on avait peine à croire qu'il s'agissait de la même maison.

– À part les poutres et les chevrons, lui dit-il, ça l'est à peine.

Pour marquer le coup, ils allèrent dîner au quartier français, en attendant la vraie célébration quand ils auraient trouvé un acheteur. Ils choisirent le même restaurant sophistiqué, avec ses hauts plafonds, où ils étaient déjà allés, commandèrent en gros la même chose, et cette fois encore ils ne finirent pas le vin. Ils discutèrent du chantier, des satisfactions du métier et des chances que Donny en obtienne le prix qu'il en demandait.

S'il réalisait le profit escompté, confia-t-il à Julia, ils recommenceraient et cette fois Keller serait son associé. Elle lui dit qu'il l'était déjà, non ? Un associé à part entière, lui expliqua-t-il, qui fournirait la moitié de l'apport, assumerait la moitié des dépenses et toucherait la moitié du bénéfice. Donny prospectait déjà et il avait plusieurs biens en vue.

– C'est vraiment un Wallings, dit-elle. Ils sont entreprenants.

Mais d'abord, Donny avait deux chantiers rémunérés, repeindre un appartement dans Melpomene et retaper une maison à Métairie qui avait souffert de Katrina. Outre leur côté entrepreneur, les Wallings avaient l'esprit pratique, dit Julia. Et avant de s'y atteler, ajouta Keller, ils allaient s'accorder quelques jours de repos.

– Oui, bien sûr, dit-elle. Tout de même, il est de La Nouvelle-Orléans !

Quand ils arrivèrent à la maison, elle lui demanda ce qui n'allait pas :

– Parce que ton humeur a changé du tout au tout entre le moment où nous sommes sortis du restaurant et celui où nous sommes arrivés à la voiture. Le temps était agréable, ce n'est donc pas ça. J'ai dit quelque chose ? Non ? Alors quoi ?

– Je ne pensais pas que ça s'était vu.

– Dis-moi.

Il ne voulait pas mais n'avait pas non plus envie de lui cacher des choses.

– Pendant une minute, dit-il, j'ai cru qu'on m'observait.

– Eh bien, pourquoi pas ? Tu es beau garçon et… Oh, mon Dieu !

– C'était une fausse alerte. L'homme regardait derrière moi, en attendant que le voiturier lui amène sa voiture. Mais ça m'a rappelé un type dont j'ai entendu parler, qui s'est attiré des ennuis juste en allant à San Francisco, où quelqu'un qui s'y trouvait par hasard l'a aperçu et reconnu.

Julia était une rapide, il suffisait de lui donner la première phrase pour qu'elle pige la page entière.

– On ferait peut-être mieux d'éviter le quartier français, dit-elle.

– C'est ce que je me disais.

– Et les autres endroits fréquentés par les touristes, mais surtout le quartier français. Fini le Café du Monde, fini le bar à huîtres Acme. Pour les huîtres, il y a Felix's à Uptown dans Pritania, où c'est tout aussi bon et moins bondé.

– À mardi gras…

– Pendant le carnaval, dit-elle, on s'enfermera chez nous, ce qu'on aurait fait de toute façon. Pauvre chéri, ce n'est pas étonnant que ton humeur ait changé.

– Ce n'est pas tant la frayeur qui m'a embêté, car ça n'a pas duré assez longtemps pour me faire grand-chose. Le temps d'avoir peur, j'avais déjà compris qu'il n'y avait pas de raison d'avoir peur. Mais j'ai une nouvelle vie et elle me va comme un gant, et j'ai coupé tout lien avec le passé quand nous avons poussé la voiture à l'eau.

– Et tu pensais que c'en était terminé de cette partie de ta vie.

– Et c'est le cas, mais je pensais aussi que plus rien du passé ne pouvait me rattraper, et ce n'est pas tout à fait vrai. Parce qu'il y a toujours la possibilité d'un imprévu. Quelque salopard au regard perçant, de New York ou L.A. ou Vegas ou Chicago…

– Ou Des Moines ?

– De n'importe où. Il se trouve qu'il vient ici en vacances parce que c'est un endroit très couru.

– Il n'y a plus autant de touristes depuis l'ouragan, dit-elle, mais ils commencent à revenir.

– Et il suffit d'un seul, qui se trouve par hasard dans le même restaurant, ou bien dans la rue au moment où nous sortons du restaurant, ou Dieu sait quoi. Écoute, c'est peu probable. On ne mène pas vraiment la belle vie, on adopte un profil bas par tempérament. La plupart du temps, on reste seuls à la maison et quand on voit du monde, c'est Edgar et Patsy, ou Donny et Claudia. On passe du bon temps, mais personne ne publie notre photo dans le *Times Picayune*.

– Ça pourrait arriver, dit-elle, quand Donny et toi serez devenus les rénovateurs les plus à la mode de l'après-Katrina.

– N'y compte pas trop. Ni lui ni moi n'avons de telles ambitions. Sais-tu ce qui plaît à Donny dans le fait de retaper des baraques ? Autant que l'occasion de réaliser un profit ? Ne plus être obligé d'établir des devis. Il déteste cette partie, tout ce qu'il faut prendre en considération pour fixer un prix suffisamment bas pour décrocher le chantier, mais suffisamment élevé pour être gagnant. Il doit bien entendu se livrer aux mêmes calculs quand il est lui-même propriétaire, mais il dit que ça ne lui donne pas les mêmes maux de tête.

Ils avaient changé de sujet et ne revinrent pas dessus mais plus tard ce soir-là, après un long silence partagé, elle lui demanda s'il existait un moyen pour qu'il soit tiré d'affaire.

– En ce qui concerne Al, tu veux dire, étant donné que la police ne pose problème que si je me fais arrêter et qu'on vérifie mes empreintes. Avec Al, eh bien, le temps atténue les choses. Plus le temps passe et plus il se fiche de savoir si je suis mort ou vivant. Quant à agir pour ne plus l'avoir sur le dos…

– Oui ?

– Eh bien, la seule façon que je vois serait de me débrouiller pour découvrir qui il est et où le coincer. Puis me rendre à cet endroit-là et… euh… m'occuper de lui.

– Le tuer, tu veux dire. Tu peux prononcer le mot, ça ne me dérange pas.

– Il faudrait ça. On ne peut pas signer un pacte de non-agression avec lui, régler ça par une poignée de main.

– De toute façon, il mériterait d'être mort. Qu'est-ce qui te fait sourire ?

– Qui eût cru qu'en toi se cachait un gros dur ?

– Une vraie dure à cuire. Y a-t-il un moyen pour le retrouver ? Tu as dû y réfléchir.

– Longuement et sérieusement. Non, je ne pense pas qu'il y en ait un, et même s'il en existe un, je ne vois vraiment pas lequel. Je ne saurais même pas par où commencer.

30

Donny reçut tout de suite une offre pour la maison. Elle était inférieure à ce qu'il en demandait mais tout de même nettement supérieure à ses frais, aussi décida-t-il de ne pas attendre pour essayer d'en obtenir davantage.

– Plus vite on boucle une affaire et plus vite on peut passer à la suivante, expliqua-t-il à Keller.

Une fois le marché conclu, le tiers des bénéfices nets dû à Keller s'élevait à un peu plus de onze mille dollars. Il n'avait pas tenu le décompte de ses heures mais savait que son gain dépassait largement douze dollars de l'heure.

Il rentra à la maison avec la bonne nouvelle et c'était comme si Julia était déjà au courant. La table était dressée avec la belle vaisselle et décorée d'un vase de fleurs.

– Apparemment quelqu'un t'a prévenue, dit-il.

Mais pas du tout. Elle le félicita, l'embrassa et lui dit qu'elle aussi avait une nouvelle, d'où la belle table et les fleurs. On lui avait proposé un poste à plein temps pour l'année à venir.

– Un poste *permanent*, dit-elle. J'ai été tentée de leur répondre que rien n'est permanent dans un monde incertain, mais j'ai préféré la boucler.

– C'était probablement plus intelligent.

– Ça veut dire plus d'argent, bien sûr, mais aussi une meilleure couverture sociale. Et puis, je n'aurai plus à faire la connaissance d'une nouvelle bande de garnements tous les mois. À la place, je serai coincée avec la même bande de garnements pour toute l'année.

– C'est génial.

– L'inconvénient, c'est que je travaillerai cinq jours par semaine, quarante semaines par an, pas seulement quand un enseignant tombe malade ou décide d'aller s'installer je ne sais où.

– À Wichita ?

– C'est une contrainte mais cela nous empêcherait-il de faire ce dont nous avons vraiment envie ? C'est génial de ne pas travailler l'été et s'il y a un moment pour s'absenter de La Nouvelle-Orléans, c'est bien l'été. Je pense que je devrais accepter.

– Tu veux dire que ça n'est pas déjà fait ?

– Eh bien, je voulais en parler avec toi. Tu penses que je devrais me lancer ?

Il acquiesça et elle leur servit un plat inspiré d'une recette locale, un savoureux ragoût à base de viande et de gombos sur un lit de riz, suivi d'une salade verte et d'une tarte au citron. Le dessert venait d'une petite pâtisserie de Magazine Street et pendant qu'il s'attaquait à sa deuxième part elle lui annonça qu'elle lui avait acheté un cadeau.

– Je pensais que c'était la tarte, mon cadeau, dit-il.

– Elle est délicieuse, n'est-ce pas ? Non, ce n'est pas ça le cadeau mais il vient aussi de Magazine Street, à deux portes de la pâtisserie. Je me demande si tu l'as déjà remarqué.

– Quoi donc ?

– La boutique. Je ne sais pas, peut-être me suis-je trompée. Ça ne te plaira peut-être pas, si ça ne fait que remuer le couteau dans la plaie.

– Tu sais, je n'ai pas la moindre idée de quoi tu parles. Alors, j'ai droit à un cadeau, oui ou non ?

– Ce n'est pas vraiment un cadeau. Enfin, je ne l'ai pas emballé. Ce n'est pas le genre de cadeau qu'on emballe.

– Tant mieux parce que ça m'évite de perdre du temps à le déballer, du temps que nous pouvons consacrer à cette conversation.

– Suis-je toquée ? « Oui, Julia, tu es toquée. » Ne bouge pas.

– Où veux-tu que j'aille ?

Elle revint avec un sachet en papier ; d'une certaine manière, le cadeau était donc emballé, quoique sommairement.

– J'espère juste que je n'ai pas eu tort, dit-elle en le lui tendant.

Il plongea la main à l'intérieur du sachet et en sortit un numéro de *Linn's Stamp News*.

– Il y a une boutique, guère plus qu'une échoppe. Timbres, pièces de monnaie, badges de campagnes électorales. Et d'autres objets de collection, mais surtout ces trois-là. Tu vois de quel magasin je veux parler ?

Non, il ne voyait pas.

– J'y suis entrée mais je ne voulais pas t'acheter des timbres d'occasion, parce que ça ne me semblait pas être une bonne idée…

– Tu avais raison.

– Mais j'ai vu cette revue et ne m'en as-tu pas parlé une fois ? Je crois que si.

– C'est possible.

– Tu la lisais avant, hein ?

– J'étais abonné.

– J'ai hésité à te l'acheter. Parce que tu as perdu tes timbres et je sais à quel point tu y tenais, et cela risquait de raviver ta douleur. Puis j'ai pensé que tu prendrais peut-être plaisir à lire les articles et, qui sait, que tu voudrais… je ne sais pas, entamer une nouvelle collection… Mais c'est peut-être impossible après avoir tout perdu. Enfin je me suis dit : « Bon sang, Julia, donne deux dollars cinquante au petit bonhomme et rentre chez toi ! » Ce que j'ai fait.

– Eh oui.

– Maintenant, si c'était vraiment une très mauvaise idée, remets la revue dans son sachet et rends-la-moi. Je te garantis que tu ne la reverras plus et nous ferons tous les deux comme si ça n'était jamais arrivé.

– Tu es merveilleuse. Je te l'ai déjà dit ?

– Oui, mais toujours quand nous étions à l'étage. C'est la première fois que tu me le dis au rez-de-chaussée.

– Eh bien, tu l'es.

– Le présent te convient ?

– Oui, et l'avenir est prometteur.

– Je voulais dire…

– Je sais ce que tu voulais dire. Le présent, *ce* présent, me comble. Je ne sais pas si les articles m'intéresseront, je ne sais pas si j'aurai envie de lire les annonces, et encore moins de passer à l'acte. Mais ça mérite au moins d'être essayé.

– Je survis un jour de plus, dit-elle. Veux-tu que je te resserve un café et passer au salon avec ton *Linn's* ?

Il regarda la couverture et se dit qu'il perdait son temps. L'article principal était consacré aux enchères élevées réalisées au cours de la vente à Lucerne d'une collection exceptionnelle de timbres et autres pièces touchant à l'histoire postale de la Russie impériale d'avant la Révolution de 1917. Une moindre place était accordée à la découverte d'une erreur, un récent timbre roulette américain auquel manquait une couleur, et à un article sur les réactions des amateurs à l'annonce des nouvelles émissions de l'U.S. Postal Service pour la prochaine année.

Les mêmes sujets, songea-t-il, *semaine après semaine et année après année.* Les détails changeaient, les chiffres aussi, mais plus ça changeait et plus ça restait pareil. Il dut vérifier la date pour s'assurer qu'il ne s'agissait pas d'un numéro qu'il avait déjà lu, des mois ou des années auparavant.

Et toujours les mêmes inepties au courrier des lecteurs, les mêmes diatribes de la part de ronchons égocentriques. Untel se plaignait du coût pour tenir à jour sa collection, avec l'avalanche de nouvelles émissions ; un autre fulminait contre ces idiots de la Poste qui persistaient à abîmer les timbres de son courrier par des cachets trop présents ; d'autres encore se joignaient à l'éternel débat sur la façon d'intéresser les enfants aux timbres. La seule manière d'y parvenir, selon Keller, serait de rendre la philatélie plus palpitante que les jeux vidéo, et cela n'arriverait jamais, même si on sortait une série de timbres explosifs. Il se reporta ensuite à « La philatélie sur un coin de table », dont il avait entendu dire que c'était la rubrique la plus populaire de la revue. Cela lui avait toujours paru incompréhensible, même si force était de reconnaître que lui-même y était accroc. Chaque semaine, deux critiques anonymes – et interchangeables, pour autant que Keller puisse en juger – se relayaient pour analyser par le menu un assortiment de timbres acheté à petit prix, souvent pour seulement un dollar, *via* une annonce parue dans *Linn's*. L'article de cette semaine-là était typique, le grincheux de service s'indignait que ses deux dollars de timbres aient mis quinze jours pour arriver dans sa boîte aux lettres, et il se plaignait aussi que onze pour cent de l'assortiment étaient constitués par des petits timbres de série, au lieu des beaux timbres commémoratifs promis. *Nom d'un chien*, songea Keller, *vous pourriez nous les lâcher un peu ? Même si vous n'avez rien de mieux à faire dans la vie, vous ne pourriez pas faire un peu semblant ?*

Puis quelque chose d'étonnant se passa. Il lut un autre article et se laissa captiver. Sans s'en rendre compte, il se mit ensuite à lire une annonce, une liste de timbres sud-américains proposés par un marchand d'Escondido auquel il avait acheté plusieurs pièces au fil des ans. Comme la plupart des listes, celle-ci ne comprenait que des numéros de catalogue, des prix et des indications sur l'état ; ce n'était donc pas le genre de choses qui se lit, mais les yeux de Keller furent attirés par l'annonce, puis de là il passa à une autre, après quoi il posa la revue et fit un saut à l'étage. Il redescendit avec son catalogue Scott, retourna dans le salon, s'empara du *Linn's* et reprit sa lecture où il l'avait interrompue.

– Nicholas ?

Il releva la tête, tiré de sa rêverie.

– Je voulais juste te dire que je monte. Tu éteindras les lumières ?

Il referma le catalogue et posa la revue.

– Je monte tout de suite, dit-il.

– Si tu t'amuses…

– Je commence de bonne heure demain matin et j'ai eu mon compte d'amusement pour la soirée.

Il se doucha, se brossa les dents et la rejoignit au lit. Ils firent l'amour et après il resta allongé, les yeux ouverts, et dit :

– J'ai apprécié.

– Moi aussi.

– Enfin, ça aussi, bien sûr. Je voulais dire : j'ai apprécié que tu m'aies apporté la revue. C'était très attentionné de ta part.

– Je suis contente que ça t'ait plu. Je présume que c'est le cas ?

– Je me suis laissé happer. Mais tu veux entendre un truc vraiment consternant ? J'ai vu une annonce avec des timbres qui paraissaient intéressants et je suis carrément monté chercher mon catalogue.

– Pour vérifier leur valeur ?

– Non, pas pour ça. Je t'ai peut-être déjà dit que je me servais du catalogue comme d'un inventaire. Je l'ai donc descendu pour vérifier si tel timbre manquait à ma collection.

– Ça paraît logique, dit-elle. Je ne vois pas ce qu'il y a de si consternant.

– Ce qu'il y a de consternant, c'est que *tous* les timbres manquent à ma collection, tous les timbres jamais imprimés, sauf les numéros 1 à 5 de Suède. Parce que mis à part ces cinq-là, que j'aurais mieux fait de ne pas acheter, je n'ai *pas* de collection.

– Ah.

– Et voici ce qu'il y a de meilleur. À un moment, je me suis rendu compte que c'était consternant, ou ridicule, ou ce que tu veux. Mais ça ne m'a pas arrêté. J'ai continué de choisir quels timbres j'achèterais pour compléter la collection que je ne possède plus.

Il faillit ne pas la voir.

Il travailla tard le lendemain et, quand il rentra à la maison, ils se contentèrent de dîner et d'une heure de télévision avant de monter se coucher. Le jour suivant, comme il ne bossait pas, il consacra la matinée à une première taille expérimentale des arbustes, cherchant un compromis entre le désir des plantes de pousser et leur souhait, à Julia et à lui, d'un peu plus de luminosité et de visibilité dans la véranda. Il s'arrêta peu après midi, se demandant s'il en avait trop coupé ou pas assez.

En fin d'après-midi, ils prirent la voiture de Julia et se rendirent dans une gargote à fruits de mer au bord du Golfe juste après la frontière du Mississippi. Donny et Claudia la leur avaient chaudement recommandée et c'était pas mal, mais sur le chemin du retour ils convinrent que ça ne valait pas le déplacement. À la maison, Julia s'occupa de mettre en route des lessives en retard, et Keller, remarquant le *Linn's* sur le fauteuil du bureau, le prit pour le jeter. Parce qu'il avait lu la plupart des articles et puis il ne collectionnait plus les timbres, alors pourquoi le conserver ?

Au lieu de quoi, il s'assit, se mit à le feuilleter et se demanda comment il pourrait s'y prendre pour collectionner sans collection. Une possibilité, songea-t-il, serait de poursuivre sa collection comme s'il la possédait encore, achetant seulement des timbres qu'il n'avait pas déjà, sans les conserver dans un album (il avait déjà des albums, ou en avait déjà *eu)* mais dans une boîte ou dans un classeur. Le postulat étant qu'ils attendaient d'être classés dans ses albums quand il les récupérerait, ce qui bien entendu n'arriverait jamais, aussi n'aurait-il plus à disposer ses timbres et pourrait-il se concentrer exclusivement sur leur acquisition.

D'une certaine manière, il collectionnerait les timbres comme un ornithologue collectionnait les oiseaux. Chaque nouvelle espèce, une fois qu'elle avait été repérée et identifiée, s'ajoutait au palmarès du passionné d'oiseaux. Il n'avait pas besoin de posséder physiquement la créature pour se l'approprier. Au même titre, les timbres que Keller avait possédés, ceux qu'on lui avait pris, étaient toujours les siens. Ils figuraient à son palmarès.

Il continuerait de les pointer dans son catalogue Scott. Chaque fois qu'il achèterait un nouveau timbre, il en entourerait le numéro dans le catalogue pour éviter de se tromper et l'acheter en double. Les nouvelles acquisitions, pensa-t-il, pourraient être encerclées dans une couleur différente, bleu ou vert, pour qu'il sache d'un simple coup d'œil si tel achat datait d'avant ou d'après la disparition de sa collection, et s'il possédait tel timbre théoriquement ou réellement.

C'était sacrément bizarre, il s'en rendait compte, mais était-ce beaucoup plus étrange que de collectionner des timbres tout court ?

Il tournait les pages de la revue, trop occupé par ses pensées pour prêter attention à ce qui défilait sous ses yeux. Aussi son regard s'était-il probablement posé sur la petite annonce, puis s'en était détaché, avant qu'elle ne s'imprime en lui.

Vers la fin de la revue, avant les petites annonces, *Linn's* consacrait presque une page entière à de petits encarts publicitaires, hauts de quelques centimètres et larges d'une colonne, qui permettaient surtout aux marchands de se faire connaître. On pouvait par exemple se proclamer un spécialiste de la France et de ses colonies, ou de l'Empire britannique d'avant 1950. Il y avait un type qui avait toujours publié la même annonce pendant les années où Keller était abonné, proposant des timbres AMG, émis par le Gouvernement militaire allié pour l'Autriche et l'Allemagne occupées au lendemain de la Seconde Guerre mondiale. Il y était toujours, nota Keller, fidèle au poste, exactement les mêmes mots, et…

Deux colonnes plus loin, il vit ceci :

> Just Plain Klassics
> Satisfaction Garantie
> www.jpkdechetstoxiques.com

Keller fixa l'annonce. Il cilla plusieurs fois, mais elle était toujours là quand il regarda à nouveau. C'était impossible et pourtant, à moins qu'il ne se soit assoupi et ne soit en train de rêver, l'annonce était encore là, et ça ne se pouvait pas, car c'était impossible.

Parfois, quand il rêvait, il en prenait conscience et faisait un effort de volonté pour en sortir – mais il restait dans son rêve, alors même qu'il pensait être réveillé et conscient. Était-ce un de ces moments-là ? Il se leva, fit quelques pas puis se rassit, en se demandant s'il avait vraiment marché ou s'il l'avait intégré à son rêve. Il prit la revue et lut d'autres annonces, pour voir si c'était les trucs habituels ou bien des sottises comme les rêves ont tendance à en produire.

Pour autant qu'il puisse en juger, elles étaient normales. Mais l'annonce *Just Plain Klassics* était toujours là, et toujours impossible.

Parce que la seule personne susceptible d'avoir passé cette annonce était morte avec deux balles dans le crâne, brûlée dans un incendie à White Plains.

31

Cela représentait un détour de quelques blocs mais Keller emprunta Magazine Street pour jeter un coup d'œil au marchand de timbres. Il repéra la boutique uniquement parce qu'il savait où la chercher. L'enseigne était minimaliste, ce qui expliquait qu'il ne l'ait jamais remarquée auparavant.

Il envisagea de s'arrêter et d'y entrer, pour voir s'il y avait d'autres numéros de *Linn's*. Histoire de savoir si l'annonce avait déjà paru, mais à quoi bon ? Quelle différence ça pouvait faire ?

Dix minutes plus tard, il se gara en face d'un cybercafé où un type qui ressemblait plus à un lutteur qu'à un mordu d'informatique lui désigna un ordinateur. C'était la première fois qu'il en utilisait un depuis qu'il avait enchéri sur eBay pour des timbres, avant son vol pour l'Iowa. Son portable avait disparu quand il avait regagné son appartement new-yorkais et il n'avait même pas songé à le remplacer. Pour quoi faire ?

Julia, qui avait vendu son ordinateur en quittant Wichita, parlait d'en acheter un, mais avec à peu près autant d'empressement que lorsqu'elle parlait de vider le grenier. Cela se ferait peut-être, peut-être même de leur vivant, mais on ne pouvait pas dire que c'était ultra-prioritaire.

Même si elle avait eu un ordinateur, il ne s'en serait pas servi pour ça. Une bécane dans un lieu public, voilà ce qu'exigeait la situation.

Il s'installa, lança Internet Explorer et tapa www.jpk-dechetstoxiques.com. Puis il valida.

Le nom aurait pu être une coïncidence. Un marchand spécialisé dans les classiques du premier siècle de la philatélie, entre 1840 et 1940, aurait pu par hasard baptiser son entreprise Just Plain Classics, et décider d'en modifier l'orthographe en hommage, mettons, aux *doughnuts* Krispy Kreme[1].

Si tel était le cas, il avait dégotté un nom évocateur pour Keller. Ce n'était pas tant que lui-même collectionnait ces timbres-là, ce en quoi il était loin d'être le seul, mais parce que c'était ses initiales. JPK = John Paul Keller – ou, comme Dot le lui sortait souvent, « Just Plain » Keller.

Le propriétaire de Just Plain Klassics ne fournissait pas son nom, mais il n'était pas le seul dans ce cas. Il n'indiquait pas non plus d'adresse, ni de numéro de téléphone ou de fax, se contentant de l'adresse URL de son site Internet. Beaucoup de transactions philatéliques se conduisaient désormais sur la toile, et de nombreuses petites annonces proposaient une simple adresse de courrier électronique comme moyen de contact, mais c'était inhabituel pour un encart publicitaire.

Cependant, l'élément décisif était l'adresse elle-même. www.jpkdechetstoxiques.com.

Bien des années auparavant, quand le vieux dirigeait toujours les opérations, Keller et Dot s'étaient inquiétés

1. Nom d'une chaîne de pâtisserie spécialisée dans les *doughnuts* ; l'orthographe correcte serait « crispy crème » (littéralement : « crème croustillante »).

de voir leur patron refuser les contrats les uns après les autres sans raison apparente. Par conséquent, ils avaient pris l'initiative. Dot avait fait passer une petite annonce dans le *Mercenary Times*, genre de *Soldier of Fortune*[1]. « Recherche boulots divers, spécialiste en liquidation », quelque chose dans ce goût, le nom de l'entreprise étant Déchets Toxiques, avec une boîte postale à Hastings ou Yonkers, un endroit de ce genre.

JPK. Déchets Toxiques.

Coïncidence ? À ce compte-là, son voyage à Des Moines en était aussi une. Mais s'il ne s'agissait pas d'une coïncidence, alors c'était une apparition, car personne d'autre que Dot n'avait pu faire paraître cette annonce.

Le site Internet, quand l'ordinateur l'atteignit à travers l'éther, s'avéra décevant. Juste les initiales en haut de page, JPK en lettres capitales et en gras. Rien sur les timbres, ni sur les déchets toxiques. Rien du tout, en fait, excepté un court message informant que le site était en cours d'élaboration, et une formule mathématique qui lui parut n'avoir ni queue ni tête :

$19\ \Delta = 24 \times 28 + 37 - 34 \div 6$

Hein ?

Il tenta plusieurs permutations dans Google. JPK, Just Plain Klassics, JPK Timbres. Rien. Quitte à remplacer le premier *c* de Classics par un *k*, pourquoi ne pas le faire pour le second ? Il tenta JPK Klassiks, et JPK Classics, et cela ne le mena nulle part. Google lui proposa une flopée de résultats pour « déchets toxiques », dont aucun ne lui donna envie d'aller y voir de plus près,

1. Magazine s'adressant aux mercenaires, militaires et autres passionnés d'armes et de guerre.

et quand il voulut taper la formule ou l'équation ou Dieu sait quoi, il ne sut pas comment reproduire certains symboles. Il fit de son mieux et Google l'informa rapidement qu'aucun résultat ne correspondait à sa recherche. Il laissa tomber et retourna à l'URL de départ, www.jpk-dechetstoxiques.com, et il retomba sur la même page l'informant à nouveau que le site était en cours d'élaboration, avec la même formule. Cette fois il la copia, retourna dans Google, la colla et n'obtint toujours aucune réponse.

Fais les calculs, Keller.

Il s'y mit avec une feuille et un crayon. Ça ressemblait à de l'algèbre et il avait depuis longtemps oublié l'algèbre apprise au lycée, mais il obtiendrait peut-être quelque chose avec de l'arithmétique toute simple. 28 fois 24 faisait 672, plus 37 égale 709, moins 34 égale 675 (mais il ne voyait pas pourquoi on ajoutait 37 pour soustraire 34 juste après). En divisant le total par 6, on obtenait 112,5. Dix-neuf petits triangles étaient donc égaux à 112, 5, ce qui voulait dire qu'un seul était égal à combien ? Le résultat ne tombait pas juste et quand il en fut à neuf chiffres après la virgule – 5,921052531 – il jugea que ça n'avait pas de sens.

De mal en pi, songea-t-il. Peut-être n'était-ce que des débris de l'Internet, des fragments qui flottaient dans le cyberespace et tourmentaient les imprudents.

On imaginerait que dans un lieu baptisé café, cyber ou autre, on proposerait du café. Keller posa la question et le lutteur fit non de la tête en indiquant un distributeur automatique achalandé en Coca-Cola et autres boissons énergétiques. Keller trouva un Starbucks dans le pâté de maisons suivant et s'offrit un *latte*. Il s'installa à une table avec ses documents et relut l'équation initiale. *Si on supprime les symboles mathématiques*, pensa-t-il, *qu'obtient-on ?*

19 triangles égalent 282437346

Il sortit son portefeuille, prit sa carte de sécurité sociale, l'examina et ajouta les tirets voulus.

282-43-7346

Que venaient faire là-dedans les 19 triangles ? Et à quoi lui servait un numéro de sécurité sociale, de toute façon ?

Ah… Laisser tomber les triangles, utiliser les 11 chiffres en déplaçant les tirets…

1-928-243-7346

Ah.

Le nord de l'Arizona. 928 était l'indicatif du nord de l'Arizona. Il ne connaissait personne dans le nord de l'Arizona. Ni ailleurs en Arizona, pour autant qu'il se souvienne. La dernière fois qu'il se rappelait y avoir mis les pieds remontait à un certain temps, quand il s'était rendu à Tucson pour le boulot. La personne qu'il cherchait vivait dans une résidence protégée, construite autour d'un parcours de golf réservé aux membres. Tucson était dans le sud de l'Arizona et son indicatif était le 520.

Ayant fait le tour de la question, il voyait trois possibilités.

Un, tout cela n'était que coïncidence. C'était impossible, car la coïncidence avait beau avoir le bras long, son allonge restait limitée. C'était là une coïncidence trop compliquée, comme celle qu'il faudrait pour qu'un singe produise *Hamlet* avec une machine à écrire. Même s'il démarrait bien, tôt ou tard on obtiendrait une ligne du genre « être ou ne pas être, telle est la gezorgenplatz ».

Deux, c'était un message de Dot. Certes, elle était morte, mais elle avait trouvé un moyen pour communiquer d'outre-tombe. Elle avait jugé préférable de ne pas se matérialiser devant lui, ni de lui murmurer à l'oreille, parce que ça lui ficherait une peur bleue, au lieu de quoi elle avait eu l'idée géniale d'une annonce énigmatique dans *Linn's*. C'était également impossible, car comment quelqu'un du monde des esprits s'y prendrait-il pour faire paraître une annonce dans une revue ?

Trois, le message venait de l'incontournable « Appelez-moi-Al ». Il était au courant du passe-temps de Keller, car c'était probablement ses sbires qui avaient emporté sa collection. Il connaissait ses initiales, même s'il ignorait qu'elles signifiaient aussi « Just Plain Keller », et il avait pu tomber sur « Just Plain Klassics » par coïncidence. Mais, même en supposant qu'il voie là une façon raisonnable de poursuivre la traque de Keller, irait-il jusqu'à crypter le numéro en misant sur le fait que Keller résoudrait l'énigme ? Enfin, pourquoi se donner tant de mal ? Il n'avait pas besoin de se soucier que quelqu'un d'autre en ait vent. Il lui suffisait de lancer l'appât et d'attendre que Keller morde à l'hameçon.

De toute façon, il était carrément impossible qu'Al fasse allusion à Déchets Toxiques. Dot et Keller étaient les deux seules personnes sur la planète pour qui cela avait un sens quelconque. C'était une vieille affaire, toutes les personnes concernées étaient mortes, et l'arme du crime, pour qui faisait une fixette sur les coïncidences, gisait au fond du même fleuve qui avait accueilli la Nissan Sentra, quoique plusieurs milliers de kilomètres plus au nord. Et Dot n'aurait jamais dévoilé l'expression « déchets toxiques », même pas sous la torture, car cela ne lui serait jamais venu à l'esprit. « Bon, ma p'tite dame, tu vas nous donner quelque chose pour l'appâter, sinon on t'arrache les ongles des orteils. » « Déchets toxiques ! Déchets toxiques ! » Oui, c'est ça. Aucune chance.

Il y avait donc trois possibilités, et toutes étaient impossibles.

Autre possibilité. Avant d'être tuée, Dot avait décidé de tenter de s'enfuir. Mais d'abord, elle avait pris ses dispositions pour faire parvenir un message à Keller, le moment venu. Et comment pouvait-elle s'y prendre ? Voyons, par le biais d'une annonce dans *Linn's*, et d'un numéro de téléphone indiqué sur un site Internet, auquel il pourrait accéder sans laisser de traces.

On pouvait monter un site Internet et le laisser longtemps en activité sans aucune maintenance. On pouvait passer une annonce dans *Linn's*, régler un an ou plus en avance et elle paraîtrait jusqu'à ce que l'argent soit épuisé. Le site était peut-être vraiment en cours d'élaboration, elle comptait peut-être rendre les choses un peu plus claires pour Keller. Elle avait peut-être fait ça au tout début, monter le site, prévoir l'annonce, puis les salopards avaient débarqué chez elle et l'avaient tuée, et le site et l'annonce étaient restés en place pour rien. Et sans résultat, jusqu'au jour où Julia avait rapporté la revue.

Était-ce possible ? Il n'en savait rien et ne pouvait plus y réfléchir. Car il aurait beau se creuser la tête, au bout du compte il n'y avait qu'une seule chose à faire.

Il trouva une boutique où s'acheter un téléphone portable à carte et s'assura que le numéro était masqué. La police pouvait certainement déterminer où se trouvait le téléphone au moment de l'appel mais ce n'était pas la police qui avait fait passer l'annonce ni ouvert le site Internet, et si Al disposait de moyens informatiques aussi puissants… eh bien, c'était un risque que Keller devait courir. Malgré tout, il prit la I-10 et attendit d'être à mi-distance de Baton Rouge pour s'arrêter dans une station-service et passer le coup de fil.

Il s'attendait à ce que ça sonne dans le vide, voire à un simple *cou-iiiic*, mais quelqu'un décrocha à la troisième sonnerie. Et puis une voix qu'il pensait ne plus jamais entendre dit :

– J'espère que ce n'est pas encore un maudit démarcheur en télémarketing de Bangalore ! Alors ? Dites quelque chose, qui que vous soyez !

32

– Je sais ce que vous pensiez, dit-elle, car comment pouviez-vous penser autre chose ? Mais ce n'est pas le moment de se pencher là-dessus. Je pensais la même chose pour vous, soit dit en passant. Où êtes-vous et combien de temps vous faudra-t-il pour venir ici ?

– À Flagstaff dans l'Arizona ?

– Comment… ? Ah, l'indicatif. Enfin, pas Flagstaff mais à côté. Il y a un aéroport à Flagstaff, mais ça serait peut-être plus simple de prendre l'avion jusqu'à Phoenix puis la route jusqu'ici. Qui sait, vous êtes peut-être assez près pour venir en voiture. Où êtes-vous, d'ailleurs ?

Quand le vin est tiré, il faut le boire.

– À La Nouvelle-Orléans, mais pour ce qui est de venir, ce n'est pas facile de m'absenter.

– Ça va ? Bon sang, vous n'êtes tout de même pas enfermé à clé ?

– Non, rien de ce genre, mais c'est compliqué.

– Ah ? Dans ce cas, c'est moi qui viendrai à vous. La seule chose qui me retient est un rendez-vous de coiffeur, ce dont je devrais pouvoir me libérer sans trop de peine. Donnez-moi votre numéro et je vous rappelle tout de suite. Keller ? Où êtes-vous passé ?

– Je suis là.

– Alors ?

– Je viens d'acheter ce portable et il doit bien y avoir une carte avec le numéro mais je ne sais pas ce que j'en ai fichu.

– C'est le dernier cri en matière de liste rouge, dit Dot. Même le propriétaire ne peut pas accéder au numéro. Mais ne vous faites pas trop d'illusions car il y a quelque part en Inde un gringalet qui va vous appeler à ce numéro pour vous vendre du Viagra. Voici ce que nous allons faire. C'est vous qui allez me rappeler. Donnez-moi une heure, je saurai quand j'arrive et à quel hôtel je descends. Et ne vous en faites pas si vous ne retrouvez pas mon numéro. Appuyez sur la touche « bis » et votre portable fera le reste.

Une heure après, il apprit qu'elle ne serait là que trois jours plus tard et se dit qu'il verrait d'ici un ou deux jours comment aborder le sujet avec Julia. Il rentra et elle vint l'accueillir devant la maison. Elle lui dit que la météo prévoyait de la pluie mais qu'elle n'avait pas la sensation qu'il allait pleuvoir, et lui, qu'en pensait-il ? Il répondit qu'il n'avait pas d'avis, ni dans un sens ni dans l'autre. Elle dit qu'elle non plus, en fait, et lui demanda si quelque chose le tracassait.

– Dot est vivante, dit-il.

Les prévisions météorologiques se révélèrent parfaitement exactes. Il se mit à pleuvoir en fin d'après-midi et la pluie continua par intermittence pendant trois jours. Ça ne tourna jamais au déluge mais le temps ne se leva pas non plus et il dut mettre en marche les essuie-glaces quand il se rendit à l'hôtel de Dot au centre-ville.

Elle avait pris une chambre à l'Intercontinental. Il avait apporté son portable et l'appela après avoir confié son pickup au voiturier. Elle vint le chercher dans le hall et ils montèrent dans sa chambre. Comme deux autres clients se trouvaient avec eux dans l'ascenseur, ils ne dirent rien avant d'être arrivés à son étage.

– De toute façon, ces deux-là n'auraient rien remarqué, dit Dot. C'est quoi selon vous, coucherie ou lune de miel ?

– Je ne faisais pas attention.

– Eux non plus, ce qui était le point que je soulignais. Ça n'a pas d'importance. Mon Dieu, c'est bien vous ! Vous avez changé mais je n'arrive pas à mettre le doigt dessus.

– Mes cheveux.

– Mais bien sûr. Votre visage n'a plus du tout la même forme. Qu'avez-vous fait ?

– Une coupe différente, le front plus dégagé, et je les ai un peu éclaircis.

– Et des lunettes. Dites, ce ne sont pas des verres à double foyer ?

– Il m'a fallu un peu de temps pour m'y habituer.

– Et moi donc, alors que c'est vous qui les portez ! Mais j'aime bien l'effet. Très studieux.

– Je vois mieux. Et vous, Dot, vous avez vraiment beaucoup changé.

– Eh bien, je suis plus âgée que je ne l'étais, Keller. Que croyez-vous ?

Mais elle avait l'air plus jeune, pas plus vieille. Quand ils s'étaient connus, bien des années auparavant, elle avait les cheveux foncés mais avec le temps, quand il était parti à Des Moines, ils étaient beaucoup plus sel que poivre. À présent le sel avait entièrement disparu – il était beaucoup plus facile, comme il savait, de se foncer les cheveux plutôt que l'inverse –, et outre ses cheveux gris, elle avait aussi perdu dix ou quinze kilos.

Son tailleur-pantalon, un changement du tout au tout par rapport à son habituel accoutrement d'intérieur, mettait en valeur sa nouvelle silhouette, elle portait aussi du rouge à lèvres et s'était maquillé les yeux, une première pour autant que Keller se souvienne.

– J'ai un coach personnel, dit-elle, si vous arrivez à vous faire à cette idée, et une adorable petite Vietnamienne qui me coiffe une fois par semaine. J'ai acheté un appartement là-bas en imaginant me dorer au soleil comme une baleine échouée et passer mes nuits avec une boîte de chocolats au cœur tendre, mais regardez un peu ce que je suis devenue !

– Vous avez l'air superbe, Dot.

– Vous aussi. Vous vous êtes mis au golf ou quoi ? Vous étiez moins baraqué des épaules.

– Ce doit être à force de donner des coups de marteau.

– La strangulation est plus discrète, dit-elle, mais j'imagine que c'est moins bon pour les muscles.

Elle appela la réception, commanda deux pichets de thé glacé et deux verres, raccrocha et le dévisagea.

– Nous avons beaucoup de choses à nous raconter, n'est-ce pas ?

Il débuta, commençant par leur dernière conversation téléphonique à Des Moines et remontant le fil jusqu'à sa nouvelle vie à La Nouvelle-Orléans. Elle l'écouta attentivement, l'interrompant parfois pour qu'il étoffe, et quand il eut terminé elle hocha la tête.

– Vous alliez prendre votre retraite et vous voilà travailleur manuel !

– Au début je n'y connaissais rien mais ce n'est pas très compliqué à apprendre.

– Non, en effet. Regardez-moi tous les crétins qui se débrouillent très bien là-dedans.

– Et c'est gratifiant. Surtout quand c'est le bazar complet et qu'il faut y mettre de l'ordre.

– C'est ce que vous faites depuis des années, Keller. Mais je n'ai pas le souvenir que vous vous soyez déjà servi d'un rouleau. Parlez-moi un peu de votre amie.

Il fit non de la tête.

– À votre tour.

– Une fois que nous savions de quoi il retournait, dit-elle, je n'avais plus qu'à disparaître, et le plus vite serait le mieux. Je me suis dit que vous arriveriez peut-être à vous échapper, ou peut-être pas, mais dans un cas comme dans l'autre je n'y pouvais rien. J'ai commencé par me connecter à Internet et vendre tout ce que nous possédions, jusqu'à la dernière action et la dernière obligation. La totale, la moindre valeur, tout ce que nous avions en magasin. Ensuite, j'ai effectué un virement et j'ai planqué jusqu'au dernier *cent* sur notre compte aux Caïmans.

– Nous avons un compte aux Caïmans ?

– Enfin, moi j'en ai un. De même que le compte-titres sur Internet était à mon nom. Je l'avais ouvert parce que notre portefeuille prenait de l'importance, juste au cas où, et il se trouvait là quand j'en ai eu besoin. J'y ai viré l'argent, puis je me suis occupée de la maison, ensuite j'ai marché quelques blocs et j'ai attendu le bus.

– Vous vous êtes occupée de la maison. Qu'entendez-vous par là ?

– Vous êtes un garçon intelligent, Keller. À votre avis ?

– Vous y avez mis le feu.

– Je me suis débarrassée de tout ce qui aurait pu fournir une piste, j'ai retiré le disque dur de l'ordinateur et je lui ai réservé le même traitement que vous à votre téléphone portable, puis je l'ai remis à sa place et ensuite, oui, j'ai mis le feu à la maison.

– On a retrouvé un cadavre.

Elle fit la grimace.

– Je n'avais pas prévu cette étape, dit-elle. J'étais prête à saisir ma chance, voyez-vous, et puis cette femme s'est présentée et je n'ai pas pu m'empêcher de penser que c'était Dieu qui me l'envoyait.

– Dieu qui vous l'envoyait ?

– Vous vous souvenez quand Abraham est sur le point de sacrifier Isaac ? Et que Dieu lui envoie un bélier à sacrifier à la place ?

– Cette histoire ne m'a jamais semblé très convaincante.

– Voyons, Keller, c'est la Bible ! Que diable en attendez-vous ? Je sais juste que je m'agitais dans tous les sens, à me demander où verser l'essence, quand on a sonné à la porte. Je suis allée ouvrir et elle se tenait là.

– Pour vous vendre un abonnement ? Pour un sondage ?

– C'était un Témoin de Jéhovah. Vous savez ce qu'on obtient en croisant un Témoin de Jéhovah et un agnostique ?

– Non, quoi ?

– Quelqu'un qui sonne à votre porte sans raison apparente. Vous devinez la suite, non ? Je l'ai fait entrer et s'asseoir, puis j'ai pris le revolver dans le tiroir des couverts, je lui ai tiré deux balles dans la tête et c'est elle qui a rempli le rôle du cadavre retrouvé dans la cuisine. Je lui ai bien arrosé les mains d'essence pour ne pas avoir à me soucier des empreintes. Les miennes ne figurent dans aucun fichier mais comment savoir si les siennes ne traînaient pas quelque part ? Les gens qui se présentent chez vous, on ne sait jamais d'où ils sortent. Pourquoi froncez-vous les sourcils ?

– J'ai lu quelque part que sa dentition avait permis l'identification.

– Exact.

– Eh bien, comment vous êtes-vous débrouillée ?

– C'est pour ça que je me dis qu'elle m'a été envoyée par Dieu, Keller. La petite chérie avait de fausses dents.

– Elle avait de fausses dents.

– Bon marché, qui plus est. On pouvait quasiment les repérer avant même qu'elle n'ouvre la bouche. Je m'en suis tout de suite emparé et je lui ai mis les miennes.

– Les vôtres ?

– Qu'y a-t-il de si remarquable ?

– Je ne savais pas que vos dents étaient fausses.

– Vous n'étiez pas censé le savoir. C'est pour ça que je les ai payées dix ou vingt fois plus chères que la charmante Témoin de Jéhovah n'avait payé les siennes, pour que ça ait l'air de l'équipement d'origine. J'ai perdu toutes mes dents avant d'avoir trente ans, Keller, et je garderai cette histoire pour un autre jour, si vous n'y voyez pas d'inconvénient. J'ai fait l'échange, j'ai mis le feu et je me suis tirée sans demander mon reste.

– J'ai toujours cru que…

– Que mes dents étaient vraies ? Vous voyez celles-ci ? dit-elle en retroussant les lèvres. Je dois dire qu'elles me plaisent davantage que celles que j'ai laissées à White Plains. Elles n'ont pas l'air parfaites, ce à quoi se reconnaissent bien des dentiers, et pourtant elles sont très seyantes. Et ne me demandez pas combien elles m'ont coûté.

– D'accord, et ce n'était pas ça que j'étais sur le point de dire. En fait, j'ai toujours cru que les Témoins de Jéhovah se déplaçaient par deux.

– Ah, oui. Lui.

– Lui ?

– Je l'ai tué en premier, dit-elle, parce qu'il était plus costaud et semblait plus menaçant, bien que ni l'un ni l'autre ne m'aient donné l'impression d'être de dangereux clients. Je l'ai abattu, puis elle, mais, lui, je l'ai mis dans le coffre de ma voiture et je l'ai balancé quelque part où on ne risque pas de le retrouver de sitôt, puis je suis revenue pour faire l'échange des dents, mettre le feu, et patati et patata.

Elle avait laissé sa voiture dans le garage, pour que personne ne la cherche, et s'était contentée d'emporter quelques affaires dans un sac de voyage. Elle avait pris le bus jusqu'à la gare, puis le train jusqu'à Albany où elle s'était terrée pendant six semaines dans un hôtel dont la plupart des clients se trouvaient dans la capitale de l'État pour y traiter des affaires politiques.

– Des élus du Sénat et de la chambre de l'État et les lobbyistes qui les arrosent, dit-elle. J'avais beaucoup d'argent liquide, des cartes de crédit à mon nouveau nom, je me suis acheté une voiture et un ordinateur portable, et je me suis documentée. J'ai décidé que Sedona me convenait.

– Sedona, Arizona ?

– Je sais, ça rime, comme New York, New York. Mais la ressemblance s'arrête là. C'est petit, haut de gamme, le climat est idéal, le paysage magnifique, et la ville double sa population toutes les vingt minutes, ce qui permet d'y débarquer du jour au lendemain sans attirer l'attention, et au bout de six mois on fait déjà partie des anciens. Je comptais y aller en voiture, histoire de voir du pays, puis tout bien réfléchi, je me suis dit que je m'en fichais de voir du pays, alors j'ai vendu ma voiture et j'ai pris l'avion jusqu'à Phoenix où j'en ai acheté une autre pour me rendre à Sedona. Je me suis trouvé un appartement avec deux chambres, au dernier étage, j'ai une fenêtre qui donne sur le golf et une autre avec une vue magnifique sur Bell Rock. Vous ignorez probablement ce que c'est.

– Un rocher qui sonne toutes les heures[1] ?

– Les cheveux ont changé mais en dessous c'est toujours le même Keller, hein ? Dès que j'ai été installée, j'ai cherché comment entrer en contact avec vous, en supposant que je ne sois pas obligée de recourir au spiritisme. Je savais d'après les actualités que vous étiez parvenu à vous échapper de Des Moines et que les forces de l'ordre ne vous avaient pas rattrapé, mais si Al vous avait retrouvé en premier cela n'aurait pas figuré dans les journaux. Si vous étiez vivant, je ne voyais qu'une seule façon de vous contacter sans attirer l'attention de personne d'autre, et c'est ce que j'ai fait.

– Vous avez passé une annonce dans *Linn's*.

– J'ai placé cette satanée publicité partout où je pouvais. Qui aurait cru qu'il existait tant de publications pour les collectionneurs de timbres ? Outre *Linn's*, il y a *Global Stamp News*, le *Scott's Monthly Journal* et le bulletin que la National Stamp Society adresse à ses membres…

– L'American Philatelic Society. C'est une assez bonne revue.

– Eh bien, voilà qui m'ôte un grand poids ! Bonne ou pas, mon annonce y paraissait, chaque mois que Dieu fait ! Et dans d'autres dont je ne me souviens plus. *McBeals ?*

– *Mekeel's*.

1. *Rock* signifie « rocher » et *Bell*, « cloche ».

– C'est ça. Pour chacune j'ai pris l'option « parution jusqu'à annulation », et le montant figure chaque mois sur le relevé de ma Visa. Je commençais à me demander combien de temps encore je devais faire paraître l'annonce, car je me faisais l'effet de ce propriétaire d'une équipe de football qui laisse toujours un billet pour Elvis à l'accueil, au cas où il se pointerait. Lui, au moins, il en retire un peu de publicité gratuite.

– Ça a dû vous coûter assez cher.

– Pas vraiment. Les petits encarts bénéficient d'un tarif préférentiel, et c'est encore plus avantageux à long terme. Le véritable coût était l'usure émotionnelle, car chaque fois que je recevais mon relevé de carte de crédit c'était un mois de plus sans nouvelles de votre part, et la probabilité que vous donniez signe de vie un jour diminuait un peu plus. Vous, Keller, vous pouviez au moins faire votre deuil. Vous étiez sûr que j'étais morte alors que moi je m'interrogeais dans mon fauteuil.

– Je me demande ce qui est le pire.

– On pourrait probablement argumenter dans un sens ou dans l'autre, mais dans un cas comme dans l'autre nous sommes vivants tous les deux, alors on s'en fiche. Vous avez vu l'annonce et vous avez composé le numéro…

– Quand j'ai enfin compris qu'il s'agissait d'un numéro.

– Voyons, si j'avais mis quelque chose de trop évident, le téléphone n'aurait pas arrêté de sonner. Je savais que vous finiriez par comprendre, une fois que vous vous y seriez attelé. Ce qui me dépasse, c'est que vous ayez mis si longtemps. Pas à comprendre mais à y prêter attention. D'après vous, combien de fois avez-vous eu cette annonce sous les yeux avant que cela fasse tilt ?

– Une seule.

– Une seule ? Comment est-ce possible, Keller ? J'imagine que vous n'avez pas fait suivre votre courrier, mais l'annonce a paru partout où je vous ai dit, plus une ou deux autres revues dont le nom m'échappe. C'est si compliqué que ça de se procurer un exemplaire de *Linn's* ? Ou bien de se réabonner ?

– Pas du tout compliqué, mais pourquoi m'en serais-je donné la peine ? À quoi bon ? Dot, j'ai vu l'annonce parce que Julia a acheté un numéro de *Linn's* et l'a rapporté à la maison. Elle hésitait à me l'offrir et je n'étais pas sûr de vouloir y jeter un coup d'œil.

– Mais vous l'avez fait.

– À l'évidence.

– Ce qui est moins évident, c'est pourquoi vous n'étiez pas sûr d'en avoir envie, et pourquoi vous n'étiez plus abonné. J'ai loupé une étape. Aidez-moi, Keller.

– Je ne me suis pas réabonné parce que c'est une revue pour collectionneurs de timbres, et c'est difficile d'en être un quand on n'a pas de collection.

Elle le fixa.

– Vous ne savez pas.

– Je ne sais pas quoi ?

– Bien sûr. Comment le sauriez-vous ? Vous ne vous êtes pas étendu sur cet épisode, quand vous êtes passé à votre appartement, ou je n'étais pas attentive, mais…

– Je n'en ai peut-être pas parlé. C'est un moment auquel je n'aime pas repenser. Je suis passé chez moi et…

– Et les timbres avaient disparu.

– Tous disparus, les dix albums. Je ne sais pas qui les a pris, les flics ou les types d'Al, mais qui que ce soit…

– Ni les uns ni les autres.

Il la dévisagea.

– Mon Dieu, dit-elle. J'aurais dû vous le dire tout de suite. Curieusement, ça ne m'est pas venu à l'esprit que vous n'étiez pas au courant, mais comment pourriez-vous l'être ? C'est moi, Keller. J'ai pris vos timbres.

La première chose qu'elle avait faite à Albany, après avoir trouvé où se loger, avait été d'acheter une voiture. Et la première chose qu'elle avait faite avec sa voiture avait été de se rendre à New York.

– Pour récupérer vos timbres. Vous vous souvenez de la fois où vous aviez les chocottes et où vous m'avez fourni des indications précises sur ce que je devais faire si vous mouriez ? Me rendre directement à votre appartement et rapporter vos timbres chez moi, puis quels marchands contacter et comment négocier votre collection au meilleur prix ?

Il s'en souvenait.

– Eh bien, je ne comptais pas les vendre, tant qu'il y avait une chance infime pour que vous soyez toujours vivant. Mais pour ce qui est de les retirer de votre appartement, je m'en suis occupée dès que j'ai pu, parce que je ne savais pas de quel créneau je disposais avant que la police se pointe. J'ai montré à votre portier la lettre m'autorisant à agir pour votre compte, m'accordant l'accès à votre appartement et la disposition de tout son contenu…

– Vous savez, je n'ai absolument aucun souvenir d'avoir écrit cette lettre.

– Eh bien, Keller, inutile de vous précipiter pour passer des tests de détection d'Alzheimer. Je l'ai rédigée moi-même avec un ordinateur chez Kinko. Je vous ai concocté un joli papier à en-tête, si je peux me permettre, et je ne me suis pas embêtée pour la signature, vu que votre portier ne devait pas connaître votre écriture. Il n'a pas eu à m'ouvrir la porte car j'avais la clé que vous m'aviez confiée.

– Comment vous êtes-vous débrouillée pour tous les emporter ? Ces albums sont lourds.

– Sans blague qu'ils sont lourds ! J'ai trouvé un sac dans le placard – le sac marin à roulettes, songea Keller – et j'ai demandé au portier qu'il me file un coup de main. Il a pris un chariot à bagages rangé à la cave et, à nous deux, nous avons tout mis dans le coffre de ma voiture. Ah, j'ai aussi emporté votre ordinateur, mais vous n'allez pas le récupérer. À moins que vous ne souhaitiez le repêcher au fond de l'Hudson.

– Vous et moi, dit-il, nous ne sommes pas tendres avec les fleuves. (Il prit son thé glacé et en but une longue gorgée.) C'est dur à digérer, reconnut-il. Je veux être sûr d'avoir bien compris : mes timbres…

– … se trouvent dans un garde-meuble à température constante à Albany, New York. En fait, c'est à Latham, mais vous ne savez sans doute pas où c'est.

– Va pour Albany. Tout y est ? Ma collection de timbres est intacte et je peux passer la prendre ?

– Quand vous voulez. Il vaut mieux que je vous accompagne pour qu'on ne vous fasse pas de difficulté. Nous pouvons prendre un vol pour Albany dès demain, si vous êtes décidé à le faire.

– J'ai l'impression que ce ne serait pas votre premier choix.

– Eh bien, j'aimerais passer quelques jours à visiter La Nouvelle-Orléans. Après ça, à vous de voir. Vous aurez vos timbres et deux millions et demi de dollars, au cas où ça se gâterait dans le bâtiment. De quoi voir venir et profiter de la vie.

– Ou bien ?

– Mon Dieu, je viens de terminer mon dernier verre de thé ? Je vais me servir de votre pichet, si ça ne vous dérange pas.

– Faites, je vous en prie.

– Je le regretterai quand je devrai me lever toutes les heures pour aller faire pipi, mais si c'est là mon plus grand regret, je dois dire que je m'en sors bien. Keller, je pense qu'à ce stade nous sommes à l'abri. Les flics ont l'air de penser que vous êtes mort ou bien au Brésil, voire les deux, et je n'en pensais pas moins jusqu'à ce que mon téléphone sonne l'autre jour. Je ne sais pas ce qu'en pense notre ami Al mais, à ce stade, d'autres sujets retiennent probablement la majeure partie de son attention. Il sait que je suis morte et, si vous figurez toujours sur sa liste, c'est quelque part tout en bas. Donc, il n'y a rien que nous devions absolument faire.

– Mais ?

Elle soupira.

– Oh, dit-elle, je suis sûre qu'il s'agit d'un défaut de caractère, qu'il existe certainement un séminaire auquel je pourrais assister pour y remédier, et je vous parie que quelqu'un en organise un justement à Sedona. Mais d'après vous, quelles sont les chances pour que je suive jamais ce séminaire ?

– Elles sont minces.

– À qui le dites-vous ! C'est plus fort que moi, Keller. J'aimerais vraiment rendre la monnaie de sa pièce à ce salopard.

– Ça me rendait dingue, dit-il, qu'il soit vivant et vous non.

– Pareil pour moi, qu'il soit vivant et vous non. Maintenant, voilà que nous sommes tous les deux vivants, et millionnaires, et nous ferions certainement mieux d'en rester là, mais…

– Vous voulez qu'on se le fasse.

– Et comment que je le veux ! Et vous ?

Il inspira une bouffée.

– Je pense qu'il faut que j'en parle à Julia.

33

– J'aimerais la rencontrer, dit Julia.

Elle insista pour que Keller l'invite à dîner. Ils tentèrent de choisir un restaurant et Julia finit par dire :

– Non. Tu sais ce qu'on va faire ? Amène-la ici et je ferai la cuisine.

Quand il passa prendre Dot, elle portait un tailleur différent, avec une jupe au lieu d'un pantalon, et elle avait aussi changé de coiffure.

– J'ai dû annuler mon rendez-vous avec ma petite Vietnamienne de Sedona, expliqua-t-elle, aussi me suis-je adressée au concierge et je me suis retrouvée avec une fille bien d'ici qui n'arrêtait pas de parler. Mais j'aime ce qu'elle a fait à mes cheveux.

Keller la fit entrer dans la maison et la présenta à Julia, puis il se tint à l'écart et attendit que ça se gâte. Quand ils passèrent à table, après que Dot avait eu droit au tour du propriétaire et s'était livrée aux commentaires appropriés, il comprit que rien d'épouvantable n'allait se passer. Les deux femmes étaient trop bien élevées.

Julia avait encore acheté une tarte pour le dessert à la pâtisserie de Magazine Street, aux noix de pécan cette fois, et ils prirent tous du café, que Dot préféra au thé glacé. Tout au long de la soirée, Julia l'avait appelé

Nicholas et Dot rien du tout, mais quand il lui resservit du café, elle l'appela Keller.

– Nicholas, je veux dire, se reprit-elle en adressant un regard à Julia. Heureusement que je vis à mille cinq cents kilomètres d'ici, ce qui vous épargne de vous faire des cheveux blancs à redouter que je ne mette les pieds dans le plat devant les invités. Cela vous est-il déjà arrivé, Julia ? De l'appeler Keller ?

Quand il la raccompagna à l'Intercontinental, elle lui dit :

– Votre dame est vraiment quelqu'un de bien, Keller. Désolée, il me faudra beaucoup de temps pour m'habituer à un autre nom. Il y a si longtemps que vous êtes juste Keller pour moi.

– Ne vous en faites pas.

– Mais pourquoi a-t-elle rougi quand je lui ai demandé si ça lui arrivait de vous appeler Keller ? Bon sang, Keller, voilà que vous rougissez à votre tour !

– Pas du tout ! Oubliez ça, OK ?

– OK. *Mea culpa* et c'est comme si c'était oublié, d'accord ?

– M'arrive-t-il d'oublier et de t'appeler Keller ? Je suis devenue rouge comme une pivoine !

– Je ne pense pas qu'elle l'ait remarqué.

– Ah bon ? Je ne pense pas qu'il y ait beaucoup de choses qui échappent à ton amie Dot. Elle me plaît. Bien qu'elle ne soit pas tout à fait ce à quoi je m'attendais.

– À quoi t'attendais-tu ?

– Quelqu'un de plus âgé. Et puis, d'un peu négligé sur les bords.

– Avant, elle était plus âgée.

– Comment ça ?

– Eh bien, elle paraissait plus vieille, et aussi un peu négligée, j'imagine. Elle ne se maquillait pas et restait assise chez elle, toujours en robe d'intérieur. Je suppose que c'est le nom.

– À regarder la télé en sirotant du thé glacé.

– Ce qu'elle fait toujours mais je pense qu'elle sort plus, elle a perdu beaucoup de poids, et maintenant elle s'achète de jolies tenues et elle va chez le coiffeur. Elle se les fait teindre.

– Je suis choquée, chéri ! Elle est très désinvolte et sarcastique, mais au fond, c'est une dame très comme il faut. Quand je lui ai montré la maison, elle n'a cessé d'indiquer tout ce qui lui rappelait la sienne à White Plains, comme la banquette dans l'embrasure de la fenêtre. Elle devait adorer sa maison et pourtant elle a eu le cran et la détermination d'y mettre le feu.

– Elle n'avait pas trop le choix.

– Je m'en doute, mais ça ne rendait pas la chose plus facile pour autant. Je me demande si j'en serais capable.

– Si tu étais obligée.

– En fin de compte, ce n'est jamais qu'une maison. Et puis, tu pourrais toujours m'en construire une nouvelle, hein ? Avec cuisine à l'américaine et carrelage dans la salle de bains.

– Et la climatisation centrale.

– Mon héros ! Ne m'avais-tu pas dit qu'on avait retrouvé un cadavre dans les décombres ?

Il était prêt pour cette question.

– Elle a laissé sur place ses fausses dents. Que l'on a pu identifier grâce au dossier dentaire. Comme je ne savais même pas qu'elle en portait, cette éventualité ne m'a pas effleuré.

– Ah, voilà qui explique tout. Nicholas ? dit-elle en posant la main sur son bras. J'avais peur d'être jalouse, même si vos relations n'étaient pas de cet ordre. Mais ce qu'elle dégage vis-à-vis de toi tient de la grande sœur et de la vieille tante. Sais-tu ce qu'était l'éléphant ?

– L'éléphant au milieu du salon ?

– C'est ça, le sujet autour duquel nous avons tourné sans l'évoquer : ce que tu vas faire maintenant.

– Je n'ai pas vraiment besoin de faire quoi que ce soit.

– Je sais. Tu as tes timbres, du moins tu les auras, et aussi beaucoup d'argent. Et nous pouvons continuer à mener la même vie, qui est exactement celle dont j'ai envie…

– Moi aussi.

– … sans nous soucier d'argent, à l'aise et heureux.

– Et ?

– Et nous ne serons jamais tranquilles en allant dîner au quartier français. Si tu voulais les traquer, saurais-tu où chercher ?

– Pas vraiment.

– À Des Moines ?

– Je ne sais pas si l'un d'entre eux habite Des Moines. Je suis prêt à parier que ce n'est pas le cas pour Al. J'ai un numéro à Des Moines, celui que j'appelais tous les jours pour savoir si le moment était venu de liquider le pauvre bougre qui ne faisait rien d'autre que d'arroser sa pelouse. Je me demande s'il s'est douté que j'étais à deux doigts de lui poinçonner son billet.

– Tu ne penses pas que ce numéro débouchera sur quoi que ce soit ?

– Non, ou bien on ne me l'aurait pas donné. Mais j'ai beau réfléchir, je ne vois rien d'autre.

– Je me demande si…

Le lendemain matin, elle les conduisit à l'aéroport, lui et Dot. Keller comptait prendre un taxi mais Julia ne voulut pas en entendre parler. Dot entra dans le terminal avec sa valise, pour les laisser seuls un moment, et Julia descendit de voiture pour l'embrasser.

– Sois prudent, t'entends ?

– Je le serai.

– Je dirai à Donny que tu as dû t'absenter. Pour raison familiale.

– Bien. (Il la dévisagea.) Il y a autre chose ?

– Pas vraiment.

– Ah ?

– Ce n'est rien, dit-elle. Ça attendra.

34

– L'indicatif est 515, dit Dot en déchiffrant le bout de papier. C'est celui de Des Moines ? Vous vous trimballez avec ça depuis des mois et vous ne l'avez jamais composé ?

– Pourquoi voudriez-vous que je le compose ?

– Je vous suis. Si c'est le numéro qu'ils vous ont communiqué, ça ne donnera rien. Composez-le tout de même.

– Pourquoi ?

– Pour que nous puissions l'écarter, et ça fera plus de place dans votre portefeuille pour tout l'argent que vous avez aux Caïmans.

Il prit son téléphone portable, ouvrit le clapet mais le referma aussitôt.

– Si le numéro est encore attribué et que j'appelle…

– C'est avec ce portable que vous m'avez contactée à Sedona ? Celui dont vous-même ne savez pas le numéro ?

– Eh bien, oui, mais…

– Composez le numéro et si le type avec du poil aux oreilles répond, on jettera l'appareil par la fenêtre.

Cou-iiiic !

– C'est ce que je pensais, dit-elle, mais maintenant nous en avons le cœur net. Que savons-nous d'autre ?

J'ai eu Al au téléphone deux fois. Pas très longtemps et il n'a pas dit grand-chose, mais j'arriverais peut-être à reconnaître sa voix. De quoi le repérer dans une parade d'identification vocale, si la chose existait.

– Si seulement nous savions par où commencer.

– À qui le dites-vous ! Il m'a appelée à l'improviste. Pas un mot sur comment il avait entendu parler de moi, sur qui lui avait donné le numéro. Mais il avait forcément entendu parler de nous quelque part, il n'a pas composé des numéros au hasard. Il connaissait le mien et mon adresse. Le premier pli FedEx rempli de billets, il n'a pas eu besoin de me demander à qui l'adresser. Il l'a juste envoyé.

– Il y a donc quelqu'un qui nous connaît tous les deux.

– Nous n'en savons rien, Keller. Quelqu'un qui me connaît a parlé à quelqu'un qui le connaît, et nous ne savons pas combien de « quelqu'un » supplémentaires ont pu être de la partie. Et puis, le vieux a longtemps été aux commandes et il n'a pas changé de numéro une seule fois pendant toutes ces années.

– Il y a donc beaucoup de gens dans la nature qui pourraient avoir le numéro.

– Et il se pourrait que la chaîne soit longue entre le premier quelqu'un et Al, et il suffirait d'un seul chaînon manquant pour que vous soyez coincé. (Elle plissa le front.) Malgré tout, si j'interroge suffisamment de monde, quelqu'un pourrait savoir quelque chose. Pensez-vous qu'Al change de nom chaque fois qu'il décroche son téléphone ? Appelez-moi Al, Appelez-moi Bill, Appelez-moi Carlos ?

– Ou bien c'est un homme d'habitude et il s'en tient à Al.

– Ce qui lui faciliterait la tâche pour se rappeler qui il est censé être. L'une des rares affaires que j'ai emportées de White Plains est mon répertoire téléphonique et il y a donc beaucoup de numéros que je pourrais appeler. Plus je contacterai de gens et plus j'aurai de chances de tomber sur quelqu'un qui comprenne de quoi je parle. Bien sûr, ce n'est là qu'un seul aspect.

– Plus vous contacterez de gens et plus il y aura de chances qu'Al sache que quelqu'un est à ses trousses.

– C'est l'autre aspect, en effet. Et il faudra leur parler sans leur dire qui je suis, étant donné que je suis morte dans un incendie à White Plains, vous vous souvenez peut-être.

– Maintenant que vous le dites, il me semble en avoir entendu parler.

– Je ne sais pas qui d'autre en a eu vent. En dehors de la région new-yorkaise, ça n'a pas dû faire grand bruit. Mais je ne peux pas être vivante pour untel et morte pour tel autre. Le monde est trop petit pour ça. (Elle haussa les épaules.) Je vais trouver une solution. Peut-être que j'utiliserai un de ces bidules qu'on fixe sur le téléphone pour déguiser sa voix. Si on avait quoi que ce soit par où commencer…

– Eh bien, peut-être que oui.

– Ah ?

– On m'avait remis un téléphone, dit-il. Le type aux oreilles me l'a donné quand il m'a emmené au motel qu'on avait choisi pour moi.

– Le Laurel Inn ou quelque chose du genre.

– C'est ça, le Laurel Inn. Il m'a passé un téléphone et m'a dit de m'en servir pour les contacter. Mais je ne comptais pas l'utiliser, pas plus que je ne comptais occuper la chambre.

– Vous aviez des soupçons dès le départ ?

– Certaines précautions sont automatiques. Oui, cela me semblait un peu louche, mais c'était mon dernier contrat et j'aurais eu cette impression quoi qu'il en soit. Je n'allais pas m'installer au Laurel Inn, je n'allais pas passer d'appels avec ce téléphone et je n'allais même pas le trimballer avec moi, car je subodorais qu'on pouvait le localiser, qu'il soit allumé ou non.

– On peut faire ça ?

– Ma règle de base c'est que n'importe qui peut faire n'importe quoi. Si on cherchait à le localiser, on aboutirait au Laurel Inn, vu que je l'y ai laissé.

– Dans votre chambre.

– La 204.

– Vous vous souvenez du numéro. Je suis impressionnée, Keller. C'est presque aussi impressionnant que votre connaissance des présidents. Qui était notre quatorzième président, vous en souviendriez-vous ?

– Franklin Pierce.

– Épatant, mon petit ! Maintenant, pour la question bonus : quelle était la couleur du timbre sur lequel il figurait ?

– Bleu.

– Bleu, Franklin Pierce et la chambre 204 ! Sacrée mémoire, mais…

– Et alors ? Dot, il est possible qu'on ait acheté ce téléphone comme j'ai acheté celui-ci, et qu'aucun appel n'ait été passé avant qu'Oreilles-Poilues ne me le confie.

Elle comprit où il voulait en venir.

– Mais si ce n'est pas le cas, dit-elle, on pourrait appuyer sur une touche et obtenir la liste des huit ou dix derniers numéros appelés.

– Exact.

– On pourrait même peut-être en retrouver l'origine, savoir qui l'a acheté et où.

– C'est possible.
– Même question, Keller. Et alors ? Je ne suis jamais descendue au Laurel Inn et peut-être les femmes de ménage n'y sont-elles pas du niveau des femmes au foyer Pennsylvania Dutch, mais croyez-vous vraiment que le téléphone sera toujours là après si longtemps ?
– Ça se pourrait.
– Sérieusement ?
– On m'avait pris une chambre avec un lit extra-large.
– Ce qui est agréable, je suppose, mais vu que vous ne comptiez pas y dormir…
– Quand j'ai laissé le téléphone, je ne voulais pas que quelqu'un puisse s'en servir. J'ai donc soulevé le matelas et je l'ai planqué au milieu du lit.
– Vous imaginez comment les flics ont dû mettre cette chambre sens dessus dessous ?
– Après un assassinat politique retentissant ? Oui, oui, je peux imaginer.
– Il suffit qu'on ait retiré le matelas du sommier.
– C'est possible qu'on l'ait fait.
– Mais peut-être pas ?
– Peut-être pas.
– En supposant qu'il soit toujours là, marchera-t-il seulement ? La batterie doit être à plat, non ?
– Très probablement.
– Mais j'imagine qu'une batterie, ça se change.
– Même au cœur de l'Iowa, dit-il.
– Le Laurel Inn. Vous ne vous souviendriez pas de leur téléphone ? Non, bien sûr que non. Il n'a jamais figuré sur aucun timbre.

Il s'approcha de la fenêtre et contempla la ville pendant qu'elle téléphonait, d'abord aux renseignements puis au service des réservations du Laurel Inn.

Elle raccrocha et dit :

– Eh bien, voilà une femme qui est persuadée que j'ai perdu la tête.

– Mais ça a marché.

– « Il faut que ce soit à l'étage parce que mon mari ne supporte pas les bruits de pas au-dessus de lui. Et moi, je ne veux pas entendre la circulation, et je suis sensible à la luminosité, et nous avons tous les deux besoin d'être proches de l'escalier, mais pas juste en face, aussi j'ai regardé un plan sur Internet, et vous savez quelle chambre nous conviendrait parfaitement ? »

– Ça paraît toqué, acquiesça-t-il, mais quand vous parliez à l'employée vous aviez l'air tout à fait sensée.

– Nous avons la 204 pour trois nuits, à compter de demain soir. Qu'est-ce qu'il y a ?

– Oh, je ne sais pas. Ça paraît long, à partager la même chambre.

– Une seule nuit à partager la même chambre nous paraîtrait longue, Keller. Vous ne passerez même pas une seule nuit au Laurel Inn, ni moi. La seule raison pour laquelle j'ai réservé est d'en obtenir la clé. Vous n'auriez pas gardé la vôtre depuis tant de mois, comme le numéro de téléphone ?

– Non, de toute façon, elle ne fonctionnerait pas. On utilise des cartes magnétiques qui sont réinitialisées à chaque nouveau client.

– On ne peut qu'avoir pitié de tous les types qui ont passé des années à apprendre à crocheter les serrures et qui se sont réveillés un matin à l'ère électronique. Ils doivent se sentir comme les typographes à l'âge de la PAO, dotés d'un savoir-faire qui ne sert plus à rien. Pourquoi me regardez-vous comme ça ?

– Comme quoi ?

– Peu importe. J'ai réservé pour trois nuits parce que je ne pouvais pas faire tout un manège comme quoi seule la 204 nous convenait et puis ne réserver que pour une seule nuit. Je me demande même si le plan de l'hôtel se trouve sur leur site.

– Je me demande même s'ils ont un site.

– Tout le monde en a un, Keller. Même moi j'en ai un.

– En cours d'élaboration.

– Et il se pourrait bien qu'il le reste un certain temps. Je vais nous réserver deux billets d'avion, à moins que vous ne préfériez la voiture ? C'est loin ?

– Ça doit bien faire mille cinq cents kilomètres, ou quasi.

– Et notre réservation étant pour demain soir, ce sera donc l'avion. Vous avez toujours une arme ?

– Le SIG Sauer que j'ai récupéré dans l'Indiana. Je ne peux pas le prendre dans l'avion.

– Même dans un bagage enregistré ?

– Il existe probablement un règlement l'interdisant, et même si ce n'est pas le cas, c'est l'idéal pour attirer l'attention. Un rigolo repère le contour d'une arme dans votre valise et vous vous préparez une longue journée.

– Vous préférez la voiture ? Je prends l'avion, je récupère la clé de la chambre et vous prenez la route dans votre pick-up poussiéreux. Des Moines est au nord d'ici, n'est-ce pas ?

– Comme la plupart du pays.

– Oui mais pile au nord, non ? Sur le Mississippi, hein ?

Il fit non de la tête.

– Plus à l'ouest.

– N'étiez-vous pas déjà dans l'Iowa, la fois où un client nous a joué un tour ?

– L'*autre* fois où un client nous a joué un tour.

– L'affaire du *Mercenary Times*. N'était-ce pas dans l'Iowa, et n'aviez-vous pas balancé quelque chose dans le Mississippi ?

– C'était à Muscatine.

– Mais oui, bon sang ! Je cherchais le nom et Muscatel n'arrêtait pas de me trotter dans la tête mais je savais que ce n'était pas ça. Des Moines est plus à l'ouest, et *pas* sur le Mississippi ?

– Vous y êtes.

– À moins de participer à *Jeopardy* !, je me demande pourquoi je me farcis le crâne avec ces foutaises ! Vous voulez faire comme ça, y aller par la route pendant que je prends l'avion ?

– Juste pour emporter une arme à feu ? Non, tant pis. De toute façon, je ne veux pas me trimballer là-bas dans un véhicule qui pourrait permettre à quelqu'un de remonter jusqu'à La Nouvelle-Orléans.

– Je n'y avais même pas pensé. Nous prendrons l'avion tous les deux. (Elle attrapa son téléphone.) Je vais réserver. Vous voulez bien me répéter votre nom ? Je ne sais pas pourquoi je n'arrive pas à le retenir. Ce qu'il faudrait, Keller, c'est qu'on mette votre portrait sur un timbre.

35

Ils prirent un vol Delta jusqu'à Des Moines, avec une correspondance à Atlanta. Les deux parties du trajet se déroulèrent sans histoire, si ce n'est qu'entre Atlanta et Des Moines ils se retrouvèrent à trois rangées l'un de l'autre, et Dot se persuada que son voisin était un policier en civil.

– Je n'arrêtais pas de me dire de ne rien faire de suspect ! dit-elle. C'était angoissant et en même temps rassurant.

Elle avait pris son billet sous son nouveau nom, Wilma Ann Corder. Elle l'avait trouvé des années auparavant, de la même manière que Keller pour Nicholas Edwards, et elle s'était constitué un kit complet de papiers, passeport, permis de conduire et numéro de sécurité sociale, ainsi qu'une demi-douzaine de cartes de crédit. Elle avait loué une boîte postale à ce nom et s'était même abonnée à une revue de tapisserie qu'elle balançait tous les mois quand elle venait relever son courrier.

– Pendant trois ans, dit-elle, on m'a envoyé des suppliques pour que je renouvelle mon abonnement. Mais qu'est-ce que j'en ai à faire de la tapisserie ?

Elle loua une voiture à Des Moines, toujours sous le nom de Wilma Ann Corder. Ni chez Hertz ni une Sentra, ce que Keller jugea pour le mieux.

En route vers le Laurel Inn, elle lui dit :

– Vous avez eu de la chance, Keller. Nick Edwards vous va bien, surtout avec la nouvelle coupe de cheveux et les lunettes. Et puis, Edwards est tout à fait commun. Corder l'est moins, mais il y en a suffisamment pour qu'on me demande tout le temps si je suis parente avec untel ou untel. Je leur réponds que c'était le nom de mon ex-mari et que je ne sais rien de sa famille. Quant à Wilma, ne me lancez pas sur le sujet.

– Vous n'aimez pas ?

– Je ne peux pas supporter ! À force de reprendre les gens, presque plus personne ne l'utilise.

– Comment vous appelle-t-on ?

– Dot.

– Comment Dot est-il devenu le surnom de Wilma ?

– C'est une décision arbitraire, Keller. Dites-moi que ça ne vous pose aucun problème.

– Du tout, mais…

– Je dis « On m'appelle Dot » et en général ça suffit. Si quelqu'un me pose la question, je réponds que c'est une longue histoire. Habituellement, quand vous sortez aux gens que c'est une longue histoire, ils s'estiment heureux de vous laisser vous défiler.

Pendant que Dot passait à la réception, Keller patienta dans la voiture, regrettant qu'elle ne se soit pas garée à l'arrière, ou du moins ailleurs qu'en face de la porte d'entrée, s'en voulant de ne pas avoir pris sa casquette des Saints de La Nouvelle-Orléans. Il se sentait plus visible qu'il ne souhaitait l'être et dut se rappeler que personne au Laurel Inn n'avait jamais posé le regard sur lui.

Elle sortit en brandissant deux clés magnétiques.

– Une pour chacun, dit-elle. Juste au cas où l'on serait séparés entre ici et la chambre. La fille de la réception devait être une poupée Chatty Cathy[1] dans une vie antérieure ! « Oh, je vois qu'on vous a mis à la 204, madame Corder. Cette suite est quelque peu célèbre ici, vous savez. L'homme qui a assassiné le gouverneur de l'Ohio l'a occupée. »

– Mince, elle a dit ça ?

– Non, bien sûr que non, Keller. Aidez-moi, voulez-vous ? Où dois-je me garer ?

Quelque chose le poussa à frapper à la porte de la chambre 204. Personne ne répondit. Il inséra la carte dans la fente et ouvrit la porte.

Dot lui demanda si ça lui semblait familier.

– Je ne sais pas. Ça fait un certain temps. Je pense que la disposition est la même.

– C'est réconfortant. Alors ?

En guise de réponse, il releva le dessus-de-lit, souleva un coin du matelas et s'enfonça entre celui-ci et le sommier. Il ne voyait pas ce qu'il faisait mais il n'avait pas besoin de voir et au début il ne sentit rien du tout. *Eh bien, c'est normal*, songea-t-il, *après si longtemps et…*

Ah…

Sa main effleura quelque chose mais le contact repoussa l'objet hors de portée. Il se trémoussa, agitant les pieds comme un nageur, et il entendit Dot lui demander ce qu'il fabriquait, mais peu importait car il avait progressé de quelques centimètres et ses doigts enserrèrent la chose.

Au prix d'un certain effort, il parvint à s'extraire.

1. Littéralement : « Cathy la bavarde ». Une des premières poupées parlantes des années 1960.

– Je n'ai jamais rien vu d'aussi curieux ! dit Dot. Pendant une minute, on aurait dit qu'une créature vous avait attrapé et vous entraînait en dessous, comme dans un roman de Stephen King. Mon Dieu, je n'y crois pas ! C'est ça ?

Il ouvrit la main.

– Le voici, dit-il.

– Si longtemps et personne ne l'a trouvé.

– Normal, regardez ce à quoi j'ai dû me livrer.

– Très juste, Keller. Je ne pense pas que le plongeon sous matelas soit un sport très pratiqué, alors que quantité d'idiots se trimballent dans les bois avec un détecteur de métaux. « Regarde, Edna ! Une capsule de bouteille ! » À votre avis, combien de gens ont dormi sur ce bidule sans se douter de rien ?

– Aucune idée.

– J'espère juste qu'aucun d'entre eux n'était une vraie princesse, sans quoi la pauvre chérie n'aura pas fermé l'œil de la nuit. Mais je ne pense pas que le Laurel Inn soit une étape incontournable pour les familles royales européennes. Alors ? Vous ne voulez pas vérifier s'il fonctionne ?

Il souleva le clapet.

– Attendez !

– Quoi ?

– Et s'il était piégé ?

Il la dévisagea.

– Vous pensez que quelqu'un est venu ici, a trouvé le téléphone, l'a trafiqué pour qu'il explose et puis l'a remis ?

– Non, bien sûr que non. Supposons qu'on l'ait piégé avant de vous le remettre…

– J'étais censé m'en servir pour les appeler.

– Et dès que vous l'auriez fait, boum ! (Elle plissa le front.) Non, ça ne rime à rien. Vous seriez mort plusieurs jours avant que Longford arrive en ville. Allez-y, allumez-le.

Il appuya sur le bouton. Rien ne se passa. Ils reprirent la voiture, trouvèrent un magasin où l'on vendait des batteries et le téléphone s'alluma correctement.

– Il marche encore, dit-elle.

– La batterie était à plat, c'est tout.

– Mais les données ont-elles été conservées ? Même avec une batterie à plat ?

– Nous allons voir ça.

Il appuya sur une série de touches et obtint la liste des appels passés. Dix en tout, le plus récent figurant en haut de liste.

– Nom d'une pipe ! Vous êtes un génie, Keller.

Il hocha la tête.

– C'est Julia, dit-il.

– Julia ?

– L'idée vient d'elle.

– Julia ? À La Nouvelle-Orléans ?

– « Imagine que le téléphone soit toujours là où tu l'as laissé, m'a-t-elle dit. Et imagine qu'il fonctionne encore. »

– C'est oui pour l'un et l'autre.

– En effet.

– Conservez-la, Keller, vous m'entendez ? Ne l'envoyez pas promener le chien. Gardez-la précieusement.

36

Installé dans la voiture, Keller lut les numéros à voix haute et Dot les nota.

– Au cas où le téléphone ferait pschitt ! dit-elle. On peut commencer par écarter tous les numéros avec l'indicatif 515. Vous pensez qu'il y a la moindre chance pour qu'Al habite Des Moines ?

– Non.

– Et Harry ?

– Harry ? Ah, vous parlez du type aux oreilles poilues[1].

– Si vous préférez, on peut l'appeler Poilant. Vous pensez qu'il est du coin ?

– Il semblait connaître la ville. Il a trouvé le Laurel Inn sans peine.

– Moi aussi, Keller, et je n'ai jamais mis les pieds ici. Une fois je suis passée à neuf mille mètres de Des Moines, mais c'était en avion.

– Il s'y connaissait suffisamment pour me recommander le Patty Melt au Denny's.

– Il vit donc dans une ville où il y a un Denny's. Voilà qui réduit le champ considérablement !

1. En anglais, le prénom Harry se prononce comme *hairy*, qui signifie « chevelu » ou « poilu ».

Il y réfléchit un instant.

– Il connaissait les environs, dit-il, mais peut-être s'était-il bien préparé. Je ne pense pas que ce soit important. Dans un cas comme dans l'autre, nous pouvons laisser tomber les numéros débutant par 515. Si Oreilles-Poilues était du coin, il était tout en bas du totem. Quand on choisit un gars local, on ne lui confie pas grand-chose.

– Certes.

– D'ailleurs, s'il était du coin, il est probablement mort.

– Parce qu'ils ont fait le ménage après coup.

– Si Al était prêt à envoyer une équipe à White Plains pour vous tuer et brûler la maison…

– Keller, c'est moi. Vous vous rappelez ? C'est moi qui l'ai fait.

– Ah, oui.

– Mais je me range à votre argument. Nous nous concentrerons sur les numéros d'ailleurs.

Le numéro le plus prometteur, avec l'indicatif 702, auquel trois appels avaient été passés, s'avéra être un service de pronostics pour parieurs basé à Las Vegas. Un autre était celui d'un hôtel à San Diego. Dot dit que le troisième serait le bon, composa le numéro et fut récompensé par un *cou-iiiic*.

– La seule chose à se dire, maugréa-t-elle, c'est que c'était déjà bien assez miraculeux que le téléphone soit toujours là, mais ce serait trop en demander que de pouvoir en tirer quelque chose. J'ai un dernier numéro à essayer, après quoi nous retournerons au Laurel Inn pour remettre ce maudit portable sous le matelas et qu'il y reste !

Il l'observa composer le numéro, porter le téléphone à l'oreille et hausser les sourcils quand elle obtint une sonnerie. Quelqu'un décrocha et elle mit promptement le haut-parleur.

– Allô ?

Elle regarda Keller qui lui fit signe de poursuivre, désireux d'en savoir plus.

D'une voix légèrement plus aiguë que d'ordinaire, elle dit :

– Arnie ? T'as l'air enrhumé.

– Et vous m'avez l'air d'avoir composé un mauvais numéro, et aussi d'avoir la cervelle d'une gerboise !

– Allons, Arnie, insista-t-elle d'un ton enjôleur. Sois gentil. Tu sais qui c'est.

La communication fut coupée.

– Arnie n'est pas joueur, dit-elle. Alors ?

Il hocha la tête. C'était le type aux oreilles poilues.

– Eh bien, dit Dot, ce n'est pas étonnant qu'il ait raccroché. Tout compte fait, il ne s'appelle pas Arnie.

– Quelle surprise !

– Son nom est Marlin Taggert. Marlin comme le poisson, pas Marlon comme Brando. Il habite au 71, Belle Mead Lane, à Beaverton dans l'Oregon.

– Il y avait une carte de l'Oregon dans la voiture.

– La nôtre ? Juste là ?

– La Sentra.

– Vous pensez qu'il l'avait oubliée ?

– Non, comment voudriez-vous ? Ce n'était pas la voiture que j'ai louée mais celle avec laquelle j'ai interverti les plaques à l'aéroport. Peu importe, ça n'a aucun rapport. C'est une véritable coïncidence.

– Et vraiment très intéressante, Keller. Ma journée s'en trouve illuminée.

– Désolé. Où est situé Beaverton ? Près de quelque part ?

– Je vais vous dire ça dans une seconde… Voilà. C'est dans les environs de Portland.

Aussi simplement que ça, ils surent son nom et où il habitait. Ils étaient chez Kinko's dans Hickman Road, où ils avaient loué pour Dot un ordinateur à cinq dollars de l'heure. Comme il avait observé par-dessus son épaule, Keller n'avait pas besoin de lui demander comment elle avait fait, mais la performance n'en demeurait pas moins remarquable. *Via* Google, elle s'était rendue sur un site où il suffisait d'indiquer un numéro de téléphone et de lancer la recherche. Une fois établi que celui-ci était attribué, on vous proposait de l'acheter pour quatorze dollars et quatre-vingt-quinze *cents* ; après une rapide transaction par carte de crédit, le site vous crachait l'information.

– Je savais que le gouvernement pouvait tout connaître, dit-il, mais je ne me rendais pas compte que c'était à la portée de n'importe qui. On aurait pu croire qu'il serait sur liste rouge.

– Il l'est. « Confidentiel », tout du moins. C'était écrit sur l'écran, en même temps qu'on me proposait de l'acheter pour quinze dollars.

– On ne va pas chipoter sur le prix, hein ?

– Il existe probablement une façon de l'obtenir gratis, dit-elle. Si j'avais du temps à y consacrer. Non, on ne va pas chipoter sur le prix. Je pensais que ça nous coûterait au bas mot trente deniers d'argent. Je me demande qui va à Portland.

– À moi d'y aller. Il n'y a aucune raison que vous vous y rendiez.

Elle lui décocha un regard.

– Quoi ? dit-il.

– Nous allons tous les deux à Portland, Keller. Cela va sans dire.

– Mais vous venez de dire…

– Quelle compagnie aérienne, Keller. Mais je n'ai plus à me poser la question, puisque Dieu a inventé Google.

Ils passèrent finalement la nuit au Laurel Inn, mais dans des chambres différentes. Ce fut l'idée de Dot, après qu'elle s'était rendue sur le site de United et leur avait réservé des places sur un vol le lendemain matin.

– Il faut bien qu'on dorme quelque part, dit-elle, et nous avons déjà une chambre.

Keller en loua une autre, sur l'avant et en rez-de-chaussée. Il passa à la réception, prit une douche, puis monta à la 204.

Dot buvait une bouteille de Snapple[1] achetée au distributeur, chaque gorgée lui arrachant une grimace. Elle lui demanda s'il connaissait un endroit correct où dîner, il lui répondit que seul le Denny's d'en face lui venait à l'esprit mais que ça ne lui semblait pas une bonne idée.

– Ça ne doit pas être le seul Denny's en ville, dit-elle, mais je n'ai pas envie d'en essayer un autre.

Elle repéra dans les pages jaunes un grill, prétendument « le meilleur de l'Iowa », et ils convinrent que c'était assez bon.

De retour dans sa chambre, Keller regarda de vieilles séries policières. Il avait l'impression d'avoir déjà vu ces épisodes mais peu importait. Il les regarda malgré tout.

Quand il rentrerait chez lui, songea-t-il, il changerait de télé et s'offrirait un grand écran plat comme celui

1. Marque de thé glacé.

qu'il avait laissé à New York. Avec le TiVo aussi, et un bon lecteur DVD. Aucune raison de s'en priver, puisqu'il avait plein d'argent dans une banque aux Caïmans.

Il voyait quantité de raisons de ne pas téléphoner à Julia mais finit quand même par l'appeler.

– Allô ? dit-elle.

– C'est moi.

– Nicholas.

Rien qu'à entendre sa voix prononcer son prénom, il sentit sa poitrine se gonfler.

– Ça a marché, dit-il. Le truc était là et il y avait ce qui était censé s'y trouver, et elle dit que tu es un génie.

– Rien que des pronoms et des termes vagues. Parce qu'on est au téléphone ?

– La nuit a mille oreilles.

– Je croyais que le dicton c'était mille z'yeux mais j'imagine que ça peut aussi être des oreilles. Mille z'yeux, mille oreilles et cinq cents nez.

– Comme ça a marché, dit-il, il faut que je me rende ailleurs.

– Je sais.

– Je ne rappellerai pas avant…

– Avant que ce soit terminé. Je comprends. Sois prudent.

– Oui.

– Je sais que tu le seras. Dis-lui bien des choses.

– Je n'y manquerai pas. Elle dit que tu es une perle.

– Mais tu le savais déjà.

– Oui. Je le savais.

Le lendemain matin, ils prirent le petit déjeuner à l'aéroport en attendant leur vol pour Denver, où ils mangèrent à nouveau avant leur correspondance pour

Portland. Il loua la voiture à son nom, en présentant son permis et sa carte de crédit. Il n'avait rien à craindre ni de l'un ni de l'autre, ni des autres papiers qu'il avait sur lui, y compris le passeport qu'il avait montré à l'enregistrement. Tous étaient en règle et authentiques, même si le nom qui y figurait n'était pas celui qu'il portait à la naissance.

Belle Mead Lane était facilement repérable sur le plan que Keller avait acheté mais nettement moins en conduisant. Le lotissement dont la rue faisait partie, à l'ouest de Beaverton, semblait s'être fait une spécialité des artères qui tournicotaient dans tous les sens pour revenir plus ou moins à leur point de départ. Ajoutez-y une belle quantité de culs-de-sac, plus quelques rues imaginaires qui n'existaient que dans l'esprit du cartographe, et l'affaire devenait compliquée.

– C'est censé être Frontenac, maugréa-t-il en regardant une plaque de rue, mais c'est écrit Shoshone. Comment Taggert s'y prend-il pour rentrer chez lui le soir, d'après vous ?

– Il doit semer des miettes de pain. C'est quoi là-bas sur la gauche ?

– Je n'arrive pas à lire. Peu importe, ça mène peut-être quelque part.

– N'y comptez pas.

– Nous y voici, annonça-t-il quelques minutes plus tard. Belle Mead Lane. C'est au 71, n'est-ce pas ?

– Au 71.

– Ce sera donc sur la gauche. OK, c'est ici.

Il ralentit en passant devant un ranch en brique rouge aux huisseries blanches, situé en retrait sur un vaste terrain soigneusement entretenu.

– Joli, dit Dot. Cela aura de l'allure quand les arbres auront atteint une taille correcte. Voyons-y un signe positif, Keller. Il doit être plus qu'un simple grouillot pour avoir les moyens de vivre ici.

– À moins qu'il n'ait fait un mariage d'argent.

– Justement. Quelle riche héritière pourrait résister à un minable escroc avec du poil aux oreilles ?

– Euh…

– Comme vous dites. Et maintenant ?

– Maintenant on trouve un motel.

– Et on attend jusqu'à demain ?

– Au plus tôt, dit-il. Ça pourrait prendre un peu de temps. D'autres personnes habitent avec lui. Mais nous devons le coincer quand il sera seul et à un moment où il ne verra pas le coup venir.

– C'est comme quand vous travaillez, n'est-ce pas ? Vous vous rendez sur place, vous jetez un coup d'œil et vous préparez votre approche.

– Je ne connais pas de meilleure façon de faire.

– Non, ça se tient. J'imagine que je m'attendais à ce que ce soit plus simple, comme hier à Des Moines. On s'y rend en avion, on prend ce qu'on est venu chercher et on repart.

– Nous n'avions qu'à récupérer un téléphone, fit-il remarquer. Notre tâche ici est un peu plus compliquée.

– Rien que de trouver cette maudite bicoque était plus compliqué que tout ce que nous avons fait à Des Moines. Vous saurez la retrouver demain ?

Ce ne fut pas difficile d'y retourner, dès lors qu'il était déjà venu une fois et savait quand ne pas tenir compte de la carte. Quand il tourna dans Belle Mead Lane le lendemain matin, il s'attendait presque à voir Marlin Taggert dehors, en train d'arroser la pelouse. En fait, c'était Gregory Dowling qui arrosait toujours la sienne, et continuait peut-être de le faire, sans se douter qu'il avait frôlé la mort de près. Personne n'arrosait le gazon de Marlin Taggert.

– Et personne n'a jamais à s'en occuper, dit Dot, vu que nous sommes dans l'Oregon, où Dieu arrose toutes les pelouses. Comment se fait-il que le soleil soit sorti, Keller ? Ne pleut-il pas tout le temps dans l'Oregon ? Ou bien s'agit-il d'une rumeur qu'ils ont lancée pour éviter que les Californiens ne viennent s'y installer ?

Il se gara de l'autre côté de la rue, deux propriétés plus loin. Cela lui donnait une bonne vue de la maison, tout en étant suffisamment loin pour ne pas se faire repérer, à moins que Taggert ne décide de scruter attentivement les environs.

Malgré tout, ils ne pouvaient pas y prendre racine. Même si Taggert ne s'attendait pas à avoir des ennuis, il exerçait une activité dans laquelle les ennuis n'étaient jamais entièrement exclus. Même si personne n'avait de raison de lui vouloir du mal, il intéressait certainement les forces de l'ordre en tout genre, locales et fédérales. Lui et son patron s'en étaient bien sortis à Des Moines, mais Taggert n'avait pas pu vivre si longtemps sans tremper dans quelque chose quelque part. Keller, pour l'avoir rencontré, était prêt à parier qu'il avait fait de la prison, même s'il n'aurait su dire ni où ni pourquoi.

Taggert devait donc être prudent par habitude, même s'il n'avait aucune raison précise de l'être. Ce qui compliquait la surveillance. On ne pouvait pas rester garé très longtemps dans le voisinage, ni revenir trop souvent.

Cet après-midi-là, ils retournèrent à l'aéroport où Dot loua un véhicule pour elle-même dans une agence différente, en payant plus cher pour avoir un 4 × 4 qui se démarquerait fortement de la berline choisie par

Keller. Avec deux voitures, estimait-il, ils réduisaient le risque de se faire repérer. Même avec une flotte entière, il faudrait faire preuve de circonspection, sans quoi Taggert en arriverait simplement à la conclusion qu'il était surveillé par une agence fédérale disposant d'une armada au grand complet.

Deux fois par jour, ils prenaient l'une des voitures et se rendaient à Belle Mead Lane. Ils passaient plusieurs fois devant la maison, se garaient cinq ou dix minutes, puis faisaient une ou deux fois le tour du pâté de maisons avant de rentrer au motel.

Ils logeaient à proximité dans un Comfort Inn, avec centre commercial et cinéma multiplex à moins d'un kilomètre, et quantité de restaurants. Mais la plupart du temps chacun restait dans sa chambre, à lire le journal ou regarder la télévision.

– Si nous avions une arme à feu, dit Dot, nous pourrions accélérer le mouvement. On se présente à sa porte et on sonne. Il vient ouvrir, on le descend et on rentre à la maison.

– Et si c'est quelqu'un d'autre qui vient ouvrir ?

– « Salut, est-ce que ton papa est là ? » *Pan !* Mais même si vous étiez allé en voiture de La Nouvelle-Orléans à Des Moines avec l'arme, nous n'aurions pas pu l'amener à Portland. À moins de se taper la traversée du pays en bagnole. Vous pensez qu'il serait impossible de se procurer une arme par ici ?

– Sans doute pas.

– Mais vous ne voulez pas.

– Non. De toute façon, comment pourrait-on l'abattre puis chercher à le faire parler ?

Le samedi matin, ils prirent le petit déjeuner en face du motel. En sirotant leur café, ils firent le point sur ce qu'ils avaient appris en plusieurs jours de surveillance intermittente :

– l'ayant aperçu à deux reprises, il se confirmait que Marlin Taggert, si c'était bien le nom de l'individu résidant au 71, Belle Mead Lane, était effectivement le contact de Keller à Des Moines. Même visage charnu, même gros nez, même bouche flasque et même démarche caractéristique, pas traînante mais presque. Et, bien sûr, les mêmes oreilles à la Dumbo, bien qu'à cette distance on ne puisse pas voir si son coiffeur avait fait quelque chose pour les rendre plus présentables ;

– le reste de la famille comprenait une femme, probablement Mme Taggert, plus jeune que son mari et beaucoup plus jolie. Trois enfants, un garçon et deux filles, entre onze et quatorze ans. Le chien était un corgi gallois dont l'enfance de chiot n'était plus qu'un lointain souvenir. Une fois, ils virent Taggert et un de ses enfants le sortir pour une promenade d'une lenteur éprouvante autour du pâté de maisons ;

– deux véhicules occupaient le garage des Taggert, un 4 × 4 Lexus et une Cadillac noire. Quand Mme Taggert s'absentait, avec ou sans enfants, elle prenait toujours le 4 × 4. Excepté l'unique virée avec le chien, Taggert ne sortait quasiment jamais de la maison et ne quittait pas la propriété ; la Cadillac restait toujours au garage.

– Lundi matin, annonça Keller. D'ici là, ni vous ni moi ne devons nous approcher de Belle Mead Lane. Ce n'est pas pendant le week-end que nous pourrons le surprendre seul et, au cas où il aurait remarqué nos voitures garées ou passant dans la rue, ça lui fera deux jours sans les voir. Lundi matin, nous nous occuperons de lui.

Plus tard, il demanda à Dot si elle souhaitait faire un tour au centre commercial mais elle était tombée sur une émission de télé qui l'intéressait. Il se rendit dans un magasin de bricolage où il fit quelques emplettes, notamment un pied-de-biche avec une extrémité en U, une bobine de fil de fer tressé, un rouleau de ruban adhésif extra-fort et des tenailles. Il mit ses achats dans le coffre et se gara du côté du cinéma. Il vit un film et, quand ce fut terminé, il passa aux toilettes puis s'acheta du pop-corn avant de se glisser dans une autre salle pour en voir un autre.

Comme au bon vieux temps, songea-t-il. Mais au moins, il ne serait pas obligé de passer la nuit dans sa voiture.

37

À huit heures et demie le lundi matin, ils étaient garés dans Belle Mead Lane, à un endroit d'où ils pouvaient voir la maison de Taggert. Ils n'étaient pas là depuis cinq minutes que la porte du garage s'éleva et que le 4 × 4 marron en sortit.

– Elle les emmène à l'école, dit Dot. Si elle revient tout de suite, il faudra qu'on attende plus tard. Mais il n'y a aucune façon de le savoir, non ?

– Si, à condition qu'elle tourne par ici.

– Hein ?

– La voilà, dit Keller.

Voyant la voiture approcher, il ouvrit sa portière et descendit. Il avait apporté la Bible de sa chambre de motel[1] mais ne la prit pas. Il se posta au milieu de la chaussée, face au 4 × 4, et leva la main, paume en avant. La Lexus s'arrêta et Keller afficha un sourire inoffensif comme on en attendrait de la part d'un homme légèrement dégarni à la mine studieuse. Il s'approcha du véhicule et, quand elle baissa son carreau, il lui expliqua qu'il n'arrivait pas à trouver Frontenac Drive.

1. Aux États-Unis, l'association Gedeon se charge depuis un siècle de placer gratuitement des Bibles dans divers lieux de passage, notamment dans toutes les chambres d'hôtel.

– Oh, ça n'existe pas, dit-elle. La rue figure sur les cartes mais ils ont changé d'avis et ne l'ont jamais percée.

– Voilà qui explique tout, dit-il.

Elle repartit et il remonta dans la voiture.

– Je le savais, dit-il. Il n'y a pas de Frontenac. La carte est fausse.

– C'est merveilleux, Keller. Je dormirai mieux maintenant que je le sais. Mais pourquoi diable…

– Elle est habillée pour voir du beau monde, pas simplement pour déposer les gosses et rentrer. Rouge à lèvres, boucles d'oreilles et sac à main posé sur le siège à côté d'elle.

– Et les trois gamins ?

– Deux à l'arrière, un à l'avant. Et tous silencieux car les deux filles écoutaient leur iPod et le garçon jouait avec un truc où l'on se sert beaucoup de ses pouces.

– Un jeu vidéo.

– Probablement.

– Joli tableau familial. Vous êtes pris d'une hésitation, Keller, n'est-ce pas ?

– Elle sera absente au moins deux heures, à mon avis, il n'y a pas de temps à perdre. Allons-y.

Keller s'engagea dans l'allée et ils descendirent de voiture. Son sac à la main, Dot passa devant sur le chemin de dalles qui menait à la porte d'entrée. Keller la suivit un ou deux pas en arrière, la Bible dans une main et le pied-de-biche dans l'autre.

Elle appuya sur la sonnette et Keller entendit le carillon. Puis plus rien, et ensuite un bruit de pas. Il ouvrit la Bible et la tint comme s'il lisait, l'ouvrage lui dissimulant le bas du visage. Sa main droite agrippait le pied-de-biche, dissimulé le long de sa jambe.

La porte s'ouvrit et Marlin Taggert, vêtu d'une chemise hawaïenne et d'un pantalon treillis, les dévisagea.

– Nom de Dieu ! marmonna-t-il.

– C'est justement le sujet que je souhaitais aborder avec vous, dit Dot. J'espère que vous passez une *divine* journée, monsieur Taggert.

– Je n'ai pas besoin de ça, dit-il. N'y voyez pas un manque de respect, madame, mais je n'ai que faire de Jésus et des foutaises que vous proposez en porte-à-porte, alors allez voir ailleurs…

Mais il n'en dit pas plus car Keller venait de lui enfoncer le bout arrondi du pied-de-biche dans l'estomac.

Sa réaction fit plaisir à voir. Le souffle coupé, Taggert porta les mains à son ventre, fit un pas involontaire en arrière, vacilla puis recouvra l'équilibre. Keller se précipita à l'intérieur, suivi de Dot qui referma la porte derrière elle. Taggert recula, attrapa un cendrier en verre et le jeta vers Keller. L'objet rata sa cible, et Keller courut après Taggert qui s'empara d'une lampe sur une table et la lui balança.

– Fils de *pute* ! vociféra-t-il.

Il se rua sur lui en lançant furieusement le poing droit. Keller l'esquiva en se baissant, donna comme un coup de faucille avec le pied-de-biche et entendit un craquement d'os quand il toucha la jambe. Le type laissa échapper un rugissement et s'écroula par terre, et Keller brandit le pied-de-biche mais se ressaisit juste à temps ; il était à deux doigts de lui fracasser le crâne et de le réduire à jamais au silence.

Taggert levait le bras pour parer un éventuel coup mais Keller esquissa une feinte, fit tournoyer doucement le pied-de-biche et le frappa à la tempe gauche. Les yeux de Taggert se révulsèrent et il s'affaissa sur le flanc.

– Et flûte, dit Dot.

Quoi ? Avait-il frappé trop fort tout compte fait ? Il releva les yeux et vit le vieux chien qui avançait lentement vers eux sur la moquette. Keller se dirigea vers lui, le pied-de-biche toujours à la main, et l'animal redressa la tête avec un effort manifeste pour le regarder. Keller posa le pied-de-biche, l'attrapa par son collier, l'attira dans une autre pièce et ferma la porte.

– J'ai cru une seconde qu'il était sur le point d'attaquer, dit Dot. Mais il attendait juste que la reine Elizabeth l'emmène faire sa promenade.

Il retourna auprès de Taggert, constata qu'il était évanoui mais respirait encore. Il le mit sur le ventre, lui attacha les mains dans le dos avec le fil de fer qu'il avait acheté, puis en fit de même pour les chevilles. Il se releva et tendit le pied-de-biche à Dot.

– Surveillez-le, dit-il.

Il se rendit dans la cuisine qui communiquait avec le garage. Il trouva l'interrupteur pour relever la porte, gara sa voiture à côté de la Cadillac et abaissa à nouveau la porte. Il ne s'absenta pas longtemps et Taggert n'était toujours pas revenu à lui quand il regagna le salon. La lampe avait retrouvé sa place sur la table, nota-t-il, ainsi que le cendrier.

Dot haussa les épaules.

– Que voulez-vous, Keller ? Je suis d'une nature ordonnée. Et notre lascar est toujours K.O. Qu'est-ce qu'on fait, on l'asperge d'eau ?

– Nous pouvons lui accorder une ou deux minutes.

– Vous savez, je croyais que vous exagériez pour ses oreilles. S'il ne se réveille pas tout seul, je vais prendre une pince et lui arracher les poils. Ça devrait le secouer.

– J'ai plus simple, dit-il.

Du pied, il tapota délicatement le tibia de Taggert. Il trouva l'endroit où il l'avait frappé avec le pied-de-biche et la douleur fut saisissante.

Taggert glapit et ouvrit les yeux.

– Merde, ma jambe ! Je crois que vous me l'avez cassée.

– Et alors ?

– Et alors ? Vous m'avez pété la jambe, bordel ! Vous êtes qui, nom de Dieu ? Si vous êtes de je ne sais quelle secte religieuse, je dois dire que vous avez des façons bizarres de recruter ! Si c'est un cambriolage, vous n'avez pas de chance. Je n'ai jamais d'argent à la maison.

– C'est un très bon principe.

– Hein ? Écoute, petit malin, comment as-tu choisi ma maison ? Sais-tu seulement qui je suis ?

– Marlin Taggert, répondit Keller. Maintenant à ton tour.

– Hein ?

– De me dire qui je suis.

– Qu'est-ce que tu veux que j'en sache, bordel de merde ? Attends une minute… Est-ce qu'on se connaît ?

– C'était ma question.

– Bon sang, c'est toi le type.

– On dirait que ça te revient.

– T'as l'air différent.

– Eh bien, j'en ai bavé.

– Écoute, je suis désolé que ça ne se soit pas passé comme prévu.

– Oh, je pense que ça s'est passé exactement comme prévu.

– T'es probablement mécontent de ne pas avoir été payé, mais ça peut se régler. Il suffisait de prendre contact. Enfin, pas besoin de devenir violent.

Ça prenait trop longtemps. Keller lui décocha un puissant coup de pied dans la jambe et Taggert hurla.

– Arrête tes conneries, dit Keller. Tu m'as roulé dans la farine et tu m'as laissé dans le pétrin.

– Je me suis contenté de faire ce pour quoi j'étais payé. Aller chercher tel type, l'emmener ici et là, lui montrer ci, lui dire ça. Je faisais mon boulot.

– Je comprends bien.

– Ça n'avait rien de personnel. Bon sang, tu devrais être capable de comprendre ça. Que fichais-tu dans l'Iowa ? Tu n'étais pas là pour une mission de secours de la Croix-Rouge, bordel ! T'étais là pour faire un boulot et si je n'avais cessé de te répéter « Pas aujourd'hui, pas aujourd'hui », tu aurais refroidi le pauvre mec qu'on a vu en train de tailler ses rosiers.

– En train d'arroser sa pelouse.

– Qu'est-ce que ça peut foutre ? Un seul mot de ma part et tu l'aurais tué sans même connaître son nom.

– Gregory Dowling.

– Tu connais donc son nom. J'imagine que ça change tout. Tu l'aurais tué sans en faire une histoire personnelle, c'est tout ce que je dis, et moi j'ai fait ce que j'avais à faire, sans que ce soit personnel non plus.

– Je comprends.

– Alors qu'est-ce que tu attends de moi ? Du pognon ? J'ai vingt mille dollars dans mon coffre-fort. Prends-les, si tu veux.

– Je croyais que tu n'avais pas d'argent chez toi.

– Et moi, je croyais que vous étiez la branche armée des petites sœurs des pauvres ! Tu veux du fric ?

Keller fit non de la tête.

– Nous sommes toi et moi des professionnels, et je n'ai rien contre toi. Comme tu l'as si bien dit, tu faisais ton boulot.

– Alors que veux-tu de moi ?

– Un renseignement.

– Un renseignement ?

– Je veux savoir pour qui tu faisais le boulot.

– Bon sang, dit Taggert, tu pourrais me poser une question facile, comme « Où est Jimmy Hoffa[1] ? ». Si tu veux savoir qui a lancé le contrat sur Longford, tu pisses sur le mauvais arbre. Ce n'est pas à moi qu'on dit ce genre de conneries.

– Je me fiche de savoir pour qui était le contrat.

– Ah bon ? Qui tu cherches, alors, le tireur ?

– Non. Il faisait juste son boulot.

– Comme toi et moi.

– Comme nous. Sauf que nous sommes vivants et j'ai comme l'impression que lui ne l'est plus.

– Je n'en sais rien.

Bien sûr que tu le sais, songea Keller. Mais vu que ça ne lui faisait ni chaud ni froid, il n'insista pas sur le sujet.

– Je me fiche du tireur, dit-il, et du commanditaire. Et je ne m'intéresserai plus à toi dès que tu m'auras donné quelqu'un d'autre à qui m'intéresser.

– Comme qui ?

– « Appelez-moi-Al », dit Dot.

– Hein ?

– L'homme qui a passé le coup de fil pour m'embaucher, expliqua Keller. Celui qui t'a donné tes ordres. Ton patron.

– Laisse tomber.

1. Patron du puissant syndicat des camionneurs, lié à la mafia, mystérieusement disparu en 1975 et dont le cadavre n'a jamais été retrouvé.

Keller posa la chaussure sur le tibia et appuya juste assez fort pour faire passer le message.

– Tu vas me le dire. La seule question est de savoir quand.

– On va voir qui est le plus patient, dit Taggert.

Son sang-froid forçait l'admiration.

– Tu tiens vraiment à avoir l'autre jambe cassée ? Et tout ce qui s'ensuivra ?

– Dès que je t'aurai donné ce que tu veux, je serai un homme mort.

– Et sinon…

– Sinon, je meurs quand même ? Peut-être, peut-être pas. Comme je vois les choses, si tu es décidé à me tuer, tu le feras que je cause ou non. En fait, tant que je ne dis rien, tu me maintiendras en vie dans l'espoir de me faire parler. Mais si je passe à table et que je donne le patron, je deviens un cadavre ambulant.

– Pas si ambulant que ça, souligna Keller.

– Pas avec cette jambe, t'as raison. En gros, soit tu me tues, soit il le fera. Dans un cas comme dans l'autre, c'est la même fin. Alors je vais voir combien de temps j'arrive à tenir.

– Il n'y a qu'un seul problème.

– Ah bon ?

– Tôt ou tard, ta femme va rentrer. Elle était habillée pour sortir, elle va certainement faire les magasins, peut-être bien déjeuner avec une copine. Si nous sommes repartis quand elle rentre, elle s'en sortira indemne. Si nous sommes toujours ici, il faudra bien s'occuper d'elle.

– Tu ferais du mal à une innocente ?

– Elle ne souffrirait pas trop. Elle aurait droit au même traitement que le chien.

– Merde, qu'as-tu fait au chien ?

Keller brandit le pied-de-biche et fit mine de trancher avec.

– Ça m'a coûté de le faire, dit-il, mais je ne pouvais pas courir le risque qu'il morde quelqu'un.

– Oh, mon Dieu ! dit Taggert. Ce pauvre Sulky ! Il n'a jamais mordu personne de toute sa vie. Il arrivait à peine à croquer son repas. Pourquoi as-tu fait un truc pareil ?

– J'avais l'impression de ne pas avoir le choix.

– Ouais, cette pauvre bête risquait de te lécher le visage. De te dégueulasser. Il fait de l'arthrose, il arrive à peine à se déplacer, il a perdu presque toutes ses dents…

– Apparemment, je lui ai rendu un fier service.

– Des fois, je me prends pour un dur à cuire, dit Taggert, et puis je tombe sur un salopard de ton espèce. Mes gosses adoraient ce fichu clébard. Il faisait partie de la famille avant même leur naissance. Comment je vais leur expliquer que leur copain Sulky est mort ?

– Inventez-leur une fable sur le paradis des toutous, suggéra Dot. Les enfants gobent toujours ce genre de sottises.

– Bon sang, vous êtes encore plus insensible que lui.

– En parlant des enfants, dit Keller. Si tu n'as toujours pas lâché le morceau quand ils rentreront…

– Tu ferais ça ?

– Je préférerais ne pas y être obligé, mais si nous sommes encore là quand ils arrivent, est-ce que j'aurai le choix ?

Taggert regarda Keller, puis Dot, et enfin sa jambe cassée.

– Ça me fait vachement mal.

– Désolé.

– Oui, je vois ça. OK, tu gagnes. Toi et lui, vous seriez tous les deux prêts à me liquider, mais lui ne s'en prendrait pas à ma famille.

– Comment s'appelle-t-il ?

– Benjamin Wheeler. Tu n'as jamais entendu parler de lui, voilà son grand secret. Personne n'a jamais entendu parler de lui.

– Appelez-moi Ben, dit Dot.

– Pardon ?

– Peu importe, dit Keller. Continue de parler. Adresse, emploi du temps, tout ce qui te vient à l'esprit.

38

– Ses enfants ont un bel ordinateur, dit Dot, et la connexion à haut débit est vraiment très rapide. Il suffit de se connecter à Google image, de taper « Benjamin Wheeler », et on obtient un tas de résultats. En mettant « Benjamin Wheeler Portland », c'est déjà plus réduit.

Elle tenait trois feuilles et en montra une à Taggert. Il acquiesça, et aussi pour les deux autres.

Keller en prit une et vit la photo de trois hommes autour d'un cheval. Un quatrième individu, le jockey, était sur l'animal, et l'un des trois autres tenait une coupe, pour la présenter au jockey, au cheval ou à son propriétaire. Keller n'aurait su dire à qui, de même qu'il ignorait lequel était Wheeler – mais il pensait pouvoir écarter le jockey.

Il regarda les autres photos et un seul homme figurait sur les trois. Sur l'une d'elles il posait en compagnie de deux femmes, sur l'autre il était en conversation avec un type. Sur chacun des clichés, Wheeler était le sujet dominant, plus grand que tous, excepté le cheval. Il portait de luxueux costumes à la coupe classique, avec l'aisance d'un ancien sportif. Bronzé et moustachu, il avait les cheveux foncés et soigneusement coiffés.

– « Financier, sportif et philanthrope », lut Keller à voix haute.

– Un sacré bonhomme, dit Dot. Membre d'un tas de bonnes œuvres. Mécène de nombreuses manifestations culturelles. Cette femme-là est une cantatrice vedette, et il y avait aussi une assez bonne photo de lui serrant la main du nouveau maire, mais j'ai pensé que trois suffisaient.

– Vous en auriez cent, dit Taggert, que jamais vous ne l'approcherez d'aussi près, car vous ne pourrez pas vous contenter de sonner à sa porte, une Bible à la main. Je n'ai jamais vu une maison comme la sienne, quasiment un château, sur une colline avec une clôture électrique tout autour de la propriété. Avant de pouvoir s'approcher de la maison, il faut franchir un portail et le type à l'entrée vérifie par téléphone avant de laisser passer qui que ce soit. Si vous parveniez à franchir la clôture, vous auriez affaire aux chiens, et vous ne vous en sortiriez pas comme avec ce pauvre Sulky. Mince, je n'arrive pas à croire que t'as tué mon chien !

– Rien ne t'y oblige.

– Ce sont des rhodesian ridgebacks, un mâle et une femelle, et si tu tentais d'en frapper un, il t'arracherait la main au niveau du poignet pendant que sa sœur boufferait tes couilles pour son dîner. Si par chance tu arrivais à leur échapper et à t'introduire dans la maison, il a une équipe de quatre types à son service, tous armés et fins tireurs. Quand il sort de chez lui, deux d'entre eux l'accompagnent, un au volant et l'autre qui veille à l'avant. Les deux autres restent à la maison pour monter la garde.

– Que de précautions ! dit Keller. J'imagine que beaucoup de gens ont tenté de l'assassiner au fil des ans.

– Pourquoi ? M. Wheeler est respecté dans tout l'État, il appelle le gouverneur par son prénom. Pour autant que je sache, personne n'a jamais attenté à sa vie.

– Sans blague. Où ranges-tu tes armes ?
– Mes armes ?
– Tu sais, dit Keller en pointant l'index et en remuant le pouce. *Pan !* Tes flingues, quoi.

Il y avait une armoire à armes à feu dans le bureau, dont la clé se trouvait là où Taggert l'avait dit – et là où n'importe quel gamin pouvait la prendre, songea Keller. Il prit le fusil, glissa une poignée de cartouches dans sa poche mais laissa la carabine. Il savait s'en servir mais n'était pas certain d'arriver à toucher quoi que ce soit. Avec un fusil, il suffisait d'être près de la cible. Un pigeon d'argile présenterait certaines difficultés, mais un être humain immobile serait difficile à rater.

– C'est pour la chasse, dit Taggert, et si je m'en suis servi trois fois en dix ans c'est bien le maximum. Si j'étais chasseur, crois-tu que j'aurais un corgi ? Je n'arrive toujours pas à croire que tu as tué mon chien.
– Tu te répètes. Tu dois bien avoir des armes de poing.
– Une seule, dans la table de nuit. Pour les urgences.

C'était un revolver, un Ivor Johnson de calibre .38, neutralisé par un cadenas cylindrique. Keller imagina un intrus surprenant les Taggert dans leur sommeil, Poil-aux-Oreilles s'emparant du flingue et se précipitant dans le bureau pour y chercher la clé. Pratique.

– J'ai du mal à croire que tu sois un pro, dit Taggert. Tu m'empruntes mes armes ? Tu n'as pas apporté les tiennes ?
– Tu m'as fait choisir une arme à Des Moines, lui rappela Keller. Alors je te considère comme mon fournisseur habituel.
– Tu avais pris le revolver. Comptais-tu seulement t'en servir ?

– Non, mais il m'a rendu service par la suite.

– Tu pourrais avoir un AK47 que tu n'aurais aucune chance avec M. Wheeler. Tu sais ce que je ferais, à ta place ?

– Dis toujours.

– Je rangerais les armes, je filerais et je rentrerais chez moi. M. Wheeler n'enverra personne à tes trousses car il ne saura jamais que tu es venu ici. Ce n'est pas moi qui vais le mettre au courant !

– Tu n'as qu'à lui dire que tu t'es cassé la jambe en trébuchant sur ton chien.

– Bon sang, je n'arrive pas à croire que tu as liquidé cette pauvre bête.

– Soyons clairs, dit Keller. Remballer et rentrer à la maison, ça ne figure pas au programme. À toi de nous concocter un plan pour arriver jusqu'à lui.

– M. Wheeler, tu veux dire.

– Exact.

– Tu veux te servir de mon arme et tu veux que ce soit moi qui trouve comment t'y prendre.

– C'est ta meilleure chance.

– Ma meilleure chance ? Qu'est-ce qui te fait dire ça, bordel ?

– C'est assez simple, dit Keller. C'est la seule façon pour toi d'avoir une chance de t'en sortir vivant. Mettons qu'on s'attaque à Wheeler et qu'on meure.

– Ce qui arrivera.

– Si nous mourons, toi aussi. Il devinera comment nous sommes arrivés jusqu'à lui. S'il nous pose la question, nous le lui dirons, sinon il comprendra tout seul. Tu penses qu'il te laisserait vivre combien de temps, et jusqu'où irais-tu avec ta jambe cassée ?

– Mais si je vous aide, et que vous êtes chanceux, ensuite vous me tuerez.

– Pas si tu nous aides. Pourquoi on te tuerait ?

– Merde, pourquoi tuer M. Wheeler, pour ce que ça vous rapportera ? Pourquoi me tuer ? Parce que t'es une espèce de psychopathe, je ne vois que ça. Regarde un peu ce que t'as fait à Sulky.

– Bon sang, dit Dot.

– Je n'arrive toujours pas à y croire, dit Taggert. Je ne peux pas croire que tu aies supprimé ce vieux chien comme ça.

– J'en ai ma claque ! s'emporta Dot en se dirigeant vers la porte que Keller avait fermée auparavant.

Elle l'ouvrit, fit claquer sa langue et Taggert se retourna à temps pour voir le vieux chien entrer dans la pièce en clopinant.

– Mon Dieu ! s'exclama-t-il.

– Voici Sulky, annonça Dot, de retour d'outre-tombe et je parie que ça non plus vous n'arrivez pas à y croire !

39

– Si tu ne m'avais pas cassé la jambe, dit Taggert, ce serait beaucoup plus simple.

Keller ne pouvait pas le contredire. Déplacer le bonhomme du salon jusqu'à la banquette arrière de sa Cadillac exigea beaucoup d'efforts de la part de tous. Keller coupa le fil de fer qui lui retenait les chevilles, ce qui facilita un peu les choses, mais par souci de sécurité il lui laissa les poignets ligotés dans le dos. L'opération fut compliquée d'un bout à l'autre, gagner la cuisine puis le garage, et Taggert se cogna inévitablement ici et là en glapissant de douleur.

– Le plus drôle, dit-il, c'est que j'ai failli te supplier de me mettre dans la voiture. Au lieu de me tuer carrément chez moi. Parce que je ne voulais pas que ma femme rentre et retrouve son mari mort, gisant par terre. Je me disais que ce serait déjà assez dur pour elle de trébucher sur le cadavre du chien. Vois-tu, ça, c'était quand je croyais encore que le chien était mort.

– Maintenant, elle se prendra les pieds dans le chien vivant.

Taggert ne sembla pas goûter la plaisanterie. Pour autant que Keller puisse en juger, car le blessé se trouvait à l'arrière où il ne pouvait voir son visage, pas en restant concentré sur sa conduite. Dot aurait trouvé ça amusant, mais elle était dans l'autre voiture, les suivant derrière. Il ne restait donc aucun véhicule au 71, Belle Mead Lane, la porte du garage était baissée, celles de la maison verrouillées, et les seuls signes de leur passage étaient l'absence d'un fusil et d'un revolver (tous deux se trouvant dans le coffre de la Cadillac), une lampe qui ne voulait plus s'allumer et une entaille dans le mur là où avait atterri le cendrier.

– Tu prendras la prochaine à gauche, dit Taggert. Tu comprends, je ne voulais pas qu'elle voie ça. Ni les enfants, s'ils rentrent en même temps qu'elle. Et je pensais que c'était ce que j'avais de mieux à faire, m'arranger pour mourir ailleurs, parce que je ne croyais pas avoir la moindre chance de m'en sortir vivant.

Keller attendit qu'il n'y ait plus de voitures en face, puis tourna à gauche. Il jeta un coup d'œil dans son rétroviseur pour s'assurer que Dot avait continué tout droit pour rentrer au motel.

– Maintenant, dit Taggert, à cause de toi je commence à penser que j'ai peut-être un petit espoir. Très mince, mais je dois dire que c'est toujours mieux que rien.

– J'imagine que tu pourrais toujours couper le courant, avait suggéré Taggert. Si tu parviens à mettre leur ligne hors service, tu accompliras deux choses en même temps. La clôture n'étant plus électrifiée, tu n'auras qu'à l'escalader. Et, si tu opères de nuit, tu bénéficieras de la confusion de l'obscurité. Plus aucune lumière dans la maison, tout le monde qui court partout et se bouscule.

– À moins qu'ils n'aient un générateur qui se met automatiquement en marche quand l'alimentation n'est plus assurée, avait objecté Dot.

– Je n'en sais rien. Mais je dois dire que c'est bien le genre de truc que pourrait avoir M. Wheeler.

– Mettons que tu sois avec nous, avait dit Keller. Ça ne suffirait pas pour franchir le portail ?

– Seulement s'il était au courant de ma venue et avait prévenu qu'on me laisse passer. Par exemple si je l'appelais en inventant un prétexte pour le voir.

– Comme quoi ?

– Eh bien, rien ne me vient à l'esprit juste comme ça. Faudrait que j'y réfléchisse.

– Tu aurais à expliquer ce que je fiche dans la bagnole avec toi, avait fait remarquer Keller. Ça pourrait être coton.

– Mettons que tu sois mon prisonnier, avait dit Taggert en faisant claquer ses doigts. C'est ça ! Je vais lui dire que le mec qu'on avait piégé à Des Moines a refait surface, que je me suis débrouillé pour le neutraliser et que je l'amène pour un interrogatoire. Je t'escorte dans la maison, t'as l'air ligoté, mais tu parviens à te libérer et…

Keller faisait non de la tête.

– OK, j'ai encore mieux, avait dit Taggert. Je vais le voir, j'invente une histoire, peu importe laquelle. Toi, t'es dans le coffre.

– Je suis dans le coffre ?

– Le coffre de ma voiture. Je me gare, M. Wheeler et moi entrons dans la maison, et dès que c'est le bon moment tu sors du coffre…

– Tout seul ?

– Il existe un système, de nos jours, pour que les victimes d'enlèvement puissent se sauver. Ou bien les jeunes enfants qui se glissent dans le coffre quand ils ne trouvent pas un vieux réfrigérateur hors d'usage pour jouer à cache-cache. Tu fais donc comme ça, tu sors du coffre et tu te mets au boulot.

– Je tonds la pelouse ?

– Tu fais ce que tu es venu faire. Ils ne seront pas sur leurs gardes, tu auras seulement à te méfier des chiens.

– Les rhodesian ridgebacks.

– Je t'accorde qu'ils sont mauvais, avait dit Taggert, mais crois-tu qu'ils s'occuperont d'une voiture garée ?

– Ils pourraient se montrer curieux, avait dit Dot, étant donné que tout le monde sera là, l'arme au poing, attendant que le coffre s'ouvre. Vous au volant et lui dans le coffre ? Je ne crois pas.

– Vous ne me faites pas confiance ?

Taggert semblait vexé.

– Je ne vous confierais même pas le volant. Comment feriez-vous pour appuyer sur l'accélérateur avec votre jambe ?

– Je n'ai qu'à me servir de l'autre.

– Et pour freiner ?

– Pareil. Enfin, ce n'est pas comme si j'avais à me préoccuper de la pédale d'embrayage. La Cadillac a une boîte automatique.

– Sans blague ? On n'arrête pas le progrès !

– J'aime bien l'idée de couper le courant, avait dit Keller. Il me semble qu'un générateur d'appoint ne fonctionne pas en permanence, qu'on l'allume juste en cas de panne. Donc, si nous agissons de jour, seule la clôture sera hors service.

– Et la télé, avait dit Dot. Et la climatisation, et tout ce qui est muni d'une prise et d'un interrupteur.

– C'est toujours mieux que de nuit.

– Alors il vous faut un jour pluvieux, avait dit Taggert. Pour avoir une bonne chance de le trouver chez lui. Par une journée comme aujourd'hui, M. Wheeler joue au golf. Quoi ? J'ai dit quelque chose ?

Benjamin Wheeler était membre de trois country-clubs et lorsqu'il faisait une manche de golf la procédure était toujours la même. Deux de ses hommes l'accompagnaient et les deux autres restaient à la maison. Le chauffeur gardait la voiture pendant que l'autre, une sorte de garde du corps polyvalent, escortait Wheeler jusqu'au premier tee[1] puis attendait au club-house pendant que le patron et ses partenaires parcouraient les dix-huit trous dans leurs voiturettes.

Rose Hill, d'après Taggert, était son parcours préféré, aussi Dot l'avait-elle appelé en premier. Se faisant passer pour la secrétaire d'un partenaire de M. Wheeler, elle avait expliqué qu'elle souhaitait confirmer l'heure de la partie à quatre. Une jeune femme à l'accent britannique hautain lui avait répondu que c'était à onze heures et quart et avait demandé s'ils seraient effectivement quatre, car la réservation de M. Wheeler était pour un groupe de trois.

– Oui, trois, avait dit Dot, car M. Podston ne pourra pas se joindre à eux tout compte fait.

Elle avait raccroché et Keller avait dit :

– M. Podston ?

– J'ai failli dire Pond Scum[2]. Je n'ai pas trouvé mieux que Podston. Onze heures et quart, c'est l'heure à laquelle ils débutent la partie. Il n'y a pas de temps à perdre.

1. Petit socle sur lequel on place une balle de golf avant de la lancer.

2. *Pound scum* désigne la couche verdâtre végétale qui se forme à la surface des eaux stagnantes.

Il fallait passer devant un vigile et divers autres employés à l'entrée du country-club de Rose Hill, puis un voiturier venait garer votre voiture. Keller dépassa l'entrée sans s'arrêter et suivit le plan du parcours disponible sur Internet que Dot lui avait imprimé. Il l'inspecta à nouveau et jugea que c'était jouable au septième trou, un par 4[1] de 425 mètres avec un bunker en dog-leg[2] sur la gauche et un bosquet sur la droite. Si Wheeler commettait un slice[3], sa balle atterrirait dans les arbres, aussi Keller décida-t-il de l'y attendre.

En plus, il y avait un endroit où il pouvait se garer à une cinquantaine de mètres du fairway[4]. Il se doutait que ce n'était pas vraiment autorisé mais si un flic décidait de s'en prendre à une belle Cadillac immatriculée dans l'Oregon et stationnée là où elle ne gênait personne, eh bien le pire serait une contravention, pas la fourrière.

Il y avait un seul problème : c'était du mauvais côté. Pour atteindre le bosquet, il fallait traverser le fairway, ce qui était simple pour Keller, mais nettement moins quand on avait la jambe cassée. Keller pouvait soutenir Taggert par la taille et supporter une bonne partie de son poids, mais de quoi auraient-ils l'air s'ils croisaient un joueur sur le parcours ? Et il n'était pas possible d'attendre qu'un carré de joueurs joue le trou, à cause du temps qu'il mettrait à faire traverser le fairway à Tag-

1. « Par » désigne le nombre de coups nécessaires pour réussir un trou.

2. Le bunker est un fossé rempli de sable qui entoure généralement le green ; le dog-leg est une partie du terrain en courbe à gauche ou à droite qui a pour effet d'empêcher le joueur d'attaquer directement le green.

3. Coup manqué dont la trajectoire s'incurve vers la droite.

4. Partie du parcours où l'herbe est entretenue.

gert ; ils n'auraient pas franchi la moitié que les joueurs suivants seraient déjà au tee. Un type traversant au trot le fairway, voilà qui n'avait rien d'exceptionnel. Mais deux types, l'un incapable de marcher et l'autre peinant à l'aider… Un golfeur, aussi absorbé soit-il, ne manquerait pas de venir dans sa voiturette pour voir quel était le problème et s'il pouvait se rendre utile.

Et puis, même soutenu, Taggert serait-il capable de franchir le fairway ? Il avait la partie inférieure de la jambe gonflée et enflammée, y compris le genou. On lui avait retiré sa chaussure, quand il s'était plaint que son pied avait trop enflé, mais il avait encore grossi et faisait maintenant deux fois la taille de l'autre.

Non, ce type n'était pas en mesure d'aller où que ce soit.

– Il va falloir que tu attendes ici, lui dit Keller. Dans le coffre.

– Dans le coffre ?

– Ce n'est pas si inconfortable que ça et tu n'y resteras pas très longtemps. Dès que j'ai terminé mon boulot, je t'emmène à l'hôpital et tu te fais soigner.

– Mais, et si…

– Si je ne reviens pas ?

– Je ne voulais pas dire ça…

– Eh bien, c'est possible. Mais il y a une manette, tu te souviens ? C'est toi qui m'en as parlé. Pour les gamins qui jouent dans le Frigo.

– Comment je suis censé l'atteindre avec les mains ligotées dans le dos ?

– Très juste, lui accorda Keller en coupant le fil de fer qui encerclait ses poignets.

Malgré tout, ce ne fut pas simple de le mettre dans le coffre et Taggert débita une litanie de plaintes – il souffrait le martyre avec sa jambe, il arrivait à peine à bouger les mains, il avait l'impression d'avoir l'épaule déboîtée, et patati et patata.

– Ça ne va pas être long, dit Keller.

Il posa le fusil dans le coffre, à côté du pied enflé de Taggert, et s'assura que le revolver était chargé.

– Tu me laisses l'arme ?

– Le fusil ? Je préfère ne pas me trimballer avec sur le parcours. C'est trop facile à repérer.

– Donc tu me le laisses ?

– J'imagine qu'il pourrait passer pour un bois 4[1]. Mais ça prend de la place et je n'ai pas envie de le porter.

Une voiture approchait. Keller se tourna pour dissimuler son visage et attendit qu'elle soit passée. Taggert lui dit que ça lui faisait plaisir qu'il lui fasse confiance au point de lui laisser le fusil.

– Ce n'est pas vraiment une question de confiance, dit Keller.

1. Le bois est un club en bois utilisé pour les coups longs.

40

Quand quatre golfeurs jouaient une manche ensemble, cela s'appelait un carré. Benjamin Wheeler n'avait que deux partenaires. Cela s'appelait-il un triangle ? Cela évoquait plutôt l'image de trois hommes ensemble au lit, enchevêtrés en quelque position improbable. Keller se disait qu'il devait bien exister un terme plus heureux, sans voir lequel. Un trio ? Peut-être.

Il se tenait dans le bosquet à mi-parcours du fairway du septième trou. Il avait laissé sa veste dans la voiture et était vêtu d'un pantalon foncé et d'un polo, tenue adéquate pour le golf. Il ne pensait pas qu'on l'ait vu traverser le fairway et, quand bien même, son apparence n'avait rien d'alarmant. La question pourrait se poser de savoir ce qu'il fabriquait là, sans clubs ni chariot, dissimulé parmi les arbres et les buissons.

Cela dit, se cacher était suspect en soi, non ? Tout l'art était d'avoir l'air de faire autre chose, mais Keller ne voyait pas quoi. Que pouvait-on faire ici si ce n'est se cacher ? Eh bien, songea-t-il, il pourrait chercher une balle de golf perdue, mais l'attitude sociable, quand on croisait quelqu'un occupé à ça, était de l'aider à chercher et c'était bien la dernière chose qu'il souhaitait.

Le mieux était encore de ne pas se faire remarquer du tout. Il s'enfonça donc dans le bosquet là où personne ne le verrait et ressortait de temps à autre pour scruter chaque nouveau groupe qui arrivait et s'assurer que Benjamin Wheeler n'en faisait pas partie, avant de disparaître à nouveau dans l'obscurité.

En Arizona – à Tucson, pas à Sedona – Keller avait loué une fois une maison donnant sur un parcours de golf. Ni la maison ni le sport ne l'intéressaient, mais c'était le seul moyen qu'il avait trouvé pour s'introduire dans la résidence protégée où vivait sa proie. (Si tous les résidents étaient bisexuels, avait suggéré Dot, on pourrait appeler ça un enclos bique et bouc.) La sous-location pour un mois lui avait donné accès au country-club de la résidence et à son parcours de compétition. Keller avait fréquenté le bar et le restaurant du club, et il avait frayé avec les membres, sans vraiment devoir toucher un club ni mettre les pieds sur le parcours.

Il avait bien évidemment déjà regardé du golf à la télé, mais sans grand enthousiasme. Il trouvait ça plus supportable que le basket ou le hockey, mais moins captivant que le base-ball ou le football. Le décor, de vastes pelouses ondoyantes rehaussées de pièges sablonneux en forme d'amibe, était reposant pour le regard, les commentateurs s'exprimaient d'une voix feutrée et il leur arrivait même de la boucler. *La seule façon de faire mieux que ça*, songeait parfois Keller, *serait d'éteindre le poste*.

Présentement, observant le golf depuis le petit bois, Keller n'avait à subir aucun présentateur ni aucune publicité. Le tee était à deux cent trente mètres sur la gauche, le green presque aussi loin sur la droite, et il voyait surtout passer des golfeurs en voiturette. Les hommes prospères pratiquaient le golf pour faire de l'exercice, mais cela semblait en comprendre assez peu. *Une belle balade de gâchée*, avait-il entendu une fois quelqu'un dire à propos de ce sport, mais c'était à l'époque où cela comportait encore de la marche. À présent, on se contentait de rouler de coup en coup.

Il fallait qu'il fasse attention car il n'était pas certain de reconnaître Benjamin Wheeler. Le visage des photos sortait du lot mais qu'en serait-il à deux cents mètres ?

Pour la première fois depuis des mois, Keller avait une arme glissée dans la ceinture de son pantalon, qui lui rentrait dans le creux du dos. Il avait laissé le fusil dans le coffre de la Cadillac, ce qui valait mieux, mais il regrettait de ne pas avoir pris l'autre arme à long canon, la carabine. Pas pour tenter un tir de loin mais parce qu'elle était équipée d'une lunette de visée qui lui aurait été utile à elle seule pour repérer la cible. Faute de mieux, il observait attentivement tous les golfeurs qui passaient mais il n'avait toujours pas vu l'homme qu'il attendait.

Bientôt, songea-t-il. Ils devaient partir du premier tee à onze heures et quart, et combien pouvait prendre chaque trou ? Certains groupes, nota-t-il, étaient plus lents que d'autres. Certains golfeurs sortaient deux ou trois clubs du sac avant d'en choisir un, se préparaient ensuite en esquissant plusieurs coups dans le vide, puis jetaient en l'air une poignée d'herbe pour déterminer la vitesse et la direction du vent. D'autres se dirigeaient tout droit vers leur balle, s'arrêtaient devant, s'adressaient à elle (« Salut, ma balle ! ») et la frappaient.

Et, bien entendu, les meilleurs golfeurs étaient plus rapides car les plus lents jouaient plus de coups. Keller ne voyait pas vraiment ce qu'ils faisaient une fois qu'ils atteignaient le green mais ils semblaient mettre une éternité pour le quitter.

Un certain nombre de joueurs commettaient des slices, la balle partant trop à droite, parfois dans le petit rough[1] à quelques mètres de Keller, voire dans le grand rough où il se cachait. Chaque fois, il s'enfonçait un peu plus dans le bois et y restait jusqu'à ce que le golfeur retrouve sa balle perdue ou abandonne ses recherches et en joue une autre.

Ah, si Wheeler pouvait avoir la courtoisie de frapper ce genre de coup, puis de trotter jusqu'ici pour chercher sa balle…

Bientôt, songea Keller.

Il repéra Wheeler dès que celui-ci atteignit le tee du septième. Avec ses lunettes, Keller avait la vue perçante d'un faucon mais même un aigle aurait eu du mal à cette distance. En plus, Wheeler ne lui faisait pas face, aussi peinait-il à s'expliquer qu'il l'ait reconnu. Cela tenait peut-être à sa posture… mais vu que Keller le rencontrait pour la première fois, comment savait-il à quoi elle ressemblait ? C'était peut-être un pur instinct animal, le prédateur flairant la présence de sa proie.

Une fois qu'il l'eut identifié, il sut qu'il n'aurait aucune peine pour le repérer à nouveau. Wheeler, qui arborait une tenue classique sur les trois clichés imprimés par Dot, se conformait à un autre code vestimentaire sur le terrain de golf. Son pantalon était d'un violet pétant, et son polo d'un jaune canari fluo. Il portait aussi une sorte de béret composé de morceaux écarlates et vert vif en forme de parts de pizza, avec un petit bouton là où elles se rejoignaient au centre.

C'est stupéfiant, pensa Keller, *qu'un homme puisse s'habiller comme un banquier le plus clair de son temps*

1. Le rough (petit ou grand) désigne la partie non entretenue du terrain qui longe les fairways.

et se transformer en paon sur un terrain de golf Mais c'était bien pratique pour distinguer les joueurs.

Un de ses deux partenaires avait visiblement gagné le trou précédent, ce qui lui donnait le droit de jouer en premier. Il frappa sa balle et celle-ci roula au centre du fairway, pas très loin mais il ne se mettait pas en difficulté. La balle s'arrêta une cinquantaine de mètres avant Keller.

Wheeler fut le suivant. *Vers moi*, l'encouragea Keller en silence. *Frappe-la par ici, Ben. Baisse les épaules, frappe la balle par en dessous et fais-nous un superbe slice...*

Keller avait observé des golfeurs si longtemps ce jour-là, qu'il avait l'impression d'avoir fait ça toute sa vie, et il avait bien entendu regardé les professionnels nombre de fois à la télé. Le niveau de Wheeler, d'après ce qu'il voyait, n'avait rien d'exceptionnel. Un expert aurait probablement trouvé dix défauts à son swing, depuis sa posture jusqu'à la finition du coup, mais à l'évidence la balle ne savait pas à quel point son swing était mauvais car elle fusa comme si Tiger Woods lui-même l'avait frappée. Pile au centre du fairway, jusqu'à l'endroit où Keller attendait, et même quelques mètres au-delà.

Ensuite, bien sûr, le troisième joueur, qui avait dû être dernier au trou précédent, fit de son mieux pour perdre celui-ci aussi. Il frappa exactement le coup que Keller espérait de la part de Wheeler, un horrible slice déjà mauvais à l'instant où la balle quitta le tee. Le golfeur le savait parfaitement, lâchant son club et se prenant le visage dans les mains. Ses partenaires le consolèrent ou le taquinèrent – impossible pour Keller de savoir ce qu'il en était –, puis tous les trois montèrent dans leurs voiturettes et filèrent sur le fairway pour jouer leur deuxième coup.

Keller avait vu la balle atterrir et recula en veillant à être bien dissimulé quand le malheureux golfeur serait là. Mais cet idiot mit un temps fou pour arriver car il chercha partout et fut incapable de retrouver la maudite balle.

– Hé, Eddie, t'as besoin d'aide ?

La proposition venait de Wheeler. *Oui !* songea Keller. *Mais oui, viens par ici lui filer un coup de main, je t'en prie !*

Mais Eddie répondit que non, qu'il allait la retrouver d'ici une minute, ce qui arriva effectivement, après quoi il regagna la voiturette à petites foulées pour prendre un club, revint et sut repérer sa balle une deuxième fois.

Cinq ou six foulées, songea Keller, et il pouvait se le faire. Le type qui avait frappé en premier, dont la balle n'avait pas parcouru une très grande distance, avait déjà joué son deuxième coup. Wheeler se trouvait un peu plus loin, plongé dans sa préparation, jetant des brins d'herbe en l'air. Ni l'un ni l'autre ne se préoccupaient d'Eddie, en grande partie dissimulé par les arbres et les buissons. Cinq ou six pas et il l'aurait, et pas besoin du revolver, ses mains feraient l'affaire, et c'en serait terminé.

Car, à vrai dire, cela faisait-il une différence s'il tuait n'importe lequel de ces golfeurs ? L'un ne valait-il pas l'autre ?

Ce n'est que ton esprit qui s'exprime, se sermonna-t-il, *et il est fou, mais la bonne nouvelle c'est que tu n'es pas obligé de l'écouter*.

41

Le huitième trou, encore un par 4, était le symétrique du septième, son fairway longeant le bosquet de l'autre côté. Keller coupa à travers bois pendant que les trois empotés se dirigeaient vers le green du sept, et, le temps qu'ils se présentent au tee du huitième, il s'était trouvé un bon emplacement.

Cette fois, ce fut Wheeler qui eut le privilège d'entamer et Keller se tint prêt, espérant qu'il commettrait un slice. Une fois encore, le bois était situé sur la droite des joueurs et une fois encore, Wheeler ne se montra pas coopératif. Il rata le fairway mais de peu, sa balle roulant jusqu'à s'arrêter dans le petit rough à l'opposé de Keller.

Le joueur suivant, dont Keller n'avait pas entendu le nom, frappa lui aussi trop à gauche et se retrouva dans le rough un peu plus loin que Wheeler. Puis Eddie décocha un slice parfait dans les bois sur la droite, la balle s'immobilisant à quelques pas de la cachette de Keller.

On aurait pu croire qu'il voulait que Keller le tue. Comme si c'était ça que Keller était censé faire.

Keller recula en s'efforçant de ne pas faire de bruit. Au cinéma, le type dans sa situation finissait toujours par marcher sur une brindille, et toutes les oreilles se dressaient en entendant ce bruit. Keller marcha sur beaucoup de brindilles, impossible de faire autrement, mais personne ne remarqua quoi que ce soit.

Cette fois, Eddie retrouva sa balle sans peine et il eut le bon sens de jouer un coup sûr pour se replacer sur le fairway. Keller sortit le plan du parcours et chercha où il pouvait aller ensuite.

Le neuvième trou était un par 3 dont la difficulté était de parvenir sur le green sans tomber dans un obstacle d'eau. Ce n'était pas le lieu où se cacher, faute d'avoir un matériel de plongée. Il constata sur son plan que le dixième était également dépourvu d'éléments adaptés au camouflage et se dirigea donc directement vers le onzième où il arriva à temps pour observer un autre groupe d'hommes d'affaires aux tenues colorées trouver diverses manières de mal jouer le trou.

Il patienta et vit un autre groupe de quatre se présenter au tee. Que ferait-il si Wheeler et ses potes décidaient de ne pas faire les neuf trous du retour ? C'était possible. Pour autant qu'il sache, ils étaient peut-être déjà au club-house à échanger des piques amicales en se remémorant neuf trous dont on aurait cru qu'ils préféreraient les oublier. À s'enfiler quelques verres au bar, à bavarder avec d'autres membres, à cultiver leur tissu de relations, juste assez pour justifier la déduction fiscale de la cotisation au club.

Combien de temps devait-il attendre, se demanda-t-il, avant de pouvoir conclure qu'il avait laissé filer sa chance ? Et si c'était le cas, que ferait-il ensuite ?

Il passa en revue les diverses stratégies qui s'offraient à lui et n'en vit aucune qui le satisfaisait. Il en arriva au point où il envisagea des plans de longue haleine qui le retiendraient quinze jours dans l'Oregon. Puis il jeta un coup d'œil vers le tee et jamais il n'avait été si heureux d'apercevoir un pantalon violet et un polo jaune vif.

Eddie joua en premier, s'étant manifestement débrouillé pour gagner le trou précédent. Il envoya sa balle au centre du fairway, de même que le joueur suivant que ses deux partenaires semblaient appeler Rich. Et Wheeler les imita, comble de l'agacement, son drive[1] atterrissant très loin du bosquet de Keller. Dès qu'il en eut l'occasion, il se précipita vers le trou suivant.

Du gros rough longeait de chaque côté le fairway du douzième. Keller dut faire un choix et ce fut le mauvais. Les piètres golfeurs, raisonna-t-il, frappent plus de slices que de hooks[2], aussi choisit-il le bois de droite, et Rich et Eddie commirent effectivement des slices, la balle d'Eddie atteignant les arbres de justesse. Wheeler, comme par hasard, envoya sa balle complètement à l'opposé. Il s'y trouvait seul, cherchant sa balle parmi les arbres, mais Keller était coincé de l'autre côté.

Au treizième trou, le rough était assez épais de chaque côté mais il n'y avait pas de bois où se cacher. Les seuls arbres présents se trouvaient à une centaine de mètres du tee, un bosquet de diverses essences de bois durs s'étirant en travers du fairway sur vingt ou trente mètres. Au départ, on avait deux options : soit tenter de franchir l'obstacle par les airs, soit jouer la prudence en le contournant par la droite.

Keller observa le trio depuis les arbres. Rich et Eddie optèrent tous deux pour la trajectoire prudente, plaçant leur balle à droite du bosquet. Wheeler envoya la sienne

1. Coup de longue distance donné au départ d'un trou.
2. Coup manqué dont la trajectoire s'incurve vers la gauche.

plein axe au centre du fairway et il sembla qu'elle allait passer au-dessus des arbres. Mais le coup étant un peu court, la balle heurta un arbre et retomba comme une pierre au cœur de l'obstacle.

Parfait.

Keller attendit, posté là où il ne pouvait être vu, retenant son souffle comme si le bruit de l'air entrant et sortant de ses poumons risquait d'être entendu par-dessus celui du moteur des voiturettes. Il répartit son poids sur la plante des pieds, sentit la pression rassurante du revolver dans le creux de ses reins et observa, spectateur impuissant, Wheeler rouler jusqu'à l'endroit où sa balle avait atterri, flanqué de ses deux partenaires, Rich et Eddie, qui l'accompagnaient dans un concert de teuf-teuf. Les trois voiturettes se garèrent ensemble et les trois hommes en descendirent pour chercher la balle de Wheeler.

Eh bien, pourquoi ne pas les supprimer tous les trois ? En faire un vrai fait-divers pour la une « Trois hommes d'affaires importants abattus à Rose Hill », ce qui ne serait pas bien compliqué, non ? Il pourrait s'approcher d'eux sans éveiller le moindre soupçon et s'il tombait à court de munitions avant d'avoir fini le boulot, eh bien, un fer cinq[1] ferait l'affaire pour en terminer.

Mais il se contenta de rester à sa place pendant que Wheeler trouvait sa balle et mettait trois coups pour la sortir du bosquet.

Quatorzième, quinzième et seizième. Ça foira à chaque fois, et Keller se dit que le dix-septième était sa dernière chance. Le dix-huitième était doté d'obstacles de sable et ne disposait d'aucun arbre pour lui venir en

1. Club à tête métallique.

aide. Si la chance ne tournait pas au dix-septième, il serait obligé de suivre Wheeler dans les vestiaires pour le noyer sous la douche.

Il pourrait aussi tout laisser tomber.

Serait-ce une si mauvaise idée ? Il n'avait pas besoin de buter Wheeler pour toucher sa prime. Pour ce boulot, il n'y avait pas de client, pas d'avance à rembourser s'il échouait, pas de solde à toucher pour un travail bien accompli. C'était pour Dot et pour lui, une affaire de vengeance, pour rendre à Al la monnaie de sa pièce.

Mais y avait-il de la monnaie à rendre ?

Il ne connaissait pas Ben Wheeler et réciproquement, Wheeler ne le reconnaîtrait pas et ne se souviendrait probablement pas de son nom, s'il l'avait jamais su. Wheeler s'était servi de lui, d'une manière qui avait privé Keller de toute son existence, du moins lui avait-il semblé à l'époque. Mais à présent Dot était à nouveau vivante, Keller était à nouveau millionnaire et il avait même récupéré ses timbres – enfin, dès qu'il aurait été les chercher à Albany. Il n'avait plus son appartement, c'en était terminé de sa vie new-yorkaise et il ne pourrait plus jamais utiliser son nom de naissance. Il pouvait bien vivre avec, non ?

Mais, il vivait déjà avec, confortablement même. Il aimait La Nouvelle-Orléans autant qu'il avait aimé New York, et il avait un travail qui lui plaisait, un travail plus facile à vivre que de courir aux quatre coins du pays pour tuer des gens. Pas une seule fois il n'avait ressenti le besoin, après une journée passée à installer, mettons, du parquet à rainures et à languettes, de rapetisser l'image de la journée dans sa tête, de la flouter et d'en alléger le poids dans sa mémoire. Il avait une femme qui était en même temps excitante et facile à vivre, il n'avait qu'à laisser tomber cette vengeance sans but et il pourrait retourner auprès d'elle, être Nicholas Edwards et reprendre sa nouvelle vie.

Wheeler, qui avait gagné le dernier trou, joua en premier. Keller attendait dans le bois sur la droite et le coup partit dans sa direction. Ce n'était pas un slice complètement raté, aussi la balle s'arrêta-t-elle dans le rough à une dizaine de mètres de l'endroit où commençaient les fourrés et les arbres.

Rich joua et frappa un coup très propre. La balle s'envola très haut et fusa à gauche sur le fairway, atteignant presque la première paire de bunkers. Les trois joueurs observèrent sa trajectoire mais pas Keller qui choisit ce moment pour quitter sa cachette, foncer jusqu'à la balle de Wheeler, s'en emparer et regagner précipitamment les arbres.

Il se figea et s'adossa à un tronc en reprenant son souffle. N'importe lequel d'entre eux aurait pu le voir, il leur suffisait de jeter un coup d'œil dans sa direction mais, si cela était arrivé, il aurait entendu des cris de protestation. Il se risqua à regarder et ils étaient toujours autour du tee, Eddie remettant un club dans son sac pour en prendre un autre, puis se livrant aux habituels swings dans le vide avant de s'approcher de la balle. Keller le supplia en silence de ne pas commettre un slice et il n'en fit rien, sa balle roulant innocemment au centre du fairway.

Les trois hommes se dirigèrent vers la balle d'Eddie et celui-ci l'envoya une centaine de mètres plus loin, en direction du drapeau. Puis lui et Rich partirent vers leurs balles respectives tandis que Wheeler roulait vers l'endroit où il avait vu tomber la sienne.

Elle n'était pas là et il tourna en rond, image de parfaite confusion. Le type aurait pu avoir l'idée de chercher dans le bois, mais il avait vu où elle avait atterri, bon sang, et c'était là qu'il la chercherait.

S'exprimant à voix basse, Keller dit :

– Hé, l'ami ! C'est ça que vous cherchez ?

Wheeler releva la tête et Keller lui fit signe d'approcher. Les autres pouvaient-ils le voir ? Cela n'avait pas d'importance, ils regardaient dans une autre direction, mais Keller veilla à ce qu'il y ait un arbre entre lui et eux, juste par précaution.

– Elle a heurté un caillou, dit-il, et elle a bondi comme un lapin paniqué. Par ici.

– Je n'aurais jamais regardé là, dit Wheeler. Je vous dois une fière chandelle.

– Plus que vous ne croyez.

– Comment ça ?

– Attendez une minute, dit Keller. Dites, je vous connais… vous ne seriez pas Benjamin Wheeler ?

Wheeler le confirma d'un sourire, puis un froncement lui barra le front.

– Votre tête me dit quelque chose. On se connaît ?

– Pas exactement, dit Keller en l'attrapant, mais si vous voulez, appelez-moi Al.

42

– Griqualand occidental, lut Julia par-dessus son épaule. C'est un pays ?

– Ça l'était autrefois, dit-il en prenant le catalogue et en cherchant la bonne page. Voici. « À l'origine une division territoriale de la colonie du cap de Bonne-Espérance, le Griqualand occidental fut proclamé colonie de la Couronne britannique en 1873 et fut ensuite annexé à la colonie du Cap, en même temps que le Griqualand oriental, en 1880. »

– C'est où, alors ? En Afrique du Sud ? (Il hocha la tête.) As-tu des timbres du Griqualand oriental ?

– Le Griqualand oriental n'en a jamais émis.

– Juste le Griqualand occidental.

– C'est ça.

Elle observa la page de l'album.

– Ils se ressemblent tous, dit-elle.

– Ce sont tous des timbres du cap de Bonne-Espérance, avec un « G » en surcharge.

– Pour Griqualand occidental.

– Je pense que c'était ça, l'idée. La surcharge est parfois en rouge, parfois en noir, et le « G » se présente sous un tas de variantes.

– Chacune représentant un timbre différent à collectionner.

– J'imagine que ça n'a pas beaucoup de sens.

– Ça n'est pas censé en avoir, dit-elle. C'est un passe-temps et il faut des règles, voilà tout. Certains « G » sont à l'envers.

– On appelle ça une surcharge inversée.

– Ont-ils plus de valeur que les autres ?

– Tout dépend de leur rareté.

– C'est normal, non ? Je suis vraiment contente que tu aies récupéré tes timbres.

Au golf, il avait dû marcher longtemps pour regagner la Cadillac et avait craint qu'entre-temps quelqu'un muni d'un badge ne s'y soit intéressé. Mais la voiture se trouvait là où il l'avait laissée, il monta dedans et se rendit au centre commercial. Il se gara à une extrémité et passa un rapide coup de fil à Dot, puis il essuya l'intérieur du véhicule et veilla à prendre sa veste avant de l'abandonner.

Le cinéma multiplex se trouvait à l'autre bout du centre commercial, il s'y rendit à pied et acheta un billet pour un film sur les manchots de l'Antarctique. Il l'avait déjà vu, ainsi que Dot, mais ce n'était pas le genre de film où ça gâchait tout de connaître la fin. Il prit place au dernier rang et se laissa d'emblée captiver par l'action, remarquant à peine quand quelqu'un vint s'asseoir à côté de lui.

C'était Dot, bien sûr, et elle lui proposa du pop-corn dont il prit une poignée. Ils restèrent assis là, ni l'un ni l'autre ne disant quoi que ce soit, jusqu'à ce que le pot de pop-corn soit terminé.

– Je me fais l'effet d'une espionne dans un vieux film, chuchota-t-elle. Vous l'avez déjà vu, non ? Moi aussi. Y a-t-il une raison pour que nous restions jusqu'à la fin ?

Elle se leva sans attendre de réponse et il sortit derrière elle.

– Il ne reste plus un seul pop-corn, dit-elle en jetant le pot dans une poubelle. Mis à part les vieilles filles. Quoi, l'expression ne vous est pas familière ?

– Je ne l'ai jamais entendue.

– Ce sont les graines qui ne s'éclatent jamais. Alors, c'est bon ?

– C'est bon. La voiture est bien garée, personne ne devrait la remarquer avant un jour ou deux. J'ai laissé le fusil dans le coffre.

– Vous vous en êtes servi pour… ?

– Non, ç'aurait été cochon et peu pratique. Je me suis servi du revolver, puis je l'ai laissé dans la main de Wheeler.

– En train de le tenir ?

– Pourquoi pas ? Voilà qui sera intrigant, un type avec le cou brisé et un flingue à la main, et une fois qu'on aura établi le lien avec les douilles dans le corps de Taggert, il y aura matière à réflexion.

– Règlement de comptes dans la pègre de Portland.

– Quelque chose de cet ordre.

– Je nous ai réservé un vol de bonne heure demain matin et nous avons deux correspondances. Avec le décalage horaire, ça va nous prendre toute la journée pour arriver à Albany.

– C'est bon.

– J'ai réservé une voiture de location et deux chambres dans un motel à cinq cents mètres de l'aéroport. Nous nous rendrons au garde-meubles de Latham dès la première heure mercredi matin et ensuite vous n'aurez qu'à me déposer à l'aéroport.

– Vous rentrerez à Sedona en avion.

– Avec quelques correspondances supplémentaires en chemin. Je vais vous dire, Keller, j'ai passé l'âge de ces conneries.

– Vous n'êtes pas la seule.

– Une fois rentrée chez moi, je ne bouge plus. Je me prépare un pichet de thé glacé et je m'installe sur la terrasse.

– Pour écouter sonner Bell Rock.

– Je vous en mettrai, moi, des Ding-Dong ! Tant que nous sommes sur le sujet, Big Ben vous a-t-il posé des problèmes ?

– Le plus compliqué a été de le suivre toute la journée. Lui et les autres avaient droit de circuler en voiturette. J'étais seul à me trimballer à pied sur le parcours.

– Remerciez votre bonne étoile, Keller. C'est pour ça que vous êtes en bien meilleure forme que lui. A-t-il compris qui vous étiez ?

Il lui rapporta le dernier échange.

– Mais je ne suis pas sûr que ça lui ait dit grand-chose. Une lueur a passé dans son regard mais c'était peut-être simplement qu'il sentait ce qui allait lui arriver.

– La faucheuse donnant un coup de sand-wedge[1]. Et Taggert ?

– Il a suffi de le faire. Le type était dans le coffre de sa voiture, avec la jambe cassée. On ne peut pas dire que c'était une cible compliquée.

– À moins que votre esprit ne s'en mêle.

– Mon esprit ?

– Vous savez, après qu'il avait coopéré et tout ça.

1. Type de club utilisé pour sortir des bunkers.

– Il a coopéré parce qu'il était obligé. Il pensait que ça lui vaudrait de rester en vie un peu plus longtemps mais il n'a jamais été question de le laisser filer. Comment vouliez-vous qu'on prenne ce risque ?

– Vous n'avez pas besoin de m'en convaincre.

– J'ai tenté de faire ça vite mais il a eu deux secondes pour voir venir les choses et je ne peux pas dire qu'il ait paru surpris. Je ne pense pas qu'il s'attendait à en sortir vivant.

– Le monde est bien dur, il faut le dire.

– Sans doute. Il ne voulait pas qu'on le laisse là où sa femme le retrouverait, et ce ne sera pas le cas. Et son chien a eu la vie sauve.

– Et grâce au fait qu'il nous a aidés, Taggert a eu droit à une demi-heure de rab. Peut-être plus, peut-être une heure entière. Vous imaginez ce que ça représente en années de chien ?

Après trois vols, dix heures dans un motel d'Albany et un trajet en voiture jusqu'à Latham, tous deux purent enfin mettre les albums de timbres dans le coffre de la Toyota Camry louée par Keller. C'était un véhicule confortable, sa tenue de route encore meilleure grâce au poids supplémentaire dans le coffre.

– Vous avez une longue route, dit Dot, mais j'imagine que vous n'avez pas envie d'envoyer les albums par UPS et de prendre l'avion ? Non ? J'en aurais juré. Eh bien, bon voyage, Keller. Je suis contente que vous ayez récupéré vos timbres.

– Je suis content que vous soyez en vie.

– Je suis contente que nous soyons tous les deux en vie, et qu'eux ne le soient plus. Si jamais vous passez par Sedona…

– Et si jamais vous passez par La Nouvelle-Orléans.

– C'est ça. Ou décrochez votre téléphone, si l'envie vous en prend. Et si vous perdez le numéro, regardez dans l'annuaire. J'y figure.

– Wilma Corder.

– Que ses amis appellent Dot. À la prochaine, Keller. Prenez soin de vous.

Il mit trois jours pleins pour rentrer à La Nouvelle-Orléans. Il aurait pu rouler plus vite ou passer plus d'heures au volant mais il s'obligea à prendre son temps.

Il passa la première nuit dans un Red Roof Inn sur la I-81. Il laissa les timbres dans le coffre de la Camry mais après avoir passé une demi-heure dans sa chambre, il retourna à la réception et demanda à changer de chambre pour être au rez-de-chaussée. Puis il déplaça la voiture et transféra les dix albums à l'intérieur. Le deuxième soir, il précisa dès son arrivée qu'il souhaitait être au rez-de-chaussée. Le troisième soir, il se gara dans l'allée de leur maison. Il ouvrit avec sa clé, trouva Julia dans la cuisine et les choses s'enchaînèrent. Deux heures plus tard, il sortit chercher les timbres.

Donny fut content de le voir, ravi qu'il soit de retour. La fable concoctée par Keller et Julia était une urgence familiale, une alerte de santé pour un oncle adoré, et Donny posa quelques questions polies auxquelles Keller était incapable de répondre, mais il se rattrapa aux branches. Puis Donny changea de sujet, lui parla d'une maison qui avait, selon lui, un gros potentiel, et Keller se sentit sur un terrain moins glissant.

Pendant qu'ils prenaient un café, Julia lui dit :

– D'après *Linn's*, les enfants d'aujourd'hui ne s'intéressent pas aux timbres.

– Ils ont les sites porno sur Internet, cent chaînes câblées et beaucoup plus d'occupations que quand j'étais gamin.

– Plus de devoirs, aussi, pour qu'on reste dans la course avec les Chinois.

– Tu penses qu'on a une chance ?

– Non. Je suppose qu'un petit garçon serait plus enclin à s'adonner à la philatélie… J'ai prononcé correctement ?

– Personne ne l'a jamais mieux prononcé.

– Plus enclin si son père l'y initiait.

– « Billy, je souhaite te présenter Philatélie. Philatélie, voici Billy ».

– Tu ne crois pas que ça ferait une différence ?

– J'imagine que ça pourrait. Je n'avais pas de père à la maison.

– Je sais.

– Mais si j'en avais eu un et s'il avait collectionné les timbres… Mais, vois-tu, j'y suis venu tout seul.

– Alors c'est difficile de dire ce qui aurait pu arriver puisque c'est arrivé de toute façon.

– Exact.

– Eh bien, dit-elle, tu auras peut-être l'occasion de le savoir.

Il la dévisagea.

– Ce sera peut-être un garçon, dit-elle, et tu pourras tout lui apprendre sur les timbres. Et où se trouve le Griqualand occidental et des trucs utiles comme ça. Pas tout de suite, j'imagine qu'il faut attendre qu'il sache marcher et parler, mais ça viendra.

– M'as-tu dit quelque chose tout à l'heure sans que j'y prête attention ?

– Non.

– Mais tu es en train de me dire quelque chose maintenant.

– Ouaip.

– Et on va avoir un garçon ?

– Pas forcément. Je dirais que c'est du cinquante-cinquante. Je n'ai pas encore fait l'échographie. Tu penses que je devrais ? Je me suis toujours dit que j'attendrais, mais de nos jours tout le monde demande le sexe et c'est peut-être bêta de ne pas le faire. Qu'en penses-tu ?

– Je pense que j'ai besoin d'un autre café.

Il alla remplir sa tasse et la rapporta à table.

– Tu allais me dire quelque chose avant que je parte à Des Moines et puis tu as décidé que ça pouvait attendre. C'était ça ?

– Oui. Et j'avais raison, ça pouvait attendre.

– Je ne serais peut-être pas parti.

– C'est une des raisons qui m'a fait décider d'attendre.

– Parce que tu voulais que j'y aille ?

– Parce que je ne voulais pas t'en empêcher.

Il y réfléchit et hocha la tête.

– Ça fait une raison. Et l'autre ?

– Je ne savais pas quelle serait ta réaction.

– Comment aurais-tu pu ? Moi-même, je ne suis pas sûr de savoir ce que je ressens. Je suis excité, bien sûr, et heureux, mais…

– Vraiment ? Excité et heureux ?

– Bien sûr. Tu pensais que je réagirais comment ?

– Eh bien, justement. Je ne savais pas. J'avais peur que tu veuilles que je… enfin, tu sais.

– Quoi ?

– Que je fasse quelque chose, tu sais.

– Comme avorter, tu veux dire ?

– Moi, je savais que je ne voulais pas le faire.

– J'espère bien, dit-il.

– Mais j'avais peur que tu veuilles.

– Non.

– Ça pourrait être une fille. Une fille peut-elle collectionner les timbres ?

– Je ne vois aucune raison qui l'en empêcherait. Elles ont plus de temps, vu qu'elles en perdent beaucoup moins sur les sites porno. Tu sais, c'est un gros truc qui me tombe dessus.

– Je sais.

– Je vais être père.

– Papa.

– Mon Dieu, nous allons fonder une famille. Je n'aurais jamais cru… enfin, je n'avais même pas idée que c'était une option. Même si ça l'était, je n'aurais jamais rêvé que je puisse le vouloir.

– Et tu le veux ?

– Oui. Il faudra se marier. Le plus tôt possible, tu ne crois pas ?

– On n'est pas absolument obligés de le faire, tu sais.

– Bien sûr que si. J'y pensais de toute façon. Dans la voiture en rentrant d'Albany.

– Quand tu transférais tes timbres dans la chambre chaque soir.

– Ça semble un peu ridicule, en y repensant, mais je ne voulais pas prendre le moindre risque. Lève-toi, veux-tu ?

Elle se leva, il la prit dans ses bras et l'embrassa.

– Je n'aurais jamais cru que tout ça m'arriverait, dit-il. Je pensais que ma vie était terminée. Elle l'était mais j'en ai obtenu une toute nouvelle à la place.

– Et tu as les cheveux châtains.
– Châtain terne.
– Et tu portes des lunettes.
– Des double foyer et je peux te dire que je vois la différence quand je classe mes timbres.
– Eh bien, ça, c'est important.

DU MÊME AUTEUR

Y a qu'à se baisser
Gallimard, « Série noire », 1962
et « Carré noir », 1985

Le Voleur insomniaque
Gallimard, « Série noire », 1967

Annulez le Tchèque
Gallimard, « Série noire », 1967

Lune rouge
Gallimard, « Série noire », 1968

Haute Voltige
Gallimard, « Série noire », 1968

Faites sauter la Reine !
Gallimard, « Série noire », 1969

Sacrés lascars !
Gallimard, « Série noire », 1970

Le Tueur du dessus
Gallimard, « Série noire », 1978

Le Monte-en-l'air dans le placard
Gallimard, « Super noire », 1979

Vol et Volupté
Gallimard, « Série noire », 1981

Meurtres à l'amiable
Gallimard, « Série noire », 1984

L'Aquarium aux sirènes
Gallimard, « Série noire », 1984

Des fois ça mord
Gallimard, « Série noire », 1985

Huit Millions de morts en sursis
Gallimard, « Série noire », 1985

Beau doublé pour Tanner
Gallimard, « Carré noir », 1986

Le Blues des alcoolos
Gallimard, 1987
et « Série noire », n° 2106

Huit Millions de façons de mourir
Gallimard, 1989
et « Folio Policier », n° 269

Drôles de coups de canif
Gallimard, 1990
et « Série noire », n° 2245

Un ticket pour la morgue
Gallimard, 1992
et « Série noire », n° 2289

Une danse aux abattoirs
Gallimard, « Série noire », 1993
et « Folio Policier », n° 180

Meurtre à cinq mains
(en collaboration avec Sarah Caudwell, Tony Hillerman, Jack Hitt, Peter Lovesey, Donald E. Westlake)
Seuil, « Policiers », 1993
et « Points Policier », n° P108

La Balade entre les tombes
Seuil, « Policiers », 1994
et « Points Policier », n° P105

Le voleur qui aimait Mondrian
Gallimard, « Série noire », 1995

Le Diable t'attend
Seuil, « Policiers », 1995
et « Points Policier », n° P282

Tous les hommes morts
Seuil, « Policiers », 1996
et « Points Policier », n° P389

Tuons et créons, c'est l'heure
Seuil, « Policiers », 1996
et « Points Policier », n° P432

Le Blues du libraire
Seuil, « Policiers », 1997
et « Points Policier », n° P533

Même les scélérats...
Seuil, « Policiers », 1997
et « Points Policier », n° P555

La Spinoza Connection
Seuil, « Policiers », 1998
et « Points Policier », n° P648

Au cœur de la mort
Seuil, « Policiers », 1998
et « Points Policier », n° P768

Ils y passeront tous
Seuil, « Policiers », 1999
et « Points Policier », n° P793

Le Bogart de la cambriole
Seuil, « Policiers », 1999
et « Points Policier », n° P888

L'Amour du métier
Seuil, « Policiers », 2000
et « Points Policier », n° P909

Errance
Gallimard, « Série noire », 2000

Les Péchés des pères
Seuil, « Policiers », 2000
et « Points Policier », n° P950

La Longue Nuit du sans-sommeil
Seuil, « Policiers », 2001
et « Points Policier », n° P1017

Les Lettres mauves
Seuil, « Policiers », 2001
et « Points Policier » n° P1048

Trompe la mort
Seuil, « Policiers », 2002
et « Points Policier », n° P1070

Cendrillon, mon amour
Seuil, « Policiers », 2003
et « Points Policier », n° P1240

Lendemains de terreur
Seuil, « Policiers », 2004
et « Points Policier », n° P1345

Le Cambrioleur en maraude
Seuil, « Policiers », 2005
et « Points Policier », n° P1497

Les fleurs meurent aussi
Seuil, « Policiers », 2006
et « Points Policier », n° P1693

Ariel
Baleine, 2007

Le Blues du tueur à gages
Seuil, « Policiers », 2007
et « Points Policier », n° P2027

Mensonges en tout genre
Seuil, « Policiers », 2008

Heureux au jeu

Seuil, « Policiers », 2009
et « Points Policier », n° P2398

Entre deux verres

Calmann-Lévy, 2011

RÉALISATION : NORD COMPO MULTIMÉDIA À VILLENEUVE-D'ASCQ
IMPRESSION : CPI BRODARD ET TAUPIN À LA FLÈCHE
DÉPÔT LÉGAL : JUIN 2011. N° 104467 (64019)
Imprimé en France